LA MÉDIUM RÉTICENTE

SÉRIE SASHA URBAN : TOME 3

DIMA ZALES

♠ MOZAIKA PUBLICATIONS ♠

Copyright © 2020 Dima Zales et Anna Zaires

www.dimazales.com/book-series/francais/

Publié par Mozaika Publications, une marque de Mozaika LLC.

www.mozaikallc.com

Couverture par Orina Kafe

www.orinakafe-art.com

Traduit de l'anglais (États-Unis) par Suzanne Voogd

Révision linguistique par Valérie Dubar

e-ISBN : 978-1-63142-571-4

Print ISBN : 978-1-63142-572-1

CHAPITRE UN

UN VACARME ASSOURDISSANT m'arrache aux bras accueillants de Morphée.

Le cœur battant, je m'assois brusquement.

J'ai besoin d'un moment pour localiser la source du bruit désagréable.

C'est mon téléphone.

J'attrape l'engin diabolique et je regarde l'identifiant de l'appelant.

Au lieu d'un numéro, il est écrit « Numéro privé ».

— Non, dis-je au potentiel démarcheur téléphonique inconnu. Je ne décroche pas quand je ne sais pas qui appelle.

Le téléphone continue à sonner avec insistance. Je tapote donc l'écran afin de rejeter l'appel et j'attends de voir si la personne laisse un message vocal.

Ce n'est pas le cas.

Je vois alors l'heure de la journée et cela me met

tellement en colère que je jette presque le téléphone contre le mur. C'est l'heure à laquelle je me lève habituellement pour aller au travail, mais je n'ai pas besoin de m'y rendre aujourd'hui… c'est un des rares avantages d'avoir démissionné d'un travail qui rapporte.

Ce qui rend les choses encore plus difficiles, c'est que je suis encore extrêmement vaseuse. Manifestement, je n'ai pas rattrapé mon sommeil après avoir travaillé toute une nuit pour Nero.

Cet enfoiré manipulateur.

Mon estomac gargouille.

Puisque je suis réveillée, je ferai aussi bien d'aller manger quelque chose.

Je me lève et j'enfile un jogging et un tee-shirt confortables pour célébrer mon chômage, puis je me traîne jusqu'à la salle de bains.

L'hématome à l'épaule causé par l'orque semble violet-jaune dans le miroir de la salle de bains, mais il ne fait pas trop mal : sans doute grâce aux compresses de petits pois surgelés.

Des odeurs délicieuses me parviennent depuis la cuisine et mon nez m'y entraîne.

— Il ne s'agit pas seulement de mes affaires matérielles, dit Felix à Fluffster, dont la minuscule coupelle d'avoine côtoie l'assiette de pancakes de Felix. J'ai failli être tué.

— Bonjour.

Je me dirige tout droit vers le comptoir où j'attrape une assiette sur laquelle je pose des pancakes.

— Comment ça va ?

— Felix boude, répond mentalement Fluffster, et l'expression de mon chinchilla/domovoï se rapproche — autant que c'est possible chez un rongeur — d'un sourire narquois. D'abord, il s'est plaint d'avoir dormi sur le canapé du salon, puis il a dit qu'il ne trouverait jamais de femelle, et maintenant il est contrarié parce que...

— C'était une conversation privée.

Felix pointe sa fourchette vers le corps poilu de Fluffster d'un air menaçant.

Je fixe la fourchette, incrédule. Felix a-t-il oublié la veille, quand Fluffster a transformé une succube droguée de sexe en smoothie sanglant ?

— Sasha sait ce qui est arrivé, répond Fluffster comme s'il n'y avait aucune fourchette près de lui. En quoi est-ce donc privé ?

— Et je pense que tu trouveras une femelle, Felix, dis-je en m'asseyant avec mes pancakes avant d'ajouter : « Un jour » avec un clin d'œil.

Je pique le délice plein de glucides du bout de la fourchette.

— Particulièrement si l'on définit le mot « femelle » de façon très large.

La porte d'entrée s'ouvre brusquement, interrompant l'objection de Felix. Il regarde son téléphone, vérifiant sans doute la vidéo de sécurité, et il nous informe :

— C'est Ariel.

— Enfin, dit Fluffster dans ma tête, et je l'envie

d'être aussi éloquent en ayant la bouche pleine d'avoine. Elle n'est jamais rentrée hier soir.

— Nous sommes dans la cuisine, crié-je pour m'assurer qu'Ariel ne pense pas pouvoir se cacher dans sa chambre en faisant semblant que tout va bien. Il y a des pancakes.

Je porte enfin un morceau de pancake à ma bouche et l'explosion de saveurs me fait gémir de bonheur.

— Ils sont faits avec des pommes de terre, explique Felix d'un ton bourru, son air boudeur s'estompant. C'est un plat russe traditionnel.

Il ajoute d'un air plus sombre :

— Après avoir failli être tué, j'avais envie de manger quelque chose que ma mère me préparait quand j'étais petit.

— Salut, tout le monde, dit Ariel avec l'enthousiasme d'un enfant hyperactif shooté au chocolat et aux amphétamines. Je suis contente de voir que Fluffster va bien. Et vous autres ?

Elle porte les vêtements d'hier soir, mais elle a dû faire quelque chose à son maquillage, car elle semble rayonner de l'intérieur.

— C'est une longue histoire, dit Felix en échangeant un regard confus avec moi.

S'il pense ce que je pense, il a le droit d'être perplexe. Son comportement ne correspond pas du tout à la gêne qu'elle pourrait avoir après avoir découché.

Ariel et Gaius sont-ils amoureux ? Après tout, les

films montrent que l'on agit bizarrement dans cet état-là.

Ou alors, a-t-elle un nouveau moyen de soigner son stress post-traumatique ?

Comme pour éviter mes interrogations, Ariel tourbillonne dans la cuisine en véritable tornade, utilisant sans doute ses pouvoirs de Consciente afin de bouger si vite. Avant même que je puisse épeler « mal des transports », elle est déjà assise à table avec une assiette remplie de pancakes, une fourchette, un couteau et un air impatient sur son visage parfait.

— Racontez-moi ce qui est arrivé, dit-elle avec enthousiasme en fourrant un pancake à la pomme de terre dans sa bouche.

Même quand elle mâche, on a l'impression qu'elle est en avance rapide.

Je m'éclaircis la gorge.

— Bon, tu te souviens de Harper, la chose qui a utilisé le sexe en me tuant presque à l'Earth Club ? Eh bien, il – ou plutôt elle – était là hier soir.

Ariel me regarde bouche bée et elle avale bruyamment son troisième pancake.

— Je savais que c'était une *elle*, mais que faisait-elle ici ?

— Tu savais que c'était une femelle et tu ne me l'as pas dit ?

Je coupe violemment un pancake en deux avec ma fourchette.

— Je n'étais pas au courant que tu ne le savais pas,

répond Ariel en haussant les épaules. Pour moi, son sexe était évident.

— Peu importe.

Felix réajuste son assiette.

— Ce qui est important, c'est qu'elle a essayé de nous tuer hier soir. Et elle a presque réussi, mais Fluffster m'a sauvé.

Fluffster gonfle fièrement la queue et se redresse, ce qui lui donne un air de suricate et non pas le charisme qu'il cherchait sans doute.

Ariel laisse tomber sa fourchette et fixe Felix et moi avec des regards accusateurs.

— Vous avez quitté la maison après que je vous ai déposés ? Mais alors comment Fluffster...

— Non, dis-je. Elle était *ici*, à l'appartement, juste après que tu m'aies déposée.

Ariel pâlit.

— Comment une succube a-t-elle pu être invitée...

Elle regarde Felix et se frappe le front.

— C'était ton rendez-vous ?

Elle poursuit en levant la voix :

— Tu as invité une succube dans notre maison ?

— Il n'y avait pas d'aura. Comment étais-je censé le savoir ?

— L'odeur, répondons-nous en chœur.

— Quelle odeur ?

Felix renifle l'air comme si l'odeur d'Harper pouvait être encore présente.

— Vous parlez de son parfum ? Il sentait très bon, mais...

— Oublie ça, dit Ariel dont les épaules s'affaissent à tel point que j'ai peur qu'elles touchent le sol. Vous n'allez pas en boîte, alors vous n'avez jamais rencontré personne de cette espèce. Ceci est entièrement de ma faute. J'aurais dû être là.

Elle se couvre le visage avec les mains.

— Je suis tellement désolée.

— Écoute, dis-je d'un ton consolateur, mise mal à l'aise par son changement d'humeur soudain. Tout va bien. Avec Fluffster auprès de nous, rien de mauvais ne peut nous arriver. Pas à l'intérieur de cet appartement.

La queue de Fluffster gonfle tellement qu'elle est à présent plus grosse que le reste de son corps.

— Dites-moi exactement ce qui est arrivé.

Ariel baisse les mains, mais son visage est toujours inhabituellement pâle.

— Chaque petit détail.

Felix et moi expliquons tour à tour. Il commence par sa rencontre avec Harper et comment elle l'a charmé. Il explique qu'il l'a invitée à venir regarder Netflix comme Ariel l'avait elle-même suggéré. Je lui raconte ensuite que je suis entrée dans l'appartement, que j'ai senti l'ennemie et que j'ai essayé de me battre contre elle, puis comment Fluffster l'a achevée.

— Je suis vraiment désolée, répète Ariel quand nous avons terminé. J'aurais dû être présente. Je n'ai aucune excuse. Si la situation avait pris une autre tournure, je… elle arrête de parler et une larme coule le long de sa joue.

Felix et moi échangeons des regards extrêmement

inquiets. Felix, comme moi, pensait sans doute que les canaux lacrymaux d'Ariel avaient cessé de fonctionner depuis longtemps.

— Se peut-il qu'elle soit bipolaire ? demande Fluffster, probablement dans ma tête seulement.

Le petit gars est manifestement sur la même longueur d'onde que moi.

— J'ai vu quelque chose là-dessus sur YouTube.

Je hausse les épaules en regardant le chinchilla.

— Je suis désolée, marmonne à nouveau Ariel avant d'enfourner un pancake.

— J'ai une question, dis-je pour éviter qu'elle recommence à s'excuser. Pouvons-nous avoir des problèmes avec le Conseil à cause de la mort d'Harper ?

Ariel avale sa nourriture.

— Vous avez agi en autodéfense. Et surtout, elle n'avait pas d'aura, alors elle n'était pas sous la protection du Mandat.

Sa voix redevient un peu plus calme.

— En fait, si les autorités humaines venaient fouiller par ici, nous pourrions faire appel au Conseil pour que les policiers détournent le regard.

Je lève un sourcil.

— Ah bon ?

— Imagine qu'un Conscient avec sa longue vie reçoive une condamnation à perpétuité, intervient joyeusement Felix. Leur vieillissement lent pourrait être remarqué au bout d'un moment, sans parler de ce qui arrive lorsque la condamnation correspond à un nombre d'années qui dépasse l'espérance de vie humaine.

Ariel fronce les sourcils.

— Mais que ce ne soit pas une excuse pour rompre les lois humaines. Par exemple, si tu pirates la base de données d'une banque importante — elle jette un regard appuyé en direction de Felix — le Conseil pourrait décider de te laisser moisir en prison pendant un moment, particulièrement si tu n'as pas des pouvoirs tape-à-l'œil qui…

— Pourquoi tout le monde répète-t-il les secrets aujourd'hui ? grommelle Felix. Je te le révèle cette unique fois…

— Tu te vantes toujours de tes piratages, dis-je pour défendre Ariel. L'autre jour tu m'as dit que tu étais entré dans la base de données des permis de conduire.

Felix me jette un regard irrité et enfourne également un pancake.

— Pourquoi Harper ne faisait-il pas partie du Mandat ? Elle ne semblait pas trop jeune. Son espèce est-elle également persona non grata… comme les nécromanciens ?

— Non, répond Ariel. C'est le cas de très peu de types de Conscients.

Felix s'éclaircit la gorge.

— Il est probable qu'ils sont tous venus ici depuis les Autremondes. Quand tu m'as parlé de ta vision de la conversation entre Chester et Beatrice, il a dit quelque chose au sujet de « ici » et des « attitudes libérales ». Je me demande donc si nos méchants viennent d'un monde précédant le Mandat. Ces endroits ont parfois des attitudes négatives concernant les couples mélangeant différents types de Conscients... et parfois, comme les sociétés les plus conservatrices ici, concernant les relations homosexuelles.

Je ressens une pointe de pitié pour Béatrice et Harper. Si Felix a raison, tout ce qu'elles voulaient était de vivre en paix, mais Chester en a profité, envoyant Béatrice vers son sort fatidique.

D'un autre côté, être la victime de préjugés dans un monde éloigné n'est pas une raison pour accepter de me tuer. Ce choix, quelles qu'en soient ses raisons, est la cause de la mort de Béatrice. Idem pour Harper... même si je dois admettre que ses actions sont encore plus faciles à comprendre.

Si quelqu'un avait tué une personne que j'aime, ne voudrais-je pas me venger ?

Felix continue d'un air sombre :

— Autrement, s'ils sont bien d'ici, Harper n'a peut-être pas subi le Mandat parce que sa petite amie, étant nécromancienne, n'y avait pas droit.

Ariel prend un air pensif.

— C'est logique.

— Ah bon ? dis-je.

— Imagine avoir un amant et ne pas pouvoir lui parler de ce qu'il y a de plus important dans ta vie, dit Felix.

Je hoche la tête, me souvenant comment Ariel avait

saigné du nez, des yeux et des oreilles quand je lui avais posé des questions précises sur le monde des Conscients avant que je sois placée sous le Mandat.

Le téléphone d'Ariel reçoit un texto, rompant le silence momentané.

Elle y jette un coup d'œil, puis elle lève la tête d'un air coupable.

— Je dois partir.

— Est-ce le travail ? dis-je d'un ton aussi décontracté que possible. Ou bien…

— Je vous vois plus tard, répond-elle comme si elle ne m'avait pas entendue.

Elle reprend alors son imitation du diable de Tasmanie, nettoyant derrière elle et quittant la cuisine assez vite pour dépasser les limitations de vitesse de l'autoroute.

Felix et moi mangeons en silence jusqu'à ce que nous entendions la porte de la chambre d'Ariel claquer, ce qui signifie avec un peu de chance qu'elle vient de changer de tenue. Puis la porte d'entrée claque elle aussi, suivie par le bruit des clés verrouillant la porte.

Je regarde Felix.

— Est-ce seulement moi, ou bien les allées et venues d'Ariel deviennent-elles un peu étranges ? Elle ne s'est même pas douchée.

— En général, elle se rend à l'hôpital à cette heure-ci, c'est peut-être ça ? dit-il sans conviction.

— Je suis inquiet, dit mentalement Fluffster en résumant parfaitement mon sentiment.

Felix termine son petit-déjeuner avant de déclarer :

— Gardons un œil sur elle. Moi aussi, je dois filer maintenant. Dans mon cas, c'est au travail.

— Je vais ranger.

L'appétit gâché, je mange mon dernier pancake sans réfléchir.

— Merci d'avoir fait le petit-déjeuner.

— Fluffster m'a parlé de Nero, dit Felix en se levant. Je suis sûr que tu peux obtenir un autre mentor… et un emploi.

Je hoche la tête, mais lorsque Felix quitte la pièce, je m'adresse au chinchilla :

— Je ne savais pas que tu étais une si grande commère, Fluffster.

— Je m'inquiétais seulement des finances, répond-il, perplexe. Tu me l'as dit à Ariel et moi, alors je me suis dit que Felix pouvait le savoir également.

— Je te taquine, c'est tout. J'allai évidemment le dire à Felix.

Je le gratte derrière l'oreille, puis je finis mon assiette et je commence à ranger.

Au moment où j'ai presque terminé dans la cuisine, je ressens une étrange sensation au creux de l'estomac, et une vague de peur me submerge. Cela ressemble à ce que j'ai ressenti quand les orques de Nero ont causé les accidents pour moi l'autre jour, sauf que je sais que je devrais être en sécurité ici, en présence de Fluffster.

Le téléphone sonne dans ma chambre.

Est-ce la source de mon malaise ?

Je me lève avec précaution afin d'éviter de

trébucher et de créer une prophétie autoréalisatrice, puis je me précipite dans ma chambre et je jette un coup d'œil à l'identifiant de l'appelant.

C'est un numéro privé.

Tout comme ce matin.

CHAPITRE DEUX

J'ATTRAPE le téléphone et j'envisage de décrocher.

Les symptômes de l'angoisse empirent.

Est-ce un cauchemar ? Suis-je dans *Le Cercle* ?

J'ai effectivement regardé une cassette vidéo récemment...

Je laisse encore une fois l'appel passer sur le répondeur et la crainte s'estompe.

Manifestement, mon intuition ne veut pas que je parle à la personne qui appelle.

Je ne sais cependant pas ce qu'il se passe, alors je dois découvrir qui cherche à me contacter.

Je cours jusqu'à la porte et j'intercepte Felix sur le point de partir.

— Y a-t-il un moyen de découvrir qui appelle depuis un numéro privé ? m'enquis-je en agitant le téléphone.

— Bien sûr. Il existe plusieurs applications pour cela. Certaines bloquent les appels privés, et quelques-unes essaient de découvrir le numéro pour toi. Pourquoi ?

— Quelqu'un m'a réveillé avec un appel privé aujourd'hui, puis m'a rappelé à l'instant. Les deux fois, j'ai eu un sentiment étrange.

— Sans doute du démarchage téléphonique, dit Felix. Essaie quelques applications, et si ça ne fonctionne pas, fais-le-moi savoir.

Il part, et je passe plusieurs minutes à jouer avec mon téléphone, installant diverses applications qui promettent de démasquer les numéros privés ainsi que de les bloquer si je le souhaite.

Ayant mis en place mon piège technologique, j'attends un autre appel mystérieux.

Après avoir fixé mon téléphone pendant deux minutes, je me rends compte de mon erreur. Si je le surveille de cette façon, il ne sonnera jamais : c'est la loi de Murphy/Chester.

Je fais donc ce que j'aurais fait si j'attendais que l'eau se mette à bouillir pour le thé : je fais semblant de ne pas m'intéresser à mon téléphone.

Je nettoie donc un peu plus la cuisine, puis je passe à la salle de bains.

Je commence par le tuyau d'évacuation de la baignoire, qui contient une boule de cheveux géante, un mélange de ceux de Felix et des miens.

Felix perd ses poils comme un beagle, il sera sans doute chauve à quarante ans. Tout bien considéré, j'en perds une quantité normale pour une dame. Le cas intéressant, c'est Ariel qui ne semble jamais perdre un seul cheveu de sa tête — ou d'ailleurs, pour autant que je sache.

Cela fait-il partie de sa super force ?

Je jette la boule de cheveux dégoûtante à la poubelle, je me lave les mains et j'examine la brosse d'Ariel.

Aucun cheveu, comme d'habitude.

Autrefois, je pensais qu'elle avait un trouble obsessionnel compulsif qui la poussait à ramasser chaque cheveu après s'être brossée et douchée, mais c'était avant que j'entende parler des Conscients et de ses pouvoirs. Maintenant, je me pose la question.

Sur un coup de tête, je me rends dans la chambre d'Ariel et j'examine son oreiller et d'autres endroits probables à la recherche de cheveux.

Rien du tout.

Est-ce pour cela que ses cheveux ont toujours l'air de sortir d'une publicité pour le shampooing ?

Pendant un moment, je fantasme à l'idée d'échanger mes pouvoirs avec Ariel. Ne serait-ce pas merveilleux d'être super forte ?

En reprenant mes efforts de ménage, je vais chercher les sacs-poubelle à la cuisine et à la salle de bains et je sors de l'appartement pour les jeter.

Les grands esprits se rencontrent manifestement, car Rose se rend au même endroit. Comme d'habitude, elle est sur son trente-et-un. Elle me fait un sourire chaleureux.

— Sasha, comment vas-tu ce matin ?

— Ça va, dis-je prudemment. Mais il y a maintenant

encore d'autres folles aventures que je peux partager avec toi.

— Tu dois toujours me raconter comment tu as rejoint nos rangs.

Elle fourre les poubelles dans le vide-ordures en fronçant le nez de dégoût.

— Nous pourrions déjeuner ensemble, maintenant que tu n'es pas si prise par ton travail.

— D'accord.

Je jette mes poubelles après les siennes.

— As-tu un endroit en tête ?

— Que dirais-tu d'aller chez Le District ? Il y a beaucoup de choix là-bas.

Elle garde les mains éloignées de son corps.

— Marché conclu.

Je ferme le vide-ordures.

— Quand ?

— Aujourd'hui à treize heures ? dit-elle en commençant à marcher vers son appartement.

Je la suis.

— Très bien. Veux-tu qu'on y aille ensemble ?

— Non.

Elle attrape maladroitement la poignée de sa porte avec la main gauche, sans doute parce que cette main n'a pas touché le vide-ordures.

— J'irai me promener avant.

Elle rentre et elle ferme la porte derrière elle, alors je n'ai pas le temps de lui proposer une promenade ensemble, ce qui est sans doute mieux, car je dois faire plusieurs choses avant le déjeuner.

Je retourne à l'appartement, j'essuie la poussière dans quelques-uns des endroits les plus évidents, puis je retourne dans ma chambre en bâillant.

— Vas-tu commencer ta recherche d'emploi ?

Fluffster, qui est assis à côté de mon ordinateur portable, le tapote d'une patte poilue.

— Le loyer et les factures ne se paieront pas tous seuls.

Ma pression sanguine monte subitement.

— Je suppose que je peux commencer.

En ouvrant l'ordinateur, je marmonne dans ma barbe :

— Esclavagiste poilu.

Pendant que je remets mon CV à jour, je réfléchis à l'état catastrophique de mes finances. Il me reste quatre-vingt-dix mille dollars de la prime inattendue de Nero, ainsi que quelques économies qui la précèdent. N'importe où ailleurs qu'à Manhattan, cela durerait un moment, mais dans cette ville, je dois m'inquiéter… particulièrement à cause des appels inévitables de ma mère, des nettoyages de massacre coûteux de Pada, des achats d'armes illégales et qui sait quoi d'autre.

Bien sûr, si les choses se compliquent vraiment, je pourrais toujours revendre le collier précieux que Nero m'a offert pour le Jubilé. D'un autre côté, les diamants peuvent ne pas être réels, et je ne sais pas ce que vaut la pierre centrale, celle que Nero a transformée en détecteur de mensonges par magie lors de ma rencontre avec le Conseil. J'ai également quelques livres de magie très rare qui ont coûté un bras et une jambe à mon père, mais si j'étais forcée de les vendre, je me mettrais sûrement à pleurer.

Le cœur lourd, j'adapte mon CV à un poste dans le domaine de la finance — le moins terrible.

Je m'étais toujours imaginé que mon emploi suivant serait celui d'illusionniste à plein temps pour la télé, mais ce rêve est terminé. À la place, je vais découvrir si d'autres endroits à Wall Street sont aussi affreux que le fonds d'investissement de Nero... ou pire.

Mes connaissances dans le domaine de la finance — ou mes pouvoirs de médium — indiquent qu'ils pourraient effectivement être pires.

Quand j'arrive sur le site des offres d'emploi, des douzaines de postes semblent correspondre à mon éducation et à mon expérience. En fait, il y en a tellement que je me lasse bientôt de postuler à chacune.

— Je postulerai plus tard aux autres, dis-je à voix haute, au cas où mon chinchilla regarderait par-dessus mon épaule, prêt à prendre sa forme de monstre pour s'assurer que je m'applique davantage dans mes recherches d'emploi.

Cependant, je ne vois pas Fluffster, alors je me récompense d'avoir bien cherché en planifiant une bonne illusion que je pourrais montrer à Rose au déjeuner. Il me faut quelques minutes pour imaginer quelque chose de plutôt sournois, et je prépare ce dont j'ai besoin, y compris une tenue. Mon humeur gâchée par la recherche d'emploi devient bien plus légère pendant que je range les paquets de cartes dans les poches du pantalon que je porterai au déjeuner.

Je souris intérieurement en imaginant l'expression de Rose.

Comme il me reste du temps avant le déjeuner, je décide de revoir la partie méditation de la vidéo que Darian m'a envoyée. Si je peux consciemment contrôler mes pouvoirs, je pourrai mieux contrôler ma vie en général.

J'allume la télévision et je relance la vidéo.

— En bref, tu dois apprendre une forme spéciale de méditation, dit à nouveau Darian à l'écran. Cela sert en partie à t'apprendre à te vider la tête, l'autre partie servant à te faire croire en tes pouvoirs sans l'ombre d'un doute. Ce n'est pas quelque chose que je m'attends à ce que tu maîtrises très vite et je n'essaierais même pas avec ton manque de sommeil actuel. Pour commencer, tu dois apprendre à inspirer et à expirer en comptant jusqu'à cinq.

Je me rends compte que je n'ai pas encore tout à fait rattrapé mon sommeil, mais la curiosité l'emporte sur ma fatigue et j'essaie de suivre le reste des instructions.

— Assieds-toi dans n'importe quelle position avec le dos bien droit.

Darian se frotte pensivement le bouc avant de continuer.

— Il peut s'agir de la position stéréotypée du lotus ou bien simplement sur une chaise — il regarde étrangement ma chaise à travers l'écran — ou même le bord de ton lit.

Il regarde mon lit depuis l'écran.

— La clé est d'être assis dans une bonne posture.

Je mets sur pause et j'essaie différentes façons de m'asseoir. En finissant par choisir la position du lotus, je croise les jambes, plaçant chaque pied sur la cuisse opposée, et je redresse mon dos autant que possible.

Ma respiration ralentit lorsque je relance la vidéo.

— Ferme les yeux et concentre-toi sur ta respiration, dit Darian. Mets pause maintenant et essaie.

Je fais ce qu'il dit, me focalisant sur l'air qui entre et sort de mes poumons.

Lorsqu'une pensée errante – par exemple une image du regard perçant de Nero – entre dans mon esprit, je la laisse partir et je me concentre à nouveau sur ma respiration.

Grâce à quelques cours de yoga et aux exercices de respiration que Lucretia m'a appris, cette partie de l'entraînement n'est pas aussi difficile qu'elle pourrait l'être pour une autre habitante de New York. Je me sens très vite aussi calme qu'une vache hindoue shootée au Valium.

Je relance la vidéo et je ferme à nouveau les yeux, prête à tenter l'étape suivante de l'entraînement.

— Cette étape n'est pas nécessaire chaque fois, dit Darian. Seulement au début.

Je regarde discrètement à travers mes cils et il me fait un clin d'œil, comme s'il savait que j'allais regarder à ce moment précis.

— J'ai besoin que tu croies fermement en tes

pouvoirs. Deviens cette croyance. Sois une voyante. Respire-le. Vis-le.

— C'est plus facile à dire qu'à faire, dis-je en marmonnant et en remettant sur pause.

Je ferme les yeux et je me concentre sur la réalité d'être douée de pouvoirs.

J'attaque mon scepticisme naturel avec la meilleure arme : les preuves. La vérité est que de nombreuses visions se sont révélées exactes, bien trop pour pouvoir les écarter. J'ai également eu une quantité innombrable d'intuitions qui se sont avérées valables, et grâce aux machinations diaboliques de Nero, j'ai même prédit les forces imprévisibles du marché.

Avec chaque respiration, je me force à m'attarder sur cette nouvelle réalité, et si un doute me vient, je l'attaque avec d'autres preuves irréfutables.

Il me faut un moment, mais je parviens à ne plus avoir de doute quant à mes capacités. Je peux maintenant me définir d'abord comme une voyante, puis loin derrière, comme une illusionniste.

Me sentant prête, je relance encore une fois la vidéo.

— Tu dois maintenant vider complètement ton esprit. Transforme-le en lac calme, dit Darian avant d'ajouter quelques astuces pour le faire. Tu finiras par entrer dans l'espace mental, ce qui est la clé de la prophétie consciente.

— Comment saurais-je si j'ai réussi ? dis-je dans ma barbe.

— Crois-moi, tu le sauras quand tu auras accompli

ton objectif, dit Darian à l'écran. J'aimerais également te donner des instructions détaillées pour l'espace mental lui-même, mais je ne le peux pas. Tu comprendras quand tu y seras. Tout ce que je peux te dire, c'est de ne pas abandonner. Alors qu'il faut des décennies ou plus à la plupart des voyants pour arriver à ce niveau, tu devrais en être capable beaucoup plus rapidement. Avec tes capacités naturelles et le boost que tu as reçu grâce à ta performance télévisée, tu es plus puissante que tu ne peux l'imaginer.

— Super, dis-je en grommelant, me rendant compte que je perds mon calme si durement gagné. Laisse-moi essayer.

Je remets la vidéo sur pause et je suis ma respiration, d'après les instructions de Darian. Ensuite, je fais ce qu'il a appelé le « scan corporel », où ma conscience de moi se déplace depuis mes pieds jusqu'au milieu de mon front.

« Fais semblant d'avoir un nouvel œil à cet endroit-là », m'a-t-il dit, et c'est donc ce que je fais en imaginant que mon visage ressemble à un des masques de voyants du Rite : ceux qui possèdent un œil sur le front.

Il ne se passe rien.

Sauf si l'espace mental revient à se sentir extrêmement fatigué, car c'est le seul résultat que j'obtiens.

Je reste assise dans la position du lotus pendant ce qui me semble être une heure de plus, et mon dos commence à faire mal.

D'une manière ou d'une autre, j'essaie d'incorporer

la douleur du dos dans ma méditation, mais ce sont alors mes jambes qui ont des crampes.

Je me lasse bientôt de contrôler ma respiration et je commence à somnoler, tombant presque sur le côté.

— Il faut peut-être que j'essaie à nouveau quand j'aurai assez dormi, dis-je à l'écran mis en pause. L'espace mental a peut-être lieu quand on s'endort ?

Darian n'a pas de réponse à cela, alors je bâille et je sors de ma position méditative.

— Peut-être juste une sieste rapide, dis-je en m'étirant sur le lit.

Je m'attends à avoir du mal à m'endormir à cause de la lumière de la fenêtre, mais dès que je ferme les yeux, une vague de torpeur agréable me submerge.

———

Mon estomac gargouille bruyamment. Tellement bruyamment, en fait, que je me réveille.

Allongée dans un brouillard paresseux, j'envisage de me rendormir. Cependant, cela ne semble pas vouloir arriver, alors j'ouvre les yeux.

Je suis dans ma chambre et c'est le milieu de la journée.

C'était une bonne sieste. Je pourrais m'habituer à cet avantage du chômage.

En me levant, je me rends compte que je n'ai pas eu de visions en dormant. Je suppose donc que l'espace mental n'est pas le même que celui des rêves, ce qui signifie que je n'ai pas accompli ma méditation comme il fallait.

Oh, tant pis.

Je regarde le téléphone.

Il est 12h35, ce qui signifie que je suis en retard pour mon déjeuner avec Rose.

Je me prépare vite fait et je sors.

───────

EN LONGEANT les magasins du District, je découvre la faille de notre plan. Nous n'avons pas convenu d'un restaurant spécifique, et il y en a beaucoup ici.

Pour empirer la situation, Rose n'aime pas les téléphones portables, alors je ne peux pas lui envoyer un message pour savoir où elle se trouve.

En me disant que c'est un bon moment pour me servir de mon intuition, je laisse mes jambes me porter où elles veulent.

Mes pouvoirs de voyante sont très en forme. Il ne me faut qu'une minute pour localiser Rose. Elle fait la queue devant le restaurant d'où s'échappent des odeurs paradisiaques et je me rends compte que j'aurais pu laisser mon nez me guider au lieu de mon pouvoir psychique.

J'observe le monde autour d'elle et je vois avec surprise qu'elle n'est pas seule.

Se tenant là, au milieu de tous ces gens, il y a Vlad, l'amant vampire taciturne paraissant beaucoup plus jeune que Rose.

Et il est beaucoup moins sombre que d'habitude. Les coins de ses yeux sont plissés en une sorte de sourire pendant qu'il écoute ce que Rose lui dit.

Je m'approche de Rose et je la serre dans mes bras.

Quand je m'écarte, Rose jette des regards inquiets entre Vlad et moi. Je tends la main afin que Vlad puisse la serrer, et elle se détend visiblement.

Note à moi-même : ne pas être trop tactile avec l'amant de Rose.

— Apparemment, tu peux sortir le jour ? dis-je à Vlad en lâchant sa main glaciale.

Je constate alors que je fais référence à sa nature en public. Cependant, le Mandat ne me fait pas souffrir, alors ma remarque est sans doute trop ambiguë pour causer des problèmes.

— Ne crois pas toutes les rumeurs que tu entends, dit Vlad de manière évasive.

La trace de sourire a disparu, mais il parle toujours avec courtoisie.

— Clairement, dis-je avant de regarder Rose. Comment était votre balade ?

— Très agréable.

Elle tend la main pour prendre celle de Vlad.

— Nous continuerons sans doute après le déjeuner.

— Où voulez-vous vous asseoir ? dis-je en regardant les gens autour de nous. J'allais vous raconter quelque chose d'assez privé.

— Nous pouvons prendre une table là-bas.

Rose indique une rangée de tables vides avec une vue moindre, mais une intimité supérieure.

— De plus, ajoute-t-elle en serrant la main de Vlad, je viens d'entendre une partie de l'histoire.

Bien sûr.

Vlad était présent quand le Conseil m'a interrogé, il connaît donc une partie de ce qu'il s'est passé.

Nous bavardons pendant le reste de notre attente dans la queue. Puis Rose commande des crêpes salées, je prends un croque-madame et Vlad un café.

— Les vampires ont-ils un régime exclusivement liquide ? dis-je à voix basse dès que nous nous installons à la table la plus éloignée, hors de portée des oreilles non surnaturelles.

— Je ne vais pas boire ça.

Vlad pose le café devant Rose.

— Je voulais simplement acheter quelque chose.

— C'est très gentil de ta part.

Je découpe avidement mon sandwich, laissant le jaune d'œuf couler sur mon assiette.

— Tu cherches à gagner du temps, dit Rose. Raconte-moi ton histoire.

Elle sale sa galette, ce qui lui vaut un regard de réprimande de Vlad. S'inquiète-t-il de sa pression sanguine ?

Je salive devant ma nourriture, alors j'énumère une version courte des événements, depuis ma performance à la télévision et la toute première vision jusqu'aux attaques de zombies qui ont suivi et la confrontation avec Béatrice. Je relate aussi les deux versions de ma rencontre avec le Conseil : la vision et la réelle.

Lorsque je mentionne que Gaius a menacé Ariel afin que je me taise au sujet de son implication et de celle de Darian dans mon passage à la télé, Vlad s'assombrit.

Merde.

Vlad est le patron de Gaius — le chef des Exécuteurs — et Gaius a avoué qu'il n'agissait pas officiellement en aidant Darian. Il le faisait pour obtenir une vision.

Ai-je dit une bêtise ?

— Tu ne crois pas qu'il fera quelque chose à Ariel, n'est-ce pas ? dis-je en hésitant, cherchant le soutien de Rose.

— Vlad ne va pas le confronter. N'est-ce pas, mon chéri ?

Rose pose la main sur l'avant-bras de Vlad. Celui-ci pince les lèvres.

— Gaius est trop ambitieux pour son bien.

— S'il essaie quelque chose, tu le remets à sa place, l'apaise Rose. Si je te donne...

— Laisse Sasha continuer son histoire, l'interrompt Vlad. Je ne parlerai pas de ça à Gaius. Pas encore, en tout cas.

Je veux savoir ce que Rose allait dire quand il l'a interrompue, mais je sais que ce serait impoli de poser la question. Je mords enfin dans mon croque-madame. Le mélange du jambon, du fromage fondant et du pain croustillant s'accorde si bien à la sauce et à l'œuf que je me jure d'écrire un éloge rayonnant de cet endroit.

Et peut-être d'épouser le chef cuisinier sans même l'avoir vu.

— Tu n'aurais quand même pas laissé le Conseil tuer Sasha si le vote s'était déroulé d'après sa version rêvée, n'est-ce pas ?

Rose jette un regard sévère à Vlad pendant que je continue à engouffrer ma nourriture.

— Je suis sûr que Nero aurait interrompu l'exécution longtemps avant que je doive intervenir, dit Vlad et le pli de son front reprend sa position sinistre naturelle.

A-t-il raison ?

Dans ma vision, Nero s'est effectivement avancé pour dire quelque chose, juste après le vote. Peut-être était-il sur le point de dire : Conseillers, vous venez de voter pour tuer ma poule aux œufs d'or. C'est impossible. Elle est à moi, c'est à moi de la tourmenter, et tous ceux qui objectent seront découpés en morceaux…

— Tu prends tes responsabilités d'Exécuteur bien trop au sérieux, dit Rose à Vlad avant de prendre une grande bouchée de galette.

J'étudie Vlad avec curiosité.

— Pourquoi penses-tu que Nero m'aurait protégée ?

Les yeux sombres de Vlad semblent aspirer l'éclat des lampes halogènes autour de nous.

— Il a proposé d'être ton mentor. C'est la première fois qu'il a fait cela.

— Et sans doute la dernière, dis-je en piquant ce qui

reste de mon sandwich sur ma fourchette. Comme je l'ai dit, j'ai quitté son stupide mentorat.

Vlad jette un regard indéchiffrable à Rose.

Je profite de l'occasion pour placer un autre délicieux morceau dans ma bouche.

Personne ne dit rien pendant que je mâche. Le mentorat de Nero est-il un sujet tabou ?

Pour briser le silence gênant, je continue mon histoire, comblant leurs éventuelles lacunes au sujet de ce qui est arrivé avec les orques. Puis, je termine en leur parlant de feu Harper.

Le visage de Vlad ressemble désormais à un ciel tropical avant un ouragan.

— Gaius aurait dû m'informer de cet incident.

Sa voix est mordante.

Rose fronce également les sourcils, mais elle pose encore une fois la main sur son bras, massant doucement ses muscles raidis.

— Ce n'était pas sur Terre, mon chéri. S'il devait faire un rapport à quelqu'un, c'était aux autorités de Gomorrah.

Les narines de Vlad se dilatent.

— Très bien. Mais il nous faudra quand même avoir une discussion un de ces jours.

J'avale les derniers morceaux de mon sandwich et j'essaie de détendre l'atmosphère sinistre.

— Alors, dis-je d'un ton enjoué forcé. Vlad, tu es dehors pendant la journée. Tu ne pouvais pas me l'expliquer tout à l'heure. Peux-tu le faire maintenant ?

Rose et Vlad échangent un regard rapide et elle dit :

— Son espèce peut être dehors pendant la journée sans subir de conséquences néfastes.

Elle lui sourit timidement.

— Ils chassent, ou chassaient la nuit comme beaucoup d'autres prédateurs, c'est donc sans doute de là que viennent les légendes humaines.

— En général, nous sommes trop occupés pendant la journée pour nous balader, clarifie Vlad. Comme nous n'avons pas besoin de dormir, nous faisons notre travail pendant la journée et nos loisirs — il jette un regard appuyé vers Rose — la nuit.

— Sauf que tu es ici pendant la journée, fais-je remarquer.

— Je suis avec Rose autant que possible, dit-il et la trace de son sourire revient.

Oh non.

Vont-ils encore s'embrasser ?

Bien que je sois très heureuse pour eux, c'était assez gênant la dernière fois.

— Connaissais-tu Raspoutine ? dis-je à Vlad, en partie pour éviter sa démonstration d'affection en public et en partie parce que j'ai vraiment envie connaître la réponse. Ou bien étais-tu en France à cette époque-là ?

— Je l'ai connu quand je vivais en Russie.

Les yeux noirs de Vlad deviennent distants.

— Mais j'étais en France quand il a eu tous ses problèmes avec le Conseil de Saint-Pétersbourg...

— Attends, quels problèmes ?

— On n'obtient pas la célébrité dans le monde

humain sans conséquence, explique Vlad. Comme tu l'as découvert toi-même.

C'est vrai. Raspoutine était devenu une figure presque mythique, ce qui va à l'encontre de l'esprit du Mandat et devait sûrement énerver les Conscients autour de lui.

— Que s'est-il donc passé ? dis-je en regardant Vlad qui ne cligne jamais des paupières.

— D'après ce que j'ai entendu, Grigori a mis en scène sa propre mort et il s'est exilé quelque part.

Vlad hausse les épaules.

— Évidemment, un voyant - particulièrement un voyant aussi puissant - ne se laisserait pas empoisonner par des humains. Aucune chance qu'il se fasse tirer dessus, puis qu'il soit battu et noyé, comme c'est écrit dans les livres d'histoire.

— Mais comment mettre en scène quelque chose de si complexe ? Tous les articles en ligne disent que...

Rose fait un clin d'œil à Vlad avant de me regarder.

— Comment les gens dans ce studio télé ont-ils oublié l'attaque de zombies ? Comment les gens à l'hôtel de Las Vegas ont-ils expliqué les coups de feu quand Ariel et toi vous avez affronté Béatrice ?

— Bien sûr.

Je me tapote les lèvres avec ma serviette.

— Si Raspoutine avait eu l'aide d'un vampire, son pouvoir d'ensorcellement a pu être utilisé pour pousser les humains à croire n'importe quelle histoire.

— Cela explique en tout cas pourquoi la légende du meurtre de Raspoutine semble si tirée par les cheveux, dit Rose. Il ne faut rien croire de ce que tu lis dans les récits humains. Ils sont très peu fiables.

Vlad semble mal à l'aise de parler aussi ouvertement des pouvoirs de son espèce, mais il acquiesce.

— Tout ce que l'on sait au sujet de Raspoutine est donc faux ? Ou bien seulement sa mort ?

— Tout peut être falsifié, dit Vlad. Mais certaines informations ne valent pas la peine d'être cachées, alors je doute qu'elles le soient.

— Et les enfants ? L'histoire humaine dit qu'il en avait.

— Je ne me fierai pas à cela, dit Rose. S'il avait des enfants, il aurait pris la peine de cacher leurs identités avant de s'exiler.

— Il pourrait aussi les avoir emmenés, suggère Vlad.

— As-tu la moindre idée de l'endroit où il a pu se rendre ?

— Non.

Vlad tend des serviettes à Rose.

— Si une telle information était connue, Grigori serait mort. Il a vraiment fait n'importe quoi à Saint-Pétersbourg.

Je jette un regard plein d'espoir à Rose.

Elle hausse les épaules en essuyant ses mains.

— Si Vlad ne le sait pas, moi non plus, dit-elle. Je ne connaissais Raspoutine que de réputation.

Je pousse un soupir de déception et c'est alors que mon sentiment de danger revient, avec plus de force qu'avant.

Rose plisse le front et Vlad lève un sourcil interrogateur.

Je dois paraître aussi pâle que ce que je me sens.

— J'ai un mauvais pressentiment, dis-je doucement, et mon téléphone sonne encore, comme en réponse à ma réaction.

CHAPITRE TROIS

JE REGARDE LE MOT « PRIVÉ » affiché, je respire pour me calmer et je déverrouille le téléphone.

Une des applications que j'ai installées révèle un numéro qui ne me semble pas familier, mais qui possède un indicatif téléphonique local, le 718.

— Une seconde, dis-je à Vlad et Rose avant de taper le numéro dans Google.

Raté.

Je transfère le numéro à Felix avec un message.

L'appli a révélé le numéro de l'appel privé, mais je ne sais toujours pas qui c'est. Peux-tu m'aider ?

Felix répond presque immédiatement.

J'ai une tonne de travail maintenant, mais je m'en occupe dès que possible.

Je le remercie et je reporte mon attention sur Vlad et Rose.

— Quelqu'un essaie de m'appeler pour une raison

que j'ignore. Ce n'est sans doute rien, mais Felix va se renseigner.

— Tiens-nous au courant s'il y a un problème.

Rose pose les mains autour de la tasse de café que Vlad a achetée.

— Tu as déjà traversé suffisamment d'épreuves. Je refuse de laisser quelqu'un d'autre te faire du mal.

— Oh, merci. C'est tellement gentil.

Je secoue la tête en espérant me débarrasser de la surcharge d'adrénaline, puis je me souviens que j'ai pris le meilleur antistress au monde avec moi aujourd'hui.

— Avez-vous envie de voir quelque chose de cool ? dis-je à mes compagnons.

— Un tour de magie ?

Le visage de Rose s'illumine, me donnant un aperçu de son enfance révolue depuis longtemps. Vlad lève les sourcils.

— Je sais que le Conseil m'a interdit de pratiquer la magie devant les humains, lui dis-je. Mais si je montre un tour à vous deux, ça devrait passer.

Rose jette un regard suppliant à Vlad.

— Si c'est quelque chose que nous serons les seuls à voir, dit-il, ce n'est pas un problème.

— C'est un tour à voir de près, promets-je. Maintenant, Rose, veux-tu être mon assistante, ou bien dois-je le demander à Vlad ?

— Moi, crie Rose avec la voix d'une enfant de dix ans. Choisis-moi !

Je regarde Vlad et il hoche la tête, le minuscule sourire revenant au coin de ses yeux.

— Rose, dis-je en mettant les mains dans mes poches, nomme n'importe quelle carte à voix haute.

— Le sept de trèfle, dit Rose sans hésiter.

Je fais une petite danse intérieure, mais extérieurement, je me contente de hocher la tête d'un air approbateur et je sors la main droite de ma poche.

— S'il te plaît, bats ce paquet, dis-je à Vlad en mimant un mélange à l'américaine.

Vlad sort les cartes de leur boîte et il les bat sur la table d'une main experte.

— Merci. Maintenant, remets-les dans la boîte et donne-les à Rose qui doit les tenir entre les mains.

Je mime la façon dont Rose doit tenir les cartes et Vlad les place doucement dans ses mains tendues. Je ne peux m'empêcher de remarquer qu'il profite de l'occasion pour frôler sa paume avec les doigts.

— Pardon de dire une évidence, mais remarquez que lorsque les cartes sont tenues ainsi, je ne peux pas les échanger.

Rose hoche la tête.

— Maintenant, dis-je en luttant pour cacher l'excitation de ma voix, ce qui pour moi est le plus difficile du rôle d'illusionniste. Nomme un nombre entre un et cinquante-deux.

— Quarante-deux, dit Rose encore une fois sans réfléchir.

— Tu es sûre ? Tu n'as pas dit cela parce que c'était par exemple la réponse à la Vie, l'Univers et Tout le Reste dans un livre célèbre ?

— Puis-je le changer et dire vingt-quatre ?

Rose serre plus fort les cartes entre ses mains.

— Mmm.

Je me gratte le menton en faisant semblant de réfléchir.

— Allez, je te laisse changer d'avis si c'est ce que tu veux.

Elle me regarde impatiemment pendant que je continue.

— En fait, je te laisserai même changer ton vingt-quatre en autre chose si tu le souhaites, mais seulement si tu le fais dans les cinq prochaines secondes.

Je commence à compter silencieusement sur mes doigts.

— J'aime le vingt-quatre, dit Rose après un temps de réflexion. Je le garde.

— Certaine ? dis-je avec mon meilleur regard impassible.

— Absolument. Vingt-quatre.

— D'accord. Tes choix libres sont donc le sept de trèfle et le vingt-quatre. Correct ?

— Oui.

Comme beaucoup de personnes dans cette situation, Rose commence à paraître mal à l'aise.

— Et tu aurais pu changer d'avis, lui dis-je.

Elle hoche la tête, son malaise grandissant visiblement.

En utilisant ma meilleure imitation d'illusionniste, je jette un regard appuyé vers ses mains.

Les mains qui serrent le paquet de cartes comme si la vie de Rose en dépendait.

— Non, dit-elle. Ce serait impossible.

— S'il te plaît, sors les cartes de la boîte et compte jusqu'à la vingt-quatrième, dis-je d'un ton autoritaire. Voyons si nous pouvons rendre l'impossible possible.

Rose sort les cartes et se met à compter.

À dix, ses mains commencent à trembler de peur ou d'excitation, c'est difficile à distinguer.

À vingt-quatre, je vois qu'elle ne veut pas retourner la carte, alors je la pousse en disant :

— Retourne la carte, s'il te plaît. Je ne veux pas la toucher et être accusée d'un tour de passe-passe.

Rose tourne la vingt-quatrième carte.

C'est le sept de trèfle.

Les yeux de Rose deviennent grands comme des soucoupes, mais Vlad semble très calme, tout bien considéré.

— Comment ? marmonne Rose. As-tu déjà maîtrisé tes pouvoirs ?

Je lui rappelle que Vlad a battu les cartes, mais l'enthousiasme que je ressentais à cause de la réaction initiale de Rose est gâché. Je n'ai pas besoin d'être voyante pour savoir que sa théorie sera celle que tout le monde utilisera pour expliquer une bonne partie de tout ce que je fais.

— C'est toi qui aurais dû être la voyante, pas moi, pour deviner aussi facilement la place de la carte.

Elle hoche la tête, mais sans certitude.

— De toute façon, je n'avais pas terminé. La partie suivante ne peut pas du tout être expliquée par mes pouvoirs de médium.

Je prends le sept de trèfle dans ma main droite et je fais un geste élaboré.

La carte disparaît de ma main.

Rose retient son souffle. Je montre la main des deux côtés et je fais un clin d'œil complice.

— Elle ne s'est pas vraiment évaporée. La carte s'est téléportée.

Je fixe la poche de Rose et quand elle voit ce que je regarde, elle pose la main sur sa poitrine, comme si elle était sur le point de s'évanouir.

— Mets ta main dans ta poche, s'il te plaît.

Rose m'obéit prudemment et lorsqu'elle touche la carte à l'intérieur, elle sursaute comme s'il s'agissait d'une tarentule enragée.

— Sors-la. Voyons quelle est cette carte.

Lentement, comme si elle travaillait sous l'eau, Rose sort la carte et la retourne.

C'est le sept de trèfle.

Rose s'étrangle.

— Je ne crois pas vouloir savoir comment tu as fait cela. Et je suis une sorcière.

Je souris, ressentant un nouveau pic de dopamine.

— N'es-tu pas impressionné ? demande Rose à Vlad quand elle a repris ses esprits.

Je ne peux lui en vouloir de poser la question. Le visage de Vlad est resté totalement impassible tout le long, comme si je venais de lire le menu au lieu de faire un des meilleurs tours de mon répertoire.

Peut-être fait-il partie de ces gens qui ressentent

l'admiration à l'intérieur, comme mon père, au lieu de l'afficher sur leur visage, comme Ariel et Rose ?

— Je sais comment tu as fait, répond Vlad, le visage aussi passif qu'avant.

S'il était Felix, il afficherait un regard triomphant.

— Cependant, comme Rose a dit ne pas vouloir savoir, je ne dirai rien.

— Je viens de changer d'avis, dit-elle.

En se tournant vers Vlad, elle lui fait des yeux de chien battu et d'une voix extrêmement suppliante – et quelque peu perturbante –, elle ajoute :

— S'il te plaît. S'il te plaît, dis-le-moi.

— Comment puis-je refuser ?

Vlad me jette un regard d'excuse.

— Puis-je ?

— C'est un pays libre, dis-je aussi calmement que possible.

Je range les cartes dans leur boîte, et en les mettant dans ma poche, je marmonne :

— De plus, il y a très peu de chances afin que tu saches vraiment ce que j'ai fait.

— La carte dans la poche de Rose, dit Vlad en tapotant doucement sa hanche. Tu l'as mise là quand tu l'as serrée dans tes bras.

— C'est vrai ?

Rose me jette un regard admirateur.

— Je croyais que tu étais simplement très heureuse de me voir.

— Il faudrait être particulièrement doué pour placer cette carte si vite sans que Rose sente quoi que ce soit, dis-je à Vlad de façon évasive. Es-tu certain de ta théorie ?

Il croise les bras et il hoche la tête.

Foutus vampires.

Ils doivent avoir une attention surnaturelle aux détails, car j'ai fait exactement ce qu'il a dit. Cela s'appelle le *put-pocketing* et bien que cela se rapproche de ce que font les pickpockets, je ne fais pas les poches de mes amis proches, je glisse seulement des choses dedans. Ces deux talents font partie des capacités importantes que j'ai développées au cours des années où j'imaginais faire ma propre émission télévisée. Même si Vlad m'a prise sur le fait, je suis contente d'avoir eu l'occasion de m'entraîner.

— Maintenant, laisse-moi expliquer comment ta carte s'est retrouvée à la place que tu as choisie, dit Vlad en regardant volontairement Rose au lieu de moi. Le paquet de cartes utilisé était fait de cinquante-deux sept de trèfle identiques, alors chaque nombre annoncé aurait donné le même résultat.

— Encore une fois, en es-tu certain ?

Je fais un sourire suffisant et je sors le paquet de ma poche gauche.

Avec un sang-froid digne de l'Antarctique, je sors les cartes de leur boîte et je forme un bel éventail montrant les différentes valeurs de cartes.

— Ce n'est pas le paquet que j'ai battu, dit Vlad d'un ton très sûr de lui. L'autre se trouve dans ta poche droite.

Si jamais je crée un spectacle pour les Conscients,

j'aurais une nouvelle règle : pas de vampires dans le public. Ou peut-être pas de Vlad. Je dois d'abord vérifier si les autres vampires sont aussi péniblement attentifs que lui.

J'ai envie de nier avoir un paquet dans ma poche droite, mais cela ouvrirait à la possibilité que Vlad fouille mon pantalon.

Rose n'aimerait pas du tout qu'il le fasse. Absolument pas.

Je décide de contourner le problème.

— Avoir tout un paquet de sept de trèfle dans ma poche implique que je savais que Rose allait nommer cette carte précisément, tout comme le placement d'un sept de trèfle dans sa poche quand je l'ai serrée dans mes bras. Mais comment aurais-je pu savoir qu'elle nommerait cette valeur ? Est-ce moi qui lui ai fait dire ?

Décidant d'ajouter un petit mensonge, je poursuis :

— Elle a eu l'occasion de changer d'avis.

— C'est vrai, dit Vlad pensivement, et je souris intérieurement.

Je n'ai pas vraiment laissé à Rose l'occasion de changer la carte après qu'elle l'ait nommée : j'étais bien trop heureuse qu'elle ait choisi ce que je voulais pour en prendre le risque. À la place, j'ai fait toute une histoire en montrant qu'elle pouvait changer le nombre donné ensuite.

— Alors, dis-je à Vlad, tout ton enchaînement logique s'écroule.

— Tu as utilisé tes pouvoirs de voyante, répond

Vlad, mais avec beaucoup moins de conviction qu'avant. Tu as prévu quelle carte elle choisirait.

Je souris.

— Faux. Je te l'ai dit plus tôt, je n'ai pas utilisé mon pouvoir pour ce tour.

— Mais ne le dirais-tu pas de toute façon ? demande Rose en se frottant les tempes.

— Je n'ai pas utilisé mes pouvoirs, dis-je encore. Je peux le jurer, si vous le voulez. D'ailleurs, je te laisserai utiliser tes pouvoirs si tu veux t'assurer que je dis la vérité.

Je ne bluffe pas. La façon dont je savais que Rose nommerait cette carte est tellement plus simple que je n'arrive pas à croire qu'elle ne s'en rende pas compte. Il y a un an, je faisais un tour pour Rose et je lui ai demandé de nommer n'importe quelle carte. Elle a nommé le sept de trèfle. Puis, quelques mois plus tard, j'ai fait un autre tour similaire et elle a nommé la même carte. J'ai donc décidé de tenter le pari aujourd'hui. Si elle avait nommé n'importe quelle autre carte, j'aurais pris le paquet de cartes normales et pratiqué un autre des innombrables tours de cartes de mon répertoire.

Je remarque alors quelque chose. Vlad n'a fait aucun commentaire concernant la façon dont j'ai fait disparaître le sept de trèfle de ma main. Est-ce que cela signifie que j'ai été si douée que même un vampire ne pouvait me surprendre ? J'ai utilisé une combinaison de tours de passe-passe connu et quelques mouvements que j'ai inventés moi-même et je suis ravie de voir que cela fonctionne si bien.

— Je crois que c'est la vérité, dit Vlad après une longue pause.

Est-ce une pointe de frustration que je détecte dans sa voix ?

— Alors, en sommes-nous revenus à ne pas savoir comment elle a fait ce qu'elle a fait ?

Rose regarde Vlad et je pourrais l'embrasser pour son erreur logique. Elle pense que s'il avait tort sur un élément du tour, il avait tort pour tous les autres.

— Peux-tu tout refaire ? dit Vlad, maintenant vraiment frustré.

Je lui fais un clin d'œil.

— Ce serait tellement décevant.

Puis, en me rendant compte que Rose pourrait devenir jalouse, je lui fais aussi un clin d'œil.

— De plus, comme ils le disent dans mon domaine, « une fois, c'est de la magie, deux fois, c'est de l'éducation ».

— C'est sans doute pour le mieux, dit Rose en se levant. J'ai envie de faire une autre promenade. Pour la digestion.

Elle passe la main autour du coude de Vlad.

— Je ferais mieux d'y aller, moi aussi.

Je m'échappe avant que les deux tourtereaux se mettent en tête de s'embrasser.

————

Au lieu de rentrer chez moi, je fais un tour et quelques courses pour plus tard.

Sentant un besoin pressant, je me dirige jusqu'aux toilettes pour dames, je pose mon sac de courses sur le lavabo sous le miroir et j'essaie la porte des cabinets les plus proches.

La porte est verrouillée, comme celle d'à côté.

Je ressens un léger malaise.

Mon téléphone est-il sur le point de sonner encore une fois ?

À la place, j'entends le bruit de quelqu'un qui tapote sur son téléphone derrière la porte, suivi de quelques rires.

Les adolescentes s'envoient telles des textos aux toilettes, maintenant ?

Pas étonnant que les fabricants aient tellement envie de rendre leurs engins résistants à l'eau.

La dernière cabine est vide, alors je repousse mon malaise et j'y vais vite, pas du tout tentée de sortir mon propre téléphone pendant que je fais mes petites affaires.

Je me lave les mains et je me regarde dans le miroir lorsque les deux portes s'ouvrent brusquement.

En fixant les filles qui viennent de sortir, je comprends immédiatement la source de mon malaise.

Je connais ces filles, même si je me souviens du nom que de l'une d'entre elles.

Roxy.

La deuxième est soit Maddie soit Ashley, mais le nom n'a pas d'importance. Ce qui en a, c'est qu'elles font partie de la clique de harceleuses de mon cours d'Orientation.

Ce sont de vraies chiennes... des loups-garous féminins.

Roxy voit mon visage dans le miroir et son sourire se transforme en un rictus lupin.

Elle est manifestement toujours contrariée depuis l'autre jour, quand j'ai sauvé Maya en jouant à la roulette russe avec Roxy et sa ruche.

Malheureusement, je n'ai pas mon pistolet en ce moment, et nous sommes les seules dans les toilettes.

Elles peuvent se transformer en louves et m'attaquer comme bon leur semble.

Quelque chose dans leurs yeux m'indique qu'une attaque est exactement ce qui va se produire.

Sans une seconde de réflexion, je bondis vers la porte.

CHAPITRE QUATRE

MES CHAUSSURES GLISSENT sur le carrelage lorsque je cours le long des lavabos.

J'attrape la poignée et j'ouvre la porte. Je passe à toute vitesse, puis je la referme en la claquant derrière moi… contre le visage satisfait d'Ashley/Maddie.

Ne jetant pas un regard en arrière, je pique un sprint jusqu'à l'escalator près de là.

Grâce à la surface réfléchissante d'une colonne, je confirme qu'elles me poursuivent sous leur forme humaine.

Était-ce un mauvais calcul de courir ? Agissent-elles comme des chiens qui chassent tout ce qui se met à courir parce que cela nous désigne comme une proie ?

Enfin, je peux toujours leur faire le coup du chat : m'arrêter et les regarder de façon suffisamment effrayante de sorte qu'elles se demandent pourquoi elles me poursuivent.

Si seulement j'avais un pistolet.

Pas grave.

Je garderai ma stratégie du chat pour la même situation que les félins : si je suis coincée.

Un ersatz de plan se forme dans ma tête et je descends l'escalator en courant, évitant les gens sur mon chemin et sortant en direction de Battery Park.

La ruche me suit et commence à me rattraper, alors que les deux filles courent en talons hauts.

Je passe sur un sentier et je cours jusqu'à ma destination : un kiosque à musique isolé qui est l'endroit préféré de Rose.

J'espère que Vlad et elle sont là et qu'ils peuvent m'aider.

Un cycliste me fonce presque dessus, mais fait une embardée juste à temps.

J'accélère et je manque renverser une fillette sur un skateboard.

Je regarde derrière moi. La ruche a jeté ses chaussures à talons sur le côté et elles me rattrapent plus vite.

Tournant brusquement à travers une haie parfaitement coupée, je cours sur la parcelle d'herbe qui mène à ma destination.

Pendant une seconde, je me demande si elles ne m'ont pas vue sortir du chemin, mais le bruissement de la haie derrière moi rompt cette illusion.

Je ne vois aucune trace de Rose et Vlad, ce qui n'est pas bon. Ils sont peut-être à l'intérieur ? Ou, comme le kiosque possède deux entrées, il se pourrait qu'ils viennent de sortir du côté opposé au mien.

En m'approchant du kiosque, je pousse mes muscles au maximum.

Mon cœur bat dans ma poitrine.

Je plonge dans l'entrée.

Rose et Vlad ne sont pas là.

Merde. Avec un peu de chance, je peux les rejoindre de l'autre côté.

Je cours, mais j'entends haleter juste derrière moi.

Je me tourne et je vois Ashley/Maddie sur le point de m'attraper.

Elle ricane et regarde derrière moi.

Je suis son regard.

Roxy entre dans le kiosque par l'autre côté, me prenant en sandwich.

On dirait que c'est le moment de la stratégie du chat.

— Que penses-tu faire ? dis-je en jetant un regard méprisant à Roxy. N'as-tu pas appris ta leçon la dernière fois ?

Je passe la main à l'arrière de mon jean, comme pour attraper un pistolet.

Elles suivent le mouvement de mes mains du regard, mais elles ne reculent pas.

Lorsque je ne sors pas de pistolet, la bouche de Roxy se courbe en un sourire de prédatrice et elle se déshabille avec une vitesse impressionnante.

Je pivote vers Ashley/Maddie et je découvre qu'elle est déjà nue.

Voilà ma chance.

Est-il plus facile de tacler une ado nue plutôt qu'une ado vêtue ?

Si j'étais à leur place, je me sentirais vulnérable… mais ce n'est pas leur cas.

Un éclair d'énergie m'indique qu'il est trop tard.

Elles se sont toutes les deux transformées en louves.

Je recule, abattue.

Les deux bêtes me montrent leurs dents et Roxy bondit sur moi.

CHAPITRE CINQ

JE SAUTE sur le côté et les crocs de Roxy claquent juste à côté de ma cheville.

Je perçois un mouvement derrière les louves, mais je me concentre afin d'éviter qu'Ashley/Maddie me morde le genou.

Roxy déporte momentanément son poids sur ses pattes arrière, puis elle bondit.

Une main pâle attrape Roxy par le cou en plein bond, comme un chaton, et exactement au même moment, une botte écrase la queue du deuxième loup-garou.

— Est-ce ainsi que se comportent les dames? grogne Vlad, dont les traits parfaits se sont transformés, passant de sombres à furieux.

Rose apparaît derrière Vlad, pointant un index vers chacune des captives de son amant.

Elles sont frappées par des flots aveuglants

d'énergie et en un éclair, les louves se transforment à nouveau en adolescentes nues.

Vlad retire le pied du derrière d'Ashley/Maddie, mais il continue à tenir Roxy par le cou, ne tenant apparemment pas compte de son état dénudé.

— Est-ce ton père qui t'a dit de faire ça ? demande-t-il sévèrement.

Se trouver soudain sous l'emprise de Vlad doit être trop violent pour le cerveau de Roxy, car elle reste pétrifiée, le regardant bouche bée, puis Rose, puis moi.

Se dégageant enfin de la main de Vlad, elle croise les bras pour se cacher.

— Quel est le rapport avec mon père ? demande-t-elle d'un ton irrité.

— Sasha et lui ont eu des problèmes, répond Vlad d'une voix dure. Tu n'es pas suffisamment bonne actrice pour prétendre ne pas être au courant.

— Mais c'est vrai.

L'arrogance de Roxy semble s'effriter au point que j'ai presque pitié d'elle.

— Il ne me dit jamais…

— Qui est son père ? m'enquis-je auprès de Vlad, même si je peux le deviner d'après le contexte.

— Chester, dit-il en confirmant mes soupçons. L'ancien Conseiller qui…

— Oh, je sais qui il est.

Je regarde Roxy.

Oui.

Maintenant que Vlad me l'a dit, je vois que Roxy a

exactement les mêmes pommettes et le même menton que Chester.

Sauf qu'il n'est pas loup-garou.

Puis je me souviens de notre dernier cours d'Orientation.

Roxy a levé la main quand le Dr Hekima a demandé qui avait des parents Conscients de types différents. Je m'étais dit alors que son parent qui n'était pas loup-garou devait être une harpie ou un Kraken... et apparemment, je n'étais pas loin, puisque Chester est pire que ces deux-là ensemble.

A-t-elle des pouvoirs doubles ?

Peut-elle manipuler les probabilités comme Chester ?

Dr Hekima a dit que c'était rare, mais il a également expliqué que les manipulateurs de probabilités étaient avantagés dans ce domaine.

Le fait qu'elle possède les pouvoirs de Chester pourrait expliquer la malchance que j'ai eue de la croiser avec Ashley/Maddie.

Je me souviens alors d'autre chose : une chose dite par Gaius avant mon Rite.

Chester a une dent contre Darian à cause d'une épouse morte. Une épouse loup-garou morte qui s'est suicidée en réaction à une prophétie révélant qu'elle causerait la mort de sa fille. Roxy était-elle cette fille ? Le sait-elle ? J'espère que non. Cela perturberait n'importe quel enfant. J'aurais peut-être dû être plus gentille avec...

— Je ne sais pas du tout de quoi vous parlez, dit

Roxy en retrouvant son audace. Nous nous sommes rencontrées à l'Orientation la semaine dernière, et quand je l'ai revue, nous avons décidé de nous amuser.

Le front lisse de Rose se plisse et elle lui jette un regard noir.

— J'ai le pouvoir de t'empêcher de te transformer pendant des jours, jeune fille, peut-être même des semaines si je le souhaite.

Elle tend les mains vers Roxy et de l'énergie crépite entre ses doigts.

Roxy pâlit, et pour une raison que j'ignore, elle me jette un regard assassin.

Comme si la menace de Rose était de ma faute.

— Sasha, me dit Vlad. Tu ferais mieux de rentrer à la maison pendant que Rose leur explique le comportement correct pour une jeune fille.

Il n'a pas besoin de me le dire deux fois.

En marchant le dos droit et avec autant de fierté que possible, je sors du kiosque et je file à la maison.

————

Lorsque j'arrive chez moi, je suis relativement calme. Malgré leurs formes de louves mortelles, il est difficile de considérer Roxy et sa bande comme autre chose que des adolescentes mal élevées. En outre, je ne peux m'empêcher de ressentir de la compassion pour Roxy. Avec le suicide de sa mère et Chester pour père, la pauvre fille a le droit d'être un peu irritable.

Fluffster m'accueille à la porte, alors je le soulève et

je profite de son effet calmant en lui racontant ce qui est arrivé.

Quand je suis suffisamment détendue, je décide de réessayer les enseignements de Darian.

Afin d'éviter de mettre en pause et de relancer la vidéo, je la regarde jusqu'à mémoriser chaque étape de la méditation.

Me souvenant de l'inconfort au niveau des jambes et du dos, je m'assois sur une chaise au lieu de prendre la position du lotus, puis je ferme les yeux.

Je respire comme il le recommande et je fais glisser ma conscience le long de mon corps jusqu'à la fixer sur mon « troisième œil ».

Mon esprit est maintenant aussi serein que celui d'un moine zen.

Même si je n'atteins pas l'espace mental, ce sera bon pour mon niveau de stress.

— Ne te disperse pas, me dis-je avant de me concentrer encore sur mon troisième œil.

Je suis tellement dans l'instant que le passage du temps devient difficile à suivre. Flottant sur un nuage de relaxation, je sens mes paumes devenir chaudes.

Si chaudes qu'elles sont presque brûlantes.

D'après ce que j'ai lu, les paumes de mains et les pieds chauds sont des signes classiques de la réaction à la relaxation. Tout comme les membres froids sont une réaction du corps au stress.

Je continue à respirer et je vide à nouveau mon esprit.

Mes paumes sont maintenant tellement chaudes que j'ai l'impression qu'elles sont en feu.

Une intuition me fait ouvrir les yeux et je vois des éclairs se former dans mes mains.

Je pousse un petit cri.

Instantanément, mon système nerveux autonome transforme ma relaxation profonde en son opposé total.

Je respire à cent kilomètres-heure, le cœur battant contre mes côtes.

Toute la chaleur quitte mes paumes et les éclairs disparaissent.

Ma réaction de fuite ou combat ne disparaît pas, cependant. À la place, elle passe en surrégime lorsque je me rends compte de ce qu'aurait été l'étape suivante de la méditation.

Les éclairs allaient entrer dans mes yeux.

CHAPITRE SIX

J'INSPIRE POUR ME CALMER, mais ça ne fonctionne pas.

L'idée que les éclairs frappent mes yeux dérange une part primitive de mon cerveau, l'endroit responsable de la peur des araignées, des chutes et des serpents.

Cette peur est évidemment irrationnelle, et sans doute empirée par l'adrénaline qui coule dans mon corps après avoir rencontré la ruche. Lorsque j'ai eu ma première vision éveillée hier, les éclairs ont jailli de mes paumes jusque dans mes yeux. Felix m'a montré une vidéo qui le prouve.

Malheureusement, le fait de savoir que ces éclairs sont inoffensifs ne m'aide pas. J'ai toujours été sensible à ce qui entre dans mes yeux. J'ai même refusé les tests du glaucome après le premier test horrible, choisissant de prendre le risque de la maladie.

Pourquoi Darian ne m'a-t-il rien dit au sujet des éclairs ?

Il a beaucoup parlé du reste.

D'ailleurs, que veut-il vraiment ? Pourquoi m'enseigne-t-il la méditation ?

Je ne crois pas dans l'explication d'un cadeau pour le jubilé. Je parie que cela fait partie d'un plan – un plan qui culmine d'une façon ou d'une autre en une relation entre nous. En supposant qu'il n'a pas menti sur cette vision.

Quoi qu'il en soit, elle n'aura pas lieu si je me base sur mon niveau d'irritation et de frustration envers lui en ce moment.

Il me vient alors une idée : une idée que j'aurais dû avoir hier.

Craignant d'arriver trop tard, je me précipite vers la porte pour voir si le carton utilisé par Darian pour m'envoyer le lecteur VHS est encore là.

Je pousse un soupir de soulagement.

Le carton déchiré se trouve là où je l'ai laissé hier soir. Heureusement que mon ménage n'a pas été trop méticuleux, et que mes colocataires ne sont pas gênés par le bazar dans le couloir.

Sur l'étiquette de transport, juste au-dessous du nom de Darian, se trouve une adresse.

Contrairement au colis de la vidéo – que Darian a fait semblant d'envoyer depuis le studio télé où il a, ou pas, travaillé –, cette adresse se trouve dans l'Upper East Side, à seulement quarante minutes de métro.

J'entre l'adresse dans mon téléphone, je m'habille rapidement et je sors.

Il est temps que je pose quelques questions très précises à Darian.

———

TIENS, tiens, comme c'est étonnant. L'immeuble chic de Darian possède un portier en manteau long, gants blancs et chapeau.

— Prenez l'ascenseur jusqu'au quatorzième étage, me dit-il lorsque j'explique qui je viens voir. Suivez-moi.

En marchant derrière lui, j'ai envie de bondir d'excitation. Jusqu'à ce moment, il était possible que Darian ait inscrit une adresse au hasard sur le colis. Dans ce cas, le portier n'aurait pas su qui était Darian.

Je dois maintenant me demander s'il a noté sa véritable adresse parce qu'il voulait que je vienne.

Le bâtiment possède quatre ascenseurs, mais un seul bouton. Le portier appuie sur le bouton pour moi et les portes de gauche s'ouvrent lentement.

Je monte, j'appuie sur le bouton de ma destination et les portes se referment tout aussi lentement.

Puis, exactement comme l'autre jour, quand je me tenais devant la porte de la chambre de Felix, des éclairs explosent dans mes yeux.

———

Je suis désincarnée dans le couloir d'un immeuble élégant.

Nero se trouve juste devant moi.

Il tient Darian par la gorge, le soulevant facilement d'une seule main.

La main libre de Nero devient floue, formant la griffe morbide et familière que j'ai vue hier, pendant le massacre des orques.

D'une voix qui – en d'autres circonstances – serait presque comique parce qu'elle est trop profonde et gutturale, Nero grogne :

— Tu savais que l'orque lui infligerait un hématome. Et ce que j'allais leur faire subir en conséquence. Et qu'elle me surprendrait pendant que je le massacre. Et sa réaction.

— Tu voulais savoir si elle survivrait si tu engageais les orques, et je t'ai dit qu'elle irait bien. Et c'est le cas, répond Darian en s'étranglant, son visage prenant une teinte violette malsaine.

La griffe de Nero vole vers la poitrine de Darian.

Darian pousse un cri et je m'attends à ce que des morceaux de chair et de membres volent dans toutes les directions.

Mais il est intact.

Les serres de Nero se sont arrêtées juste à côté de la chemise de Darian.

— Tu as crié, dit Nero. Cela signifie-t-il que tu n'as pas vu si tu allais vivre ou mourir ?

Si j'avais un corps, j'aurais frissonné en entendant la cruauté de sa voix profonde.

— Arrête ça maintenant, dit Darian en s'étranglant, les yeux sortant de leurs orbites. Elle est sur le point de sortir de cet ascenseur.

Son regard se dirige vers la porte la plus à gauche.

— Si tu me tues maintenant, elle le verra… et sa réaction sera plus violente, cette fois.

Nero sait détecter si les gens lui disent la vérité, je dois donc supposer que Darian a été franc, car Nero laisse Darian tomber, regarde la porte en question et grogne :

— Si tu t'approches encore une fois d'elle, tu mourras. Si tu lui envoies un autre colis, que ce soit une autre vidéo, ou un disque vinyle, ou un e-mail, ou un DVD, ou un foutu pigeon voyageur… tu mourras.

Darian semble sur le point de dire quelque chose, mais il y a alors un éclair près de son visage et il reste silencieux. L'éclair de voyance vient-il de frapper ses yeux, et Darian a-t-il prédit ce qui arriverait s'il contredisait Nero ?

Quoi que Darian a vu – en supposant que je n'ai pas imaginé cet éclair – a vraiment dû l'impressionner, car il acquiesce si vigoureusement qu'il risque de se faire le coup du lapin.

— Casse-toi, grogne Nero.

Darian tourne le dos à Nero et appuie sur le bouton de l'ascenseur comme si sa vie dépendait de la vitesse de son arrivée… ce qui est sans doute le cas.

Les portes de l'ascenseur le plus à droite s'ouvrent et Darian saute à l'intérieur.

———

Je REVIENS à moi et j'observe l'intérieur de l'ascenseur. Je suis un peu perdue.

Il devait encore s'agir d'une vision éveillée.

Cela signifie que Nero et Darian sont sur le point d'avoir cette conversation.

J'appuie avec force sur le bouton du quatorzième étage, mais cela ne semble pas améliorer la lenteur de l'ascenseur.

Je constate quelque chose.

Comme la dernière fois, le début de la vision a donné l'impression que la foudre jaillissait de mes mains jusque dans mes yeux... et ce n'était pas si terrible. La prochaine fois que je pratiquerai la méditation, je dois me souvenir que la vision non sollicitée était inoffensive.

D'un autre côté, c'est peut-être différent quand on le contrôle consciemment.

L'ascenseur s'arrête après ce qui me semble être une heure.

En sautant d'un pied sur l'autre, j'appuie sur le bouton d'ouverture des portes, encore et encore, mais les portes s'en moquent et s'écartent à la vitesse d'un escargot ivre.

Je bondis hors de l'ascenseur... et je me trouve face à Nero.

— Sasha.

Il incline la tête sur le côté.

— Quelle surprise !

— N'essaie même pas, dis-je en sifflant avant de remonter dans l'ascenseur.

Appuyant aussi vite que possible sur le bouton du premier étage, j'agite ensuite le bouton de fermeture des portes dans l'espoir de rattraper Darian au rez-de-chaussée.

Les portes bougent à peine.

Nero me fixe, ses yeux bleu gris perçants évoquant les mythes de serpents capables d'hypnotiser leur proie.

Je lève le menton, le défiant silencieusement.

Ses anneaux cornéo-limbiques s'épaississent, créant l'illusion que les cercles sombres dévorent le blanc de ses yeux ainsi que les iris.

— Tu n'y arriveras pas, semblent dire ses yeux. Et même si tu y arrives, je le tuerai s'il te parle.

— Tu n'oserais pas, réponds-je de mes propres yeux. Si tu le tues, je…

Les portes se referment, mettant fin à notre concours de regards.

La descente en ascenseur paraît encore plus longue que la montée.

Les habitants de cet immeuble ultra coûteux ne peuvent-ils pas se cotiser pour un meilleur ascenseur ? Ce serait plus utile qu'un portier.

L'ascenseur s'arrête.

Les portes recommencent à s'ouvrir lentement.

Au loin, je vois le dos de Darian. Il court si vite hors du bâtiment que je vois ses semelles.

Dès que je peux passer dans la fente entre les portes, je le fais, et je me lance dans un sprint.

Le portier m'observe, fasciné.

Darian est à l'extérieur et il appelle un taxi au moment où j'atteins la porte.

Je me précipite hors du bâtiment.

Il monte dans un taxi.

Je cours pour le rattraper, ou encore mieux, pour monter dans le même taxi.

Dans un crissement de pneus, le taxi bondit en avant juste au moment où je cherche à saisir la poignée de la portière.

Darian regarde droit devant lui, refusant de me voir.

J'essaie d'appeler un taxi, cherchant désespérément à le suivre, mais la loi de Murphy/Chester me joue encore des tours : les trois taxis suivants ont déjà des passagers.

Quand un taxi s'arrête enfin, je perds complètement Darian de vue.

— Rentrons à la maison, dis-je au chauffeur, frustrée.

— Et où est cette maison ? dit le type, révélant ses dents écartées en souriant.

Je lui donne mon adresse et je rumine ce qu'il vient de se passer.

Nero ne veut pas que Darian m'entraîne, ni même qu'il me parle. Peut-être parce que Nero a des projets pour moi, ou bien parce qu'il se considère toujours comme mon mentor et que les Conscients estiment que c'est un grand manque de respect d'enseigner à l'élève de quelqu'un d'autre.

Ou alors, y aurait-il un rapport avec ce que j'ai dit à Nero, à savoir que Darian avait soi-disant prévu que lui et moi deviendrions amants ?

Mais cela implique que Nero est jaloux, ce qui signifie également qu'il possède des sentiments humains, ce qui me semble trop improbable.

Quelle que soit sa raison, Nero vient de m'empêcher de demander de l'aide à Darian.

Bien que les motivations de Nero soient énigmatiques, j'ai d'autres questions tout aussi importantes.

Pour commencer, comment Darian s'est-il fait attraper par Nero ?

C'est un voyant et il est puissant, pourtant il s'est mis dans une situation où il pendait dans les airs, tenu par la gorge.

Cela faisait-il partie d'un plan, ou bien ses capacités de voyant ont-elles échoué, comme lorsqu'il a embrassé Kit (déguisée en moi) en boîte l'autre jour ?

Savait-il qu'il ne recevrait qu'un simple avertissement grâce à mon arrivée opportune ? Arrivée qui n'aurait pas eu lieu s'il n'avait pas inscrit l'adresse sur le colis.

Cette rencontre avec Nero était peut-être le meilleur scénario pour Darian. Après tout, seule sa fierté a été blessée. Si ça se trouve, Darian a aperçu une multitude d'avenirs et il a choisi celui dans lequel l'attaque de Nero déclenche quelque chose de plus grand. Bon sang, cette chose plus grande pourrait simplement être mon attitude envers Nero.

Darian souhaitait peut-être que je voie Nero sous son plus mauvais jour afin d'éliminer ce qu'il perçoit comme une concurrence romantique ?

Pas étonnant que les gens détestent les voyants. Tous ces plans imbriqués sont épuisants.

Puis, la question la plus importante de toutes me frappe comme un coup de massue.

Comment Nero était-il au courant pour le lecteur VHS et la vidéo envoyée par Darian ? J'ai reçu ces deux éléments par la poste et j'ai regardé la vidéo dans ma chambre hier, entièrement seule.

Soudain inquiète, je me souviens des théories concernant les caméras cachées de Nero : des théories qui expliquent qu'il soit au courant de l'hématome que m'a donné l'orque.

Nero a-t-il installé une surveillance similaire de mon appartement ?

Dans ma chambre ?

Le sang quitte mon visage lorsque je me souviens de toutes les fois que je me suis déshabillée dans cette chambre, ou pire, de mes rencontres avec Copperfield – ma baguette magique masseuse Hitachi.

Non. Même Nero ne serait pas si…

Je m'arrête. Qu'est-ce que je crois ? Ces derniers jours ont prouvé que Nero est capable de toutes sortes de choses horribles.

Était-ce l'intention de Darian ? D'exposer Nero comme pervers et voyeur ?

Je sors mon téléphone et j'envoie un texto à Felix.

Quand rentres-tu à la maison ?

Sa réponse me parvient quelques instants plus tard.

J'ai fini ma charge de travail, j'étais sur le point de faire des recherches sur ce numéro de téléphone pour toi.

J'hésite à lui dire de tout laisser tomber et de rentrer, mais le numéro de téléphone est important, alors je réponds :

Merci ! Tiens-moi au courant.

Felix répond par l'affirmative, et pendant le restant du trajet en taxi, je m'entraîne à respirer pour la méditation de voyance... ce qui a l'avantage de me calmer également.

J'en ai vraiment besoin.

J'entre dans notre immeuble lorsque le texto de Felix me parvient.

J'ai découvert à qui appartient le numéro. Ou plutôt, à quelle entreprise. C'est Izbushka Na Kurih Nojkah. Ce n'est pas leur numéro principal, mais c'est quand même le leur. Je ne répondrais pas, si j'étais toi. Je rentre maintenant. À tout à l'heure.

Je monte dans l'ascenseur comme un zombie.

Traduit depuis le russe, *Izbushka Na Kurih Nojkah* signifie : « une cabane sur des pattes de poulet ». C'est le nom du restaurant appartenant à Baba Yaga, la sorcière qui a aidé Fluffster à se souvenir de son dernier propriétaire, Raspoutine, en échange de la promesse suivante. Je cite à la fois la sorcière et le Parrain : « un jour, mais ce jour ne viendra peut-être jamais, je te demanderai de faire quelque chose pour moi… »

On dirait que ce jour est arrivé le lendemain de notre rencontre.

Super.

Maintenant que j'ai eu davantage de sommeil et pas d'expérience de mort imminente pendant quelques heures, je suis certaine qu'accepter de rendre un service à Baba Yaga était une mauvaise idée. Non pas que j'avais vraiment le choix hier soir, mais tout de même. J'ai stipulé qu'elle ne me demande pas de faire quoi que ce soit d'illégal, mais maintenant que j'ai l'esprit plus clair, j'imagine facilement de nombreuses choses désagréables qui ne seraient pas strictement illégales, par exemple manger des larves de ver solitaire.

Sur cette idée joyeuse, j'entre dans mon appartement.

Fluffster vient me voir et me salue mentalement.

— Salut, petit pote.

Je me baisse et je le caresse sous le menton.

— As-tu faim ?

— Oui, je mangerais avec plaisir, répond-il.

Je lui donne donc un peu de foin bio dans ma chambre.

Même si j'ai pensé au ténia plus tôt, mon estomac gargouille pendant que Fluffster se jette sur son plat. Je me rends à la cuisine, je fais griller quelques bagels et je les garnis de fromage frais et de saumon fumé.

Ce faisant, une idée se forme dans ma tête.

Sortant mon téléphone, j'envoie un nouveau texto à Felix.

Faisons un petit pique-nique à Battery Park.

La réponse de Felix tient en un seul caractère : le point d'interrogation. Je lui renvoie alors :

Il est temps que je te nourrisse pour changer.

Après nous être mis d'accord sur un lieu particulièrement pittoresque, j'emballe les bagels et quelques bouteilles d'eau dans un gros sac marron et j'enfile mes chaussures.

Juste au moment où j'ouvre la porte d'entrée, l'inquiétude maintenant familière, mais pas moins désagréable me submerge et je sors mon téléphone.

Comme prévu, l'engin infernal sonne quelques secondes plus tard.

C'est Baba Yaga.

Encore une fois.

CHAPITRE SEPT

JE NE DÉCROCHE PAS.

À la place, je pose le téléphone sur le placard à chaussures et je sors en me demandant si mes pouvoirs me feront encore subir des crises de panique si Baba Yaga appelle alors que le téléphone est loin de moi.

Planifiant la conversation avec Felix dans ma tête, je me dirige vers notre lieu de rendez-vous. Il se trouve près d'un restaurant-grill pittoresque où Ariel nous traîne toujours.

Felix n'est pas encore là, alors je m'assois sur le banc et je fais de mon mieux pour me calmer.

— Tu es seule ? dit Felix quelques minutes plus tard, me faisant sauter au plafond.

En voyant ma main sur ma poitrine, il lève son monosourcil.

— Tu es très nerveuse.

— Tu ne dois pas surprendre les gens de cette façon, lui dis-je pendant qu'il s'assoit à côté de moi sur le banc. Eh oui, c'est juste toi et moi. Ariel n'était pas à la maison.

— Ah.

Felix retire son sac à dos et le pose sur le banc avant d'attraper un bagel dans le sac en papier.

— Ariel devrait être rentrée à cette heure-ci.

— Je ne suis jamais à la maison à cette heure-ci un mardi, alors je ne le savais pas.

— Logique.

Felix mord dans son bagel et regarde autour de lui, comme pour s'assurer qu'Ariel ne se cache pas derrière lui.

— Son nouvel emploi du temps contaminé par Gaius n'est pas régulier.

Je sors mon propre bagel en disant :

— C'est toujours ce que disent les parents au sujet des mauvaises influences. Je suppose qu'il y a un fond de vérité.

Felix secoue la tête et mâche d'un air pensif en fixant la vue apaisante sur le port de New York.

Je suis son regard jusqu'à la Statue de la Liberté.

— Merci d'avoir trouvé ce numéro de téléphone.

Il me regarde avec un visage inhabituellement sérieux.

— Quoi que veuille Baba Yaga, c'est une mauvaise nouvelle. Tiens.

Il me tend un téléphone.

— Celui-ci est tout neuf. Il lui faudra un moment pour découvrir ton nouveau numéro… si elle y arrive. Pendant ce temps, tu profites d'un déni plausible. Après tout, tu ne peux pas rompre ta promesse de rendre un service si elle ne peut pas te le demander.

— C'est une idée fantastique. Maintenant que j'y pense, mon téléphone actuel est mon vieux téléphone de travail. J'aurais dû le rendre à Nero quand j'ai démissionné. Je vais faire ça afin d'augmenter le déni plausible dont tu parles.

— Je savais que tu serais douée pour ce jeu sournois, dit Felix avec fierté. Alors, pourquoi ce pique-nique ?

Je lui parle de ma rencontre avec la ruche et Nero et comment ce dernier m'a conduit à conclure qu'il y avait une caméra dans ma chambre.

Felix adopte un air pensif pendant qu'il casse son bagel en deux.

— Pourquoi penses-tu qu'il s'agit de vidéosurveillance ? Et non pas d'un micro seul, je veux dire.

— Je suppose que j'ai pensé à ta surveillance de nos couloirs et j'ai imaginé que Nero ferait la même chose.

Je sors une des bouteilles d'eau et j'avale une grande gorgée.

— De plus, il était au courant pour la vidéo de Darian, alors je me suis dit…

— Si Nero avait placé un micro, il aurait pu reconnaître la voix de Darian quand tu as regardé sa vidéo.

Felix mord la moitié de bagel dans sa main droite.

— Quoi qu'il en soit, je trouve toute l'idée qu'il t'espionne – par vidéo ou audio – improbable.

— Mais toi-même…

— Je ne sais pas si tu sais cela à mon sujet, mais je suis très paranoïaque en ce qui concerne les appareils fonctionnant par Wi-Fi.

Bien qu'il n'ait pas terminé la portion de bagel dans sa main droite, Felix mord dans la moitié qu'il tient de sa main gauche.

— Je sais ce que fait chaque appareil sans fil de ce bâtiment, et à qui il appartient. Cela me rend à peu près certain qu'il n'y a pas de micro ou de caméra cachée, en tout cas, rien qui utilise le Wi-Fi.

Il mord sa moitié de droite.

— Cela complique encore le travail de Nero, dit-il la bouche pleine. Réfléchis, comment aurait-il pu installer cela ?

— Quand nous étions…

Je ne finis pas ma pensée lorsque je me rends compte que Fluffster rend l'installation de quoi que ce soit en notre absence impossible.

— Peut-être était-ce là avant que nous emménagions ? Le bâtiment appartient à Nero.

— Comment savait-il quelle chambre serait la tienne ?

Felix regarde les deux moitiés mordues dans ses mains, hausse les épaules, et fourre ce qu'il reste du morceau de droite dans sa bouche.

— Toutes nos chambres pourraient être sur écoute, dis-je. C'est ce que je ferais si j'étais Nero.

Felix secoue la tête en finissant de mâcher.

— Il n'y a jamais eu de telles choses dans ma chambre, dit-il avec une assurance inébranlable. Et je trouve difficile de croire qu'il ait pu y avoir du matériel dans notre appartement tout ce temps qui enregistre et qui transmet les informations sans que je le remarque. Comme tu le sais, je suis plutôt au courant de l'équipement de surveillance.

« Au courant » est un euphémisme. Felix pourrait remplacer Q dans un *James Bond* en ce qui concerne les technologies. Comme le piratage, cela a un rapport avec ses pouvoirs de « technomancien ».

— Je suis content que tu aies abordé ce sujet, dis-je. Car il s'agit en fait de tes capacités dont je voulais parler hors de portée des oreilles potentielles de Nero.

Je serre involontairement mon bagel et du fromage frais coule sur le trottoir à nos pieds. Un pigeon agressif le mange pendant que je continue.

— Je crois qu'il est temps de retourner la situation avec Nero et de le pirater. Pas seulement pour découvrir s'il nous espionne, mais pour apprendre ses secrets, au cas où certains seraient utiles.

Me regardant comme si des cornes venaient de pousser sur ma tête, Felix essaie de mordre le bagel dans sa main droite et mord sa main vide à la place.

— Tu veux que je pénètre la sécurité de Nero.

Essayant d'avoir l'air calme, je croque mon bagel, je bois une gorgée d'eau et je hoche la tête.

— Oui.

Avec un sourire forcé, j'ajoute :

— Je veux que tu pénètres Nero.

Felix glousse sans humour.

— En d'autres mots, tu veux ma mort.

— Pourquoi ta mort ?

— Parce que Nero me prendra sur le fait et qu'il me tuera.

Felix s'éloigne de moi sur le banc.

— Pourquoi ne pas me donner toute la responsabilité ? Ne peux-tu pas le pirater en donnant l'impression que je suis la seule responsable ?

— Afin qu'il te tue à ma place ? Jusqu'à ce qu'il découvre que j'étais impliqué, et alors il me tuera également.

— Je ne crois pas qu'il me tuerait.

Je prends une autre bouchée, mais le bagel n'a plus de goût.

— Et comme je l'ai dit, je prendrai toutes les responsabilités.

Felix ôte le bouchon d'une bouteille d'eau.

— C'est moi qui ai conçu la sécurité de Nero. Elle est…

— Merveilleux. Utilise une porte dérobée, dis-je. Tu en as bien laissé une pour toi-même, n'est-ce pas ?

— Je travaillais pour un détecteur de mensonges ambulant qui pouvait m'écraser comme un cafard à n'importe quel moment.

Felix range son bagel non terminé dans le sac en papier.

— Évidemment, je n'ai laissé *aucune* porte dérobée. Et j'en suis ravi, car il m'a demandé si j'en avais laissé quand j'ai terminé. Je lui ai dit que non et je n'ai donc pas menti, et voilà, je suis toujours en vie.

— Mais tu répètes toujours qu'aucun système n'est impossible à craquer.

— Je n'ai pas dit que ce que j'ai installé pour Nero est impossible à craquer.

Felix avale un peu d'eau.

— C'est simplement la meilleure sécurité que j'ai installée… sans porte dérobée.

— Tu peux donc le faire ?

En décidant de tricher un peu, je fais des yeux de chien battu.

— S'il te plaît ? Je te jure que je prendrai la responsabilité.

— C'est trop difficile, dit-il en montrant une résistance incroyable à mon regard de chien battu.

— Mais pas impossible.

J'améliore mon regard en faisant celui d'un chiot de basset avec de longues oreilles tombantes.

Le monosourcil de Felix danse sur son front pendant qu'il réfléchit une bonne minute et demie. Puis il regarde à nouveau autour de lui, comme si Nero était caché dans les buissons.

— Il te faudrait approcher un appareil de son poste de travail et le laisser jusqu'à ce que j'ai terminé, ce qui pourrait prendre des heures.

— Quel genre d'appareil ?

Felix fouille dans son sac à dos, sort un circuit imprimé en silicone de la taille d'une carte à jouer et me le tend.

— Tu as sorti ça d'un téléphone ?

La magicienne en moi remarque que l'engin pèse

autant que dix cartes et qu'il est aussi épais que quatre, mais les dimensions sont un peu plus petites, ce qui rendrait les tours de passe-passe plus difficiles d'un côté et plus faciles de l'autre.

— Je l'ai fabriqué.

Felix redresse le dos.

— Je l'appelle *Felix Extranet Low Latency Access Trojan Input Output*. Ou F.E.L.L.A.T.I.O pour faire court.

Je le fixe à la recherche d'un quelconque signe d'humour et je n'en trouve pas.

— Attends. Tu l'appelles *fellatio* ?

Je fais disparaître l'engin comme je l'ai fait avec le sept de trèfle pour Rose et Vlad, puis je le fais revenir d'un geste théâtral.

— Ne trouves-tu pas qu'il y a déjà assez de sous-entendus sexuels dans le piratage ? Pénétration. Porte dérobée…

— C'est toi qui as dit que nous devions le « pénétrer ».

Felix me reprend l'objet des mains.

— On s'en souvient bien de cette façon et puis – il se gratte l'arrière de la tête – il n'y a pas de n à la fin.

— Mais oui, bien sûr, réponds-je d'une voix traînante, et un gloussement hystérique s'échappe de mes lèvres. Et tu es certain que la *fellation* – j'utilise la prononciation traditionnelle – est nécessaire pour pénétrer Nero correctement ?

— Il faut que ce soit près de Nero pendant des

heures afin que je puisse *entrer*, dit Felix avec un léger sourire. C'est pourquoi c'est impossible.

— Si le machin entre par magie dans la poche de Nero, dis-je alors même que des papillons nerveux s'agitent dans mon estomac lorsque j'imagine très clairement accomplir une telle prouesse. Cela aiderait-il ?

Felix sort ce qu'il reste de son bagel, prend une petite bouchée et la fait suivre par un peu d'eau en gardant un air pensif.

— Oui. Si FELLA… je veux dire, cet engin, entrait dans la poche de Nero, je pense que je pourrais péné… je veux dire, entrer dans son système.

Il fixe l'horizon du New Jersey de l'autre côté du port.

— Peut-être.

— Ça paraît faisable, dis-je avec une certitude que je ne ressens pas. Cependant, que se passe-t-il si Nero trouve la FELLATION dans sa poche ?

— Je serai mort.

Felix me regarde avant de continuer.

— Je peux néanmoins utiliser mon pouvoir pour contraindre le silicone de l'engin à se transformer en poussière dès que je le souhaite, ce qui est un plus.

— Pour cela, il te faudra voir s'il met la main à sa poche.

— Je peux obtenir une image de Nero assez rapidement par l'intermédiaire de ses propres caméras de sécurité, dit Felix dont le visage retrouve un peu de couleur. Le déclenchement d'une alerte de sécurité est plus inquiétant...

— Mais c'est toi qui as installé le système, alors ça ne déclencherait pas une telle chose, dis-je avec assurance.

— Je le suppose.

Il y a peut-être une lueur d'excitation dans ses yeux noirs.

— Super.

Je souris et je décris les débuts de mon plan insensé.

— Tu as intérêt à avoir raison quand tu dis que Nero ne te ferait pas de mal, affirme Felix quand j'ai terminé. Car tu vas tester cette théorie.

— Je ne crois pas qu'il le ferait, lui mens-je.

— D'accord.

Felix ouvre à nouveau son sac à dos.

Il sort son ordinateur portable et tape si vite sur le clavier que je suis presque sûre qu'il appuie sur les touches au hasard pour se donner l'air impressionnant.

Puis, l'engin de FELLATION émet un bip bruyant.

— Tiens.

Il me tend le bidule.

— Ne le sors pas et n'en parles pas quand nous serons à la maison.

Je hoche solennellement la tête en sortant un paquet de cartes. Je jette les cartes publicitaires et les jokers et je cale la FELLATION dans l'espace ainsi libéré.

— Il vaut mieux que nous ne rentrions pas à la maison en même temps.

Je range les cartes dans ma poche et je me lève.

— Tu peux rentrer, dit Felix. Je vais faire quelques courses afin de remplir ma chambre vide.

— Très bien.

Je commence à marcher et je dis par-dessus mon épaule :

— Merci, Felix. Je t'en dois une.

— Une grande, grommelle-t-il en partant.

———

Je rentre et j'aperçois Ariel juste au moment où elle quitte l'appartement. Elle porte sa tenue de dominatrice-Catwoman de notre sortie à l'Earth Club et elle n'est manifestement pas ravie que je la surprenne ainsi vêtue.

— Ah ! Tu as donc enfin pu changer de vêtements, dis-je d'un ton caustique.

Elle ne me regarde pas.

— Je dois partir, on se voit bientôt.

— Bien sûr, dis-je avec un profond soupir, et je regarde Ariel marcher jusqu'à l'ascenseur.

Le comportement de ma colocataire n'est pas normal. Bientôt, Felix et moi n'aurons d'autre choix que de faire une sorte d'intervention.

J'entre dans ma chambre et je donne plus de foin à Fluffster.

— Comment se passent les recherches d'emploi ? demande-t-il mentalement, n'ayant pas besoin de parler la bouche pleine. Les factures…

— Laisse-moi vérifier ça.

Et j'ajoute avec autant de fausse politesse que possible :

— Merci de me le rappeler.

Je découvre bientôt qu'il se passe quelque chose d'étrange avec mes recherches d'emploi. Ma messagerie est pleine de réponses des entreprises pour lesquelles j'ai postulé.

J'ouvre la première d'un fonds d'investissement qui est un concurrent mineur de Nero et qui représente le poste le plus prometteur pour moi.

Le message regrette de m'informer que le poste a déjà été pourvu.

C'est étrange. En général, lorsque l'on propose sa candidature pour un emploi et que l'on n'est pas choisi, on ne reçoit jamais de réponse. Peut-être ont-ils vu où je travaillais et voulaient-ils être particulièrement gentils au cas où ils aimeraient me recruter plus tard ?

J'ouvre le message suivant.

— Nous regrettons de vous informer que le poste a été pourvu, écrit le directeur des ressources humaines d'une banque d'investissement majeure.

Étrange.

J'ouvre frénétiquement l'e-mail suivant, puis un autre et encore un autre.

Tous m'informent de postes déjà pourvus.

Je vais en ligne et je cherche quelques-unes de ces annonces au hasard.

Elles sont toutes encore affichées sur le site de recherche d'emploi.

Étant donné que cela coûte beaucoup d'argent de garder l'offre d'emploi en ligne, pourquoi tant d'entreprises font-elles la publicité pour des postes qui sont déjà pourvus ? Et comment tant d'entreprises ont-elles pu pourvoir les postes en même temps ?

Et surtout, pourquoi sont-ils si inhabituellement bavards sur le sujet ?

Je pense à une explication impossible. Nero aurait-il pu me mettre sur une liste noire ? Peut-il avoir donné l'ordre aux entreprises de me dire que le poste était déjà pourvu ?

Non.

C'est très difficile à croire.

Il est puissant dans le secteur financier, c'est sûr, mais quelqu'un peut-il avoir autant d'influence ?

En grinçant des dents, je cherche des postes en dehors de l'industrie de la finance. Je trouve un travail de testeuse QA débutante dans une entreprise de médias. Les candidats n'ont besoin que d'un diplôme de licence, alors je dépose mon CV. Ensuite, je trouve des postes dans l'industrie de la santé pour lesquels il est tout aussi facile d'être qualifié, ainsi que quelques entreprises de logiciels.

Je ne raconte pas ce qui vient de se passer à Fluffster, qui mâche son foin avec contentement. Il s'inquiète déjà de nos finances, et ceci pourrait lui donner une crise cardiaque.

À la place, je reste assise à fixer l'écran de mon ordinateur sans le voir.

Que dois-je faire si mon hypothèse insensée s'avère

juste ? Si Nero m'a vraiment mise sur une liste noire ? Accepterais-je un de ces postes pour débutants ? Ou, en supposant que je maîtrise mes pouvoirs, pourrais je les utiliser simplement pour gagner la loterie à la place ?

Cela brise-t-il l'esprit du Mandat ?

Je décide que oui. Étant donné mes quinze minutes de célébrité auprès des humains, gagner la loterie pourrait en effet être conçu comme un exercice public de mes pouvoirs... j'élimine donc cette possibilité.

Je ne peux pas non plus gagner de l'argent en faisant ce que j'aime : le Conseil m'a explicitement interdit de pratiquer l'illusionnisme en public.

Je pourrais tenter le *day trading*. Mes pouvoirs devraient m'aider dans le domaine. Cependant, si jamais mon intuition me pousse à me tromper, je pourrais perdre le peu d'économies que j'ai. Sans parler du fait que pour vivre confortablement des fluctuations quotidiennes en bourse, il faut un peu de capital pour commencer. Mes maigres économies ne seront pas suffisantes. De plus, si je suis trop douée, je pourrais me faire remarquer par le SEC, ce qui est déjà assez terrible en soi, mais pire si cela conduit à des problèmes avec le Conseil.

J'imagine qu'une day trader réussissant trop bien ressemblerait beaucoup à une gagnante de la loterie à leurs yeux : une Consciente qui risque la révélation de son pouvoir.

Oh, et en plus, si j'utilise une des actions pour lesquelles j'ai fait des recherches pour Nero – et il y en a beaucoup – je pourrais enfreindre la clause interdisant le trading personnel que j'ai signée quand je suis venue travailler au fond d'investissement.

Je fouille dans mes messages et je sors cet accord. Oui, interdiction d'acheter et de vendre ces actions pendant au moins un an, sauf si je veux prendre le risque d'être poursuivie en justice par Nero – et s'il est un assez gros enfoiré pour me mettre sur liste noire, il serait sans doute ravi de me poursuivre en justice également.

Je suis soudain bien plus enthousiaste à l'idée de mon plan précédent. J'aurais besoin de beaucoup moins de talents d'actrice maintenant que je suis sincèrement furieuse contre Nero.

Ce plan n'est cependant que pour demain. Aujourd'hui, je dois apprendre à maîtriser mes pouvoirs. Si je peux prévoir l'avenir avec assez d'exactitude, il y aura certainement des façons d'utiliser cela, financièrement ou autrement.

Je me douche, j'enfile des habits confortables et je prends la position pour méditer.

Je suis irritée de constater que me vider l'esprit alors que je suis fâchée contre un enfoiré manipulateur et satisfait de lui-même est un exercice totalement futile.

Au bout de quelques heures, j'abandonne et je cherche d'autres infos sur Raspoutine sur Internet. Étant donné ce que m'ont dit Rose et Vlad, c'est sûrement complètement faux, alors quand je croise le film Disney d'*Anastasia*, je regarde quelques extraits avec Raspoutine en méchant.

Ce dessin animé est aussi peu réaliste que ce qui est écrit sur Wikipédia.

Frustrée, je décide de me coucher très tôt.

Plus je me lèverai tôt demain, plus tôt je pourrais aller piquer une crise au fonds d'investissement de Nero.

CHAPITRE HUIT

EN ENTRANT dans mon ancien immeuble de travail, je traverse le long vestibule jusqu'au garde de sécurité, j'explique que je ne travaille plus là et je demande un pass d'invitée pour « aller voir les RH afin de leur rendre mon vieux téléphone ».

Si je lui raconte que mon véritable plan est d'aller crier au bureau du chef, il me renverra dehors sans trop d'égards.

— Pas besoin de passe, me dit le garde après avoir examiné mon permis de conduire pour voir si ce n'est pas un faux. Le tien n'a pas été désactivé. Tu peux entrer.

Je vérifie ses dires en passant le tourniquet activé par l'identifiant sans aucun problème.

Bizarre.

Nero est-il dans le déni au sujet de ma démission ?

Si c'est le cas, je vais le faire changer d'avis.

— Sasha, dit une voix féminine en touchant mon épaule d'une main douce.

Je me tourne et je vois Lucretia, la psychologue du travail et une des rares personnes qui me manqueront quand je couperai les ponts avec cet endroit.

Je lui souris.

— Bonjour.

— Quelque chose ne va pas ? demande-t-elle.

En se penchant de façon à ce que ses lèvres touchent presque mon oreille, elle chuchote :

— Je sens un énorme tumulte d'émotions contradictoires en toi. Tout va bien ?

C'est vrai. J'ai récemment appris qu'en plus d'être une prévamp, Lucretia est également empathe : une combinaison rare de pouvoirs Conscients différents.

— Accompagne-moi dans l'ascenseur, lui dis-je et elle hoche la tête.

Nous laissons un groupe de personnes prendre l'ascenseur en premier, puis nous sautons dans un vide. Dès que les portes se referment, je dis :

— Nero ne m'a laissé d'autre choix que de quitter cet endroit.

J'appuie alors sur le bouton stop pour lui donner une brève version des événements, une version qui suppose qu'elle brisera le secret professionnel pour aller tout raconter à Nero – ou qui tient compte du fait qu'il a sûrement des micros dans l'ascenseur.

Elle écoute en fronçant les sourcils d'un air vaguement incrédule.

— Nero n'est pas tout à fait ainsi, dit-elle quand j'ai

terminé. Bien sûr, je ne peux pas trahir sa confiance, mais quand il me parle, je perçois ses émotions et je ne crois pas qu'il soit aussi impitoyable que tu le dis. Particulièrement envers toi.

Je croise les bras.

— Es-tu en train de le défendre ?

— Non. Ce n'était pas mon intention, dit-elle en regardant le sol avec ses grands yeux bleus. Je perçois seulement tes propres émotions envers Nero et…

— Cette conversation semble n'aller nulle part, dis-je en appuyant sur le bouton d'arrêt. Je ferais mieux de partir.

— Pardon si j'ai dépassé les bornes.

L'air sincèrement gêné, Lucretia fait passer une longue mèche de cheveux bruns derrière son oreille.

— Sache simplement que tu peux être ma patiente que tu sois ou non employée par cette entreprise.

— Merci, dis-je en me sentant légèrement coupable parce que ma colère envers Nero m'a poussée à être désagréable avec elle. Je ne crois pas pouvoir me permettre tes services, mais je suis heureuse d'être ton amie, si c'est gratuit.

Elle sourit.

— Bien sûr. Appelle-moi si tu as besoin de quoi que ce soit.

Elle me tend sa carte et sort de l'ascenseur à l'étage suivant.

Je programme son numéro dans mon nouveau téléphone, je le règle sur vibreur et je passe le reste du trajet ascendant à me calmer les nerfs… sans réussir.

Lorsque j'arrive devant Venessa – le pion que j'apprécie le moins dans l'armée d'assistants de Nero – mon cœur a envie de bondir hors de ma cage thoracique.

— Oui ? dit Venessa d'une voix traînante, ses petits yeux me fixant comme si j'étais là pour n'importe quelle raison hormis voir Nero.

— Je suis attendue, lui mens-je avant d'ignorer les cris outrés de la femme en passant devant elle.

Je dissimule le système FELLATIO en marchant avec colère dans le bureau de Nero. J'essaie de claquer la porte derrière moi, mais je découvre que cette stupide chose est automatisée pour se refermer dans un léger souffle d'air.

Le bureau élégant de Nero est en position debout et pendant une fraction de seconde, je manque perdre mon courage en le voyant.

Il ne porte pas de costume habituellement, mais il en a un aujourd'hui. Il doit s'agir d'une création sur mesure incroyablement coûteuse faite par les meilleurs tailleurs italiens, car il moule sa silhouette musclée comme de l'élasthanne, me laissant bouche bée de fascination.

J'ai intérêt à reprendre mes esprits.

Peu importe qu'il soit en costume. C'est très bien pour le plan. Les poches de veston sont bien plus adaptées à ce que je veux faire que les poches de pantalon.

Nero ne semble pas conscient de ma présence. Soit

il est extrêmement concentré sur ce qu'il fait, soit il se moque de moi.

Je m'éclaircis la gorge.

Il ne détourne toujours pas le regard de son écran.

— Nero. Ne fais pas semblant de ne pas me voir.

Il lève la tête et il soulève un sourcil sombre.

— Il n'a pas fallu longtemps.

Il fait le tour du bureau et il écarte les mains, comme pour me serrer dans ses bras.

— Heureux de te revoir.

L'air satisfait sur son visage symétrique me rend furieuse… et cela aussi est une bonne chose pour mon plan.

Et voici la partie suicidaire, me dis-je en avançant vers lui.

CHAPITRE NEUF

IL ME FAUT quelques secondes pour franchir la distance entre nous.

Lorsqu'il est à distance de bras, je m'arrête et j'inspire afin de me calmer. J'inhale son odeur propre et boisée avec une légère touche de citron vert. Être si près de lui me rappelle la fois où j'ai dansé avec Kit déguisée en Nero… et le baiser qu'elle a volé.

Ses yeux bleu gris me contemplent d'un air moqueur et je me souviens de mon plan.

— Comment oses-tu ?

Et sans attendre, je frappe son torse de la main droite, exactement au moment où ma main gauche dépose discrètement le dispositif dans sa poche.

Pendant un moment, il semble perplexe, alors j'en profite en frappant son torse des deux mains, cette fois. C'est en partie parce que je suis sincèrement fâchée, mais surtout afin qu'il ait l'illusion de voir mes deux mains en permanence.

D'un mouvement trop rapide afin que je le perçoive, Nero attrape mes poignets en les serrant comme un étau, coinçant mes paumes contre sa poitrine. J'essaie de me dégager, mais c'est comme essayer de s'échapper d'un mur en ciment.

Nos regards se croisent.

Est-il sur le point de m'embrasser ?

Ou de m'arracher la tête avec les dents ?

Les deux me semblent tout aussi probables.

— Tu me fais mal aux poignets.

Je fais une autre tentative pour m'écarter. Même à travers les couches de sa veste de costume et de sa chemise, mes paumes sentent les battements puissants de son cœur.

Ou est-ce mon propre pouls qui résonne dans mes mains ?

Pendant que je fixe les profondeurs bleues grises, une citation de Nietzsche me vient en tête : « … si tu plonges longtemps ton regard dans l'abîme, l'abîme te regarde aussi. »

Nero lâche prise.

Le sang se remet à circuler dans mes doigts.

J'ai maintenant l'impression qu'il caresse mes poignets, ses paumes calleuses et fortes sont brûlantes sur ma peau sensible.

— Lâche-moi.

Je fais entendre toute ma frustration dans ces quelques mots.

En réponse, il me fixe avec une telle intensité que je dois détourner le regard, observant bêtement la pièce.

Sa peinture attire mon œil. C'est celle du paysage surréaliste, avec l'espèce de grand canyon argenté sous des constellations d'étoiles qui ne me sont pas familières, avec sept lunes aux teintes variées et une aurore boréale.

À ma surprise, il lâche mes poignets.

Je fais l'erreur de le regarder à nouveau... et j'ai l'impression qu'il capture mon regard dans le sien.

Pourquoi suis-je toujours comme un lapin hypnotisé par un serpent quand nos regards se croisent ainsi ?

Je fais un pas en arrière et je rassemble mes esprits.

— Comment oses-tu ? dis-je avec une fureur renouvelée. Qui es-tu pour me dire avec qui je peux parler ?

Il incline la tête.

— Tu peux parler à qui tu veux, murmure-t-il en s'avançant vers moi.

— Tant que ce n'est pas Darian.

Je fais deux pas en arrière, cette fois.

— *Tu* peux parler avec qui tu veux, dit-il en prononçant soigneusement chaque mot. Je « n'oserais » pas t'ordonner autre chose.

— Mais Darian ne peut pas me parler.

— C'est le choix de ce lâche.

Nero fait un autre pas dans ma direction.

Mon téléphone vibre dans ma poche au moment où je dis :

— Tu ne lui as laissé aucun choix.

Nos yeux combattent encore une fois, et je peux

donc facilement faire semblant de ne pas savoir quoi faire de mes mains, que j'enfonce toutes les deux dans mes poches.

— Tu sais, dit-il d'un air pensif, je commence à croire que Darian m'a laissé l'attraper juste pour que nous puissions avoir cette conversation plaisante.

J'ai eu un soupçon similaire, mais je ne le dis pas à Nero. À la place, j'utilise ce moment pour dissimuler le nouveau téléphone et le sortir d'une façon empêchant Nero de me voir y jeter un coup d'œil.

Il y a un texto de Felix.

J'ai maintenant accès aux caméras. Sors de là.

— Peu importe les motivations de Darian, dis-je en jetant un regard noir à Nero tout en remettant le téléphone dans ma poche. Ce sont les tiennes qui me posent problème.

Nero fronce les sourcils.

— Je n'ai rien dit à Darian qui ne fasse pas partie de mes prérogatives en tant que mentor.

— As-tu oublié que je ne suis plus ton élève ?

Nero me dévisage de la tête aux pieds et je fais un autre pas en arrière lorsqu'il dit :

— Ce n'est pas un choix que tu peux faire.

Je lutte pour ne pas le gifler réellement lorsqu'il me demande avec une courtoisie moqueuse :

— Y avait-il autre chose ?

Je serre la mâchoire.

— M'as-tu mise sur liste noire ?

Le plan ne nécessite plus que je lui parle, mais je n'ai pas l'intention de partir sans lui donner mon avis.

— Ai-je fait quoi ?

Il fait un autre pas vers moi.

Je recule encore d'un pas et mon dos rencontre le mur en verre.

— As-tu saboté ma recherche d'emploi ?

Je me repousse du mur en serrant les poings.

— As-tu demandé à tous les acteurs de l'industrie des finances de ne pas m'engager ?

— Tu as déjà un travail.

Nero agite la main comme pour montrer son immeuble.

— Il n'y a pas de meilleur travail dans la finance.

Mon envie de le gifler s'intensifie.

— N'importe quoi.

En me souvenant de mon autre raison pour cette visite, je sors le vieux téléphone de mon autre poche et je le lui donne.

— J'ai démissionné. Tu t'en souviens ?

— Tu fais une pause, dit-il d'un ton méprisant en ne cherchant pas à récupérer le téléphone. Jusqu'ici, tu as pris un jour compensatoire parce que tu as travaillé dimanche, mais si tu continues, tu utiliseras tes jours de congé.

Il s'arrête comme pour faire un rapide calcul mental.

— Il te reste douze jours.

Avant de comprendre ce que je fais, je lui jette le vieux téléphone à la tête.

Il le saisit avec une vitesse surnaturelle et il sourit.

— Je me suis trouvé un nouveau téléphone, dis-je en fulminant.

— Donne-moi ton numéro, répond-il avec un calme exaspérant.

— Je te déteste vraiment.

Je tourne les talons en me dirigeant vers la porte.

— Tu oublies, dit Nero dans mon dos et j'entends le sourire satisfait dans sa voix, que je le sais quand tu mens, peu importe que tu croies momentanément en ton propre mensonge.

J'ouvre brutalement la porte et je dois faire des efforts pour ne pas sortir en trombe comme un enfant de maternelle en colère.

Oubliant la leçon apprise en arrivant, j'essaie de claquer la porte derrière moi, mais le système diabolique se contente de faire son petit souffle d'air impuissant.

Venessa se tient en travers de mon chemin. De son ton le plus désagréable, elle dit :

— Tu es…

Un élément de mon regard doit déclencher l'auto préservation de cette femme, car elle arrête de parler et me laisse passer.

Je fulmine encore après avoir parcouru trois pâtés de maisons.

En sortant mon téléphone, je compose le numéro de Felix.

— Tu as intérêt à me dire que tu as pénétré le système de cet enfoiré, dis-je en guise de salut.

— Malheureusement, non. Nero a installé des mots de passe solides comme je le lui ai conseillé. J'espérais qu'il ne l'avait pas fait, comme beaucoup d'autres utilisateurs.

— Ne me dis pas que je me suis rendue à son bureau pour rien.

Je serre le téléphone avec tant de force qu'il craque.

— Ce n'est pas ce que je dis, répond Felix, sur la défensive. Je vais seulement avoir besoin de plus de temps.

— Très bien.

Je relâche un peu le pauvre engin.

— Tiens-moi au courant dès que tu as trouvé.

— C'est ce que je ferai. Au fait, ta mère vient de m'appeler… alors je lui ai donné ton nouveau numéro.

Je lutte contre l'envie de jeter mon téléphone sur le goudron.

— J'aurais aimé que tu me le demandes avant.

— Elle a dit être inquiète, dit Felix, étonné. Je ne savais pas…

— Oublie ça.

J'inspire profondément.

— Concentre-toi sur les systèmes de Nero.

— Marché conclu, dit Felix en raccrochant.

Je prends un taxi et j'essaie de me calmer.

Mon téléphone sonne.

Je reconnais ce numéro.

— Salut, maman.

Je fais de mon mieux pour cacher toute irritation restante dans ma voix.

— Comment ça va ?

— Sasha, dit ma mère d'une voix haletante, j'étais sur le point de t'appeler pour parler d'un prolongement de mon séjour à Paris – je traduis mentalement cela pour comprendre qu'elle allait me demander plus d'argent – lorsque Beverly m'a appelé.

Elle s'arrête et je l'entends inspirer suffisamment d'air pour parler sans interruption pendant quelques minutes.

Beverly est son amie commère qui m'a vue déjeuner avec papa l'autre jour. Si elle a appelé ma mère, je devine facilement de quoi elles ont parlé. Ma mère veut se plaindre parce que je « coopère avec l'ennemi dans son dos » ce qui n'est qu'une bêtise égoïste à laquelle je vais mettre fin.

— J'ai vu Beverly il y a peu, dis-je avant qu'elle puisse continuer sa tirade et décidant que je dois faire appel à la meilleure défense : l'attaque. Quand j'ai déjeuné avec papa. Tu te souviens que je t'en ai parlé l'autre jour ?

En réalité, je l'avais appelée et j'avais fait semblant qu'il y avait des coupures sur la ligne, mais contrairement à Nero, elle ne sait pas détecter les mensonges.

— Tu m'as effectivement appelée, dit ma mère en soufflant. Tu as parlé de sushis. Mais tu ne m'as pas dit…

— Mais si. Pourquoi ne m'écoutes-tu jamais ?

Il y a une très longue pause à l'autre bout. Je suis sur le point de vérifier si elle est encore en ligne quand elle dit :

— Tu essaies de noyer le poisson. Ce qui importe, c'est que tu as choisi le côté de ce vaurien infidèle et que nous n'avons pas grand-chose à nous dire.

Si elle m'avait appelé n'importe quel autre jour, j'aurais peut-être grimacé, mais aujourd'hui n'est pas un de ces jours.

— Parler à mon père n'est pas la même chose que me ranger de son côté, dis-je sévèrement. Et pour clarifier, « pas grand-chose à nous dire » comprend évidemment les conversations au sujet du prolongement de ton séjour à Paris.

Un silence s'ensuit.

— J'essaie juste de veiller sur toi, dit enfin ma mère d'une voix tremblante. Il te brisera le cœur comme il a brisé le mien.

— Merci, maman, dis-je avec fausse sincérité. Je suis une grande fille qui sait veiller sur son propre cœur.

Un autre silence s'ensuit.

— Au sujet du prolongement de mon séjour, dit-elle au bout d'un moment. Ce serait bien si…

— À vrai dire, j'étais sur le point de t'appeler à ce sujet, réponds-je en décidant de l'achever. Je viens de perdre mon travail. J'aurais besoin d'aide moi-même, mais si…

— Oh, alors tu es allée voir ton père pour de l'argent ?

Elle semble soulagée.

— Ce n'est pas ce que j'ai dit.

Je lève les yeux au ciel avec tant de force que j'en ai le tournis.

— Pas du tout.

— N'en dis pas plus, déclare ma mère sur le ton de la conspiration. Je comprends tout à fait.

— Ah bon ?

— Évidemment, il te faudra retrouver un travail assez vite. Ton père n'est pas fiable…

— En réalité, j'étais en train de poser ma candidature pour plusieurs postes juste avant que tu appelles. Je devrais sans doute y retourner.

— C'est une bonne idée. Pardon de t'avoir dérangée.

— Tu ne m'as pas dérangée, je suis toujours contente d'avoir de tes nouvelles.

— Malgré tout, je ferais mieux de te laisser travailler, dit ma mère. Au revoir.

— Au revoir, maman.

Je raccroche et je fixe le téléphone.

En sortant du bureau de Nero, je ne pensais pas pouvoir être plus perturbée, mais j'avais tort.

Peut-être dois-je trouver un moyen de déchaîner ma mère contre Nero ?

Cet enfoiré le mérite totalement.

Mais non, je ne le peux pas. Il la déchiquetterait sans doute comme une orque, et de telles tactiques sous la ceinture doivent être interdites par la convention de Genève.

En secouant la tête, j'envoie un texto à Felix. *Comment se passe la pénétration de Nero ?*

Il répond immédiatement.

Mon travail et ma colocataire m'empêchent de me concentrer. C'est compliqué.

Il n'a pas tort, alors je ne réponds pas.

À la place, je fais de mon mieux pour m'entraîner à la respiration de méditation... et lorsque le taxi me dépose devant mon immeuble, je confirme ce qui devrait être évident. Parler à Nero et à ma mère ne favorise pas la méditation.

En entrant dans la maison, la première chose que je fais, c'est caresser Fluffster.

Toucher sa fourrure est si apaisant que toute une branche de la thérapie par animal domestique devrait être créée autour des chinchillas.

Légèrement plus calme, je repense à ma rencontre avec Nero. Peu importe s'il refuse d'accepter ma démission. C'est son problème, pas le mien. Il prendra conscience de cette nouvelle réalité quand je trouverai un autre travail. En fait, je choisirai peut-être un de ces jobs pour débutants, juste pour l'énerver.

Déterminée, j'attrape mon ordinateur portable et je me traîne jusqu'au Starbucks le plus proche afin d'avoir un peu d'intimité sans être potentiellement espionnée par Nero.

Le Starbucks est agréable et vide à cette heure de la journée, alors je commande un grand café et je m'assois sur le canapé le plus moelleux avec une vue sur l'extérieur.

En buvant avec précaution la préparation brûlante, j'ouvre mon ordinateur portable, je me branche sur leur Wi-Fi et je vérifie si j'ai eu de réponse à mes candidatures.

Ma respiration accélère.

J'ai bien eu des réponses. *De tous les endroits où j'ai postulé.*

Ils s'excusent tous et m'informent que le poste a déjà été pourvu.

L'effet des caresses de chinchilla est anéanti sur-le-champ et je me retiens tout juste de fracasser l'ordinateur sur le carrelage.

Comment Nero fait-il ?

A-t-il demandé à un vampire de parcourir tous les sites d'emploi et d'enchanter toutes les personnes des ressources humaines dans ces entreprises afin qu'elles rejettent mes candidatures ? Ou bien est-il influent dans toutes ces industries ?

Mon téléphone sonne et je bondis, puis je me rassois avant de regarder l'écran.

Je suis soulagée de voir que ce n'est que Felix.

— Salut, dit-il. Peut-on parler en sécurité ?

— Je suis à Starbucks. Est-ce que c'est bon ?

— Oui, c'est relativement sûr. J'ai une bonne et une mauvaise nouvelle.

— Donne-moi la bonne nouvelle d'abord.

Je me réchauffe les mains en serrant le gobelet de café.

— D'accord. Je suis dans le système informatique de Nero et j'ai découvert comment il était au courant pour la vidéo de Darian... et beaucoup d'autres de tes conversations.

— C'est une nouvelle incroyable.

Je manque renverser le gobelet dans mon excitation.

— Quelle est la mauvaise nouvelle ?

Il reste silencieux un instant.

— Malheureusement, j'ai trop bien travaillé quand j'ai installé sa sécurité et je ne peux utiliser aucune de mes méthodes habituelles dans le but d'obtenir plus d'informations. Le pire, c'est que je vois un lecteur partagé très intéressant rempli de beaucoup de fichiers, mais il est protégé par mot de passe et je n'arrive pas à y entrer. En fait, c'est pour cela que je t'appelle. J'espère que tu peux m'aider.

— Moi, t'aider ? dis-je en essayant de digérer la mauvaise nouvelle de Felix. Comment ?

— Attends, s'exclame-t-il d'un ton inquiet. As-tu donné ton vieux téléphone à Nero ?

— Oui. Pourquoi ?

— Ouf, souffle bruyamment Felix. Passons en vidéoconférence et je te l'explique.

— Attends, comment…

Felix raccroche.

Mon téléphone et mon ordinateur me préviennent tous les deux d'un appel vidéo, alors je décroche impatiemment sur l'ordinateur.

J'ai une vue de côté sur le bureau de Felix. Sa chaise noire et son clavier en deux parties sont identiques à ceux qu'il a à la maison. On dirait un panneau de contrôle des vaisseaux de *Matrix*.

Felix a un regard intense en fixant tous ses écrans. Il y a de petites fenêtres avec des invites de commande sur tous les moniteurs sauf un. Sur cet écran-là, je vois une grande fenêtre qui montre les données envoyées par la caméra de sécurité du bureau de Nero.

Cette fois, Nero a réglé son bureau sur la position assise. Il fixe l'écran avec plus d'intensité qu'avant pendant que ses longs doigts dansent sur le clavier avec la grâce d'un prodige du piano.

— Cette fenêtre PuTTY est l'endroit où j'essaie d'obtenir le mot de passe.

Felix montre une fenêtre verdâtre avec une écriture noire.

— Attends, dis-je. Tu ne m'as pas expliqué comment il m'espionnait.

— Oh.

Il détourne la tête de l'écran et regarde la caméra de son téléphone.

— C'est facile. C'était le téléphone que tu lui as rendu.

Je secoue lentement la tête.

— L'enfoiré. C'est assez logique. Il m'a donné l'engin lui-même.

— Exactement.

Felix réajuste son clavier avant de préciser :

— C'était ton téléphone de travail. Les grandes entreprises ne font même pas semblant de respecter ta vie privée sur ton équipement de travail. Quand tu as rejoint le fonds d'investissement, tu as sans doute signé un papier permettant à Nero de t'espionner par n'importe quel téléphone qu'il te donne…

— Oh, je doute que l'absence de prétexte légal l'en ait empêché.

Je jette un regard noir à l'écran où Nero est en train de taper au clavier.

— Cela explique tout. Le téléphone était dans ma chambre quand j'ai regardé la vidéo. C'est comme le secret d'un tour de magie : maintenant que je sais comment Nero a fait, je me demande pourquoi je n'y ai pas pensé dès le départ.

Felix semble sincèrement désolé.

— Et moi donc. Enfin, l'important est que tu lui as rendu le téléphone et que tu n'as pas accepté de remplacement.

J'inspire brusquement en comprenant autre chose.

— Mes pouvoirs se sont déclenchés avant que nous ayons ce pique-nique, dis-je à voix basse. Avant de venir te voir, j'ai laissé le téléphone à la maison, sur le meuble à chaussures, en partie à cause des appels incessants de Baba Yaga. Si je ne l'avais pas fait…

Felix coince les mains sous ses aisselles comme pour se serrer dans ses propres bras. Il doit avoir compris que si je n'avais pas laissé le téléphone à la maison, Nero aurait entendu notre complot du pique-nique et il aurait été au courant de cette tentative de pénétration de ses systèmes.

— Revenons à la mauvaise nouvelle, dis-je en cherchant à distraire Felix de ses pensées morbides. Pourquoi ne peux-tu pas utiliser tes pouvoirs de technomancien afin d'entrer dans ce fichier ou ce lecteur ou je ne sais quoi ? N'as-tu pas des outils de hacker ou autre chose pour t'aider ?

— J'ai déjà utilisé mes pouvoirs pour sécuriser son système au départ.

Felix frotte ses yeux devenus rouges avant de poursuivre.

— Nero m'a forcé à le rendre « à l'épreuve de Felix », alors je suis plus ou moins en train de lutter contre moi-même. Un moi-même meilleur d'une certaine façon, un moi-même qui avait des mois pour concevoir la sécurité. J'en suis donc réduit à la méthode la plus basique de toutes : essayer tout simplement de deviner le mot de passe. Mais ce qui rend les choses plus difficiles, c'est que si je me trompe plus de trois fois en dix minutes, c'est game over.

— Alors, essaie de deviner moins souvent ? dis-je en ne sachant pas comment aider le puissant Felix.

Il se gratte la tête.

— Bon, le problème est que le faire de cette façon prendra une éternité.

Je tapote les doigts sur la table devant moi, ignorant momentanément sa propreté douteuse.

— Je ne vois toujours pas comment je pourrais t'aider.

— Tu connais Nero mieux que moi.

Felix jette un coup d'œil à l'écran montrant mon ex-patron.

— Pouvons-nous commencer par tes meilleures hypothèses ?

— Je ne le connais pas si bien que ça, dis-je avec amertume. Non, attends. Essaie « enfoiré » pour mot de passe. Ou peut-être « sans-cœur » ou « maléfique », ou...

Felix tape quelque chose à l'écran vert et appuie sur entrée.

Il ne se passe rien.

— Je plaisantais. As-tu vraiment essayé ça ?

— Je n'ai pas de meilleure idée.

Felix me regarde avec sincérité.

— Pourrais-tu d'une façon ou d'une autre utiliser ton pouvoir afin d'obtenir le mot de passe ?

— Je ne sais pas du tout comment faire cela, lui dis-je.

Soudain, quelque chose alerte mes pouvoirs susmentionnés.

— Merde, dis-je à Felix. Quelque chose est sur le point de se produire.

Ma voix doit l'effrayer, car je vois les cheveux se dresser sur sa nuque.

Venessa entre dans le bureau de Nero et pose un morceau de papier devant lui.

Il arrête de taper au clavier et dit quelque chose de dur à Venessa.

Bien qu'il n'y ait pas de son, je devine ce qu'il dit. Quelque chose du genre : « Espèce d'imbécile. Pourquoi m'apportes-tu un morceau d'arbre mort ? »

Nero est obsédé par la réduction des papiers au bureau à un niveau si ridicule qu'il a banni les imprimantes de tout son immeuble.

Le papier apporté par Venessa a dû arriver par la

poste, et je parie que Nero lui reproche de ne pas l'avoir scanné et envoyé par mail.

Ils échangent encore quelques phrases et à ma grande surprise, Venessa parvient à ne pas se faire découper en morceaux.

Je suppose qu'elle explique à Nero que le papier est urgent.

Enfin, Nero semble apaisé et il cherche quelque chose sur son bureau impeccablement vide… sans doute un stylo pour signer le document.

Ne trouvant pas ce qu'il cherche, il regarde Venessa en attendant qu'elle réagisse. Elle semble rétrécir sur place. Elle n'a clairement pas anticipé que la signature nécessite un stylo : pour sa défense, l'entreprise n'a pas de stylos non plus.

Après que Nero ait dit quelque chose de sec à Venessa, il se met à tapoter ses poches.

Je suis alors prise d'une angoisse violente : une angoisse qui donne l'impression que les appels de Baba Yaga n'étaient qu'un désagrément mineur.

Je comprends ce qui est sur le point d'arriver.

Nero va passer la main dans sa poche et trouver l'engin.

Et alors, nous sommes morts.

CHAPITRE DIX

— FELIX ! crié-je avec tant de force que les employés du Starbucks me regardent bouche bée. Détruis le FELLATIO.

Felix, le menton tremblant, bondit sur ses pieds et tend la main vers les écrans devant lui.

Un rayon d'énergie magenta s'écoule depuis ses doigts dans les écrans juste au moment où Nero passe la main dans la poche droite de sa veste, celle qui contient l'appareil.

Je regarde fixement l'écran.

La main de Nero ressort en tenant quelque chose.

Un stylo.

— Il a dû recevoir ce stylo en cadeau, dis-je à Felix d'une toute petite voix. Je ne savais pas qu'il l'avait dans cette poche.

— Ce n'est pas grave. J'ai désintégré le FELLATIO à temps, dit Felix en se laissant retomber dans sa chaise ergonomique. C'était limite.

Il semble aussi soulagé que moi.

— Il nous faudra réessayer, dis-je lorsque les battements frénétiques de mon cœur ont ralenti. Il faudra que tu me donnes un nouvel engin.

Felix humecte ses lèvres.

— D'accord. Mais nous aurons toujours le problème du mot de passe. En outre, comment vas-tu réussir à t'approcher à nouveau de lui ?

À l'idée d'approcher Nero, une sensation chaude faite de picotements étranges me parcourt le corps. Cela s'intensifie lorsque je me rends compte que nous aurions de plus grandes chances de réussir si je place le système dans la poche de son *pantalon*.

Cela doit venir de ma nervosité stupide.

— Laisse-moi gérer la livraison du FELLATIO, dis-je fermement afin de cacher ma nervosité en question. Toi, tu découvres ce mot de passe. Peux-tu le voir lorsqu'il le tape au clavier après s'être connecté ?

— Il me faudra attendre qu'il accède à ces fichiers spécifiques, dit Felix en étudiant l'écran de Nero d'un air inquiet. De plus, la caméra est trop loin afin que je puisse voir exactement ce qu'il tape.

— Je suis certaine que tu découvriras un moyen, dis-je en lui faisant mon sourire le plus confiant. S'il te plaît, penses-y. Pendant ce temps, j'arrête de te distraire. Discutons plus tard.

Avant que Felix puisse émettre une objection, je raccroche et je bois mon café maintenant refroidi d'une seule traite.

———

COMME JE SUIS DÉJÀ en dehors de l'appartement, je me rends à la salle de sport pour évacuer une partie de mon énergie nerveuse.

Plus chic que la plupart des spas, ma salle de sport se prétend être pour les cadres, et ne pas avoir à payer fait partie des avantages de travailler pour Nero. Étant donné son rejet de ma démission, je ne suis pas surprise en voyant que mon adhésion est toujours active.

Je me rends au vestiaire et j'enfile les vêtements de sport de marque fournis par la salle.

Je fais de la musculation et un peu de vélo stationnaire, mais mon entraînement est assez sommaire sans les coups de fouet métaphoriques d'Ariel. C'est elle qui m'a traînée à la salle de sport au départ. C'est grâce à elle que j'ai des muscles et de l'énergie maintenant. Cela me fait penser qu'elle ne m'a pas traînée ici depuis qu'elle a rencontré Gaius.

Je suppose que les activités « amicales » qu'ils font ensemble lui suffisent en termes de sport.

Je marche vers les vestiaires en essuyant la sueur de mon front lorsque j'aperçois le cours de yoga qui se rassemble derrière la vitre.

Je n'ai fait du yoga que quelques fois dans ma vie, mais je me souviens avoir entendu dire que c'était comme de la « méditation mobile » et le prof avait expliqué que c'était bien de faire du yoga avant de méditer.

Ce cours peut-il m'aider avec ce que Darian m'a appris ?

J'entre, je prends un tapis dans le fond et je fais de mon mieux pour garder l'esprit ouvert et suivre les autres.

Comme les autres fois où j'ai essayé, le yoga ne m'évoque pas la méditation, mais plutôt un mélange du jeu de Twister et de Jacques a dit. Malgré tout, vers la fin je suis agréablement fatiguée et pressée de réessayer la méditation.

Après m'être récompensée avec un tour au sauna puis dans le jacuzzi, je me douche et je rentre chez moi.

———

FLUFFSTER FAIT la sieste lorsque j'entre, alors je vais dans ma chambre sur la pointe des pieds, j'enfile des vêtements confortables et je prends la position du lotus en suivant encore une fois les instructions de méditation de Darian.

Le yoga ou le sport, ou peut-être le spa doivent vraiment m'aider. Mes paumes se réchauffent très vite et je fais de mon mieux pour me concentrer sur ma respiration au lieu de m'inquiéter des éclairs sur le point de frapper mes yeux.

J'inspire et j'expire pendant ce qui me semble être une heure supplémentaire, puis, comme je m'y attendais, des éclairs explosent dans mes yeux.

———

JE M'ATTENDS à avoir une vision, mais je me trouve dans un lieu indescriptible.

Est-ce ce que Darian a appelé l'espace mental ?

Pas étonnant qu'il n'ait pas pu l'expliquer.

Mon corps a disparu, comme dans certaines visions, mais cette fois, mes sens manquent aussi à l'appel.

Ou plutôt, ils n'ont pas vraiment disparu.

Ils ont été remplacés par des sens que j'ai du mal à comprendre.

Malgré tout, je pratique l'introspection avec toute ma volonté et je décide bientôt que je flotte.

Je ne flotte pas vraiment, bien sûr, car cela implique de l'air qui n'est pas présent ici. Il n'y a même pas de vide, ou d'espace-temps, ou quoi que ce soit des cours de physique.

Le fait de flotter nécessite également les sens du mouvement et de l'équilibre, mais ils sont absents.

Je pseudo-flotte donc pendant un moment, essayant de comprendre où je me trouve. À vrai dire, « un moment » est aussi une approximation, tout comme le concept de « où ».

Quand et où que je me trouve, je ne crois pas que cela fasse partie de la réalité normale en trois – ou est-ce quatre ? – dimensions.

Bien que ma vue soit absente, je commence à ressentir quelque chose d'approchant, mais il y a également des éléments du goût et de l'odorat, ainsi que la détection du chaud et du froid. Si ça se trouve, au lieu de la vue, je ressens quelque chose de similaire à l'écholocalisation de la chauve-souris ou à la capacité du requin à percevoir l'électricité.

Je vois donc plus ou moins un nuage chaud de formes multicolores avec des goûts et des odeurs. Ces formes défient la géométrie et si j'avais une tête, elle me ferait mal en essayant de comprendre tout cela.

Certaines des « formes » ressemblent à des contradictions de définitions mathématiques. Par exemple, un cube qui est aussi une sphère. D'autres évoquent des illusions d'optique rendues célèbres par des artistes tels que M.C. Escher.

Aucune des formes n'est identique à une autre, mais celles qui sont proches – faute d'un meilleur mot – les unes des autres se ressemblent davantage que celles qui sont « loin ».

Un autre sens proche de l'ouïe me permet de remarquer que chacune de ces formes émet également une sorte de musique, mais au lieu de faire vibrer l'air, ces pseudo-sons créent des vagues de pressentiment et de calme.

Finalement, je prends conscience de quelque chose ressemblant au toucher, bien que cela nécessite des membres qui me font défaut.

Spontanément, j'ai envie de « toucher » la forme tiède, marron, au goût d'ananas et à la forme de flocon de neige à côté de moi, mais la musique inquiétante qui en émane m'arrête.

Un nouveau sens m'indique que cela ne me plairait

pas si je touchais ce flocon de neige. Je ne le fais donc pas, cherchant une autre forme plus sûre.

Cependant, toutes les formes près de moi jouent le même air effrayant.

Au bout d'un moment, je découvre comment changer de perspective dans cet endroit. Ce que je fais se situe entre le déplacement et le zoom que l'on fait avec des jumelles, tout cela sans bras, sans jambes et sans yeux.

Si je zoome sur une forme, je découvre qu'elle est faite d'autres formes similaires, mais pas identiques. Si je zoome encore sur une de ces formes internes, je vois qu'elles sont faites de leurs propres formes plus petites.

En dézoomant, j'aperçois le même schéma récursif répliqué à plus grande échelle. Des groupes de formes similaires s'avèrent être des briques — ou peut-être des molécules — créant une forme plus grande, encore et encore.

Fatiguée d'examiner les formes du même endroit, j'essaie de bouger « en avant » et dès que je m'éloigne, j'examine une forme pyramidale brûlante, verte, au goût de fraise qui joue une mélodie calme.

Cette forme est également entourée par d'autres formes similaires, plus ou moins rondes, certaines ayant des températures, des goûts ou des odeurs différents. Cependant, toutes jouent une musique évoquant une berceuse.

Submergée par ma curiosité, je choisis une forme spécifique et je la touche.

La forme s'absorbe en elle-même comme un trou noir.

Je tourne dans un tourbillon de données sensorielles jusqu'à ce que ma conscience soit court-circuitée et que je perde connaissance.

CHAPITRE ONZE

JE MARCHE VERS LA CUISINE.

J'entends tinter des clés, puis la porte d'entrée s'ouvre et Felix entre.

— Salut, dis-je. Que fais-tu si tôt à la maison ?

— J'essaie toujours de déjeuner à la maison quand c'est possible.

Il échange ses tennis pour des pantoufles.

— Je ne suis ici que pour une heure.

Lorsqu'il mentionne le déjeuner, mon estomac se met à gargouiller comme un nain grognon.

Felix sourit.

— Oui, je prépare aussi quelque chose pour toi.

———

JE SUIS de retour dans ma chambre. De nouveau assise dans la position du lotus.

J'ai enfin pu faire l'expérience de l'espace mental.

Maintenant que j'en ressors, je peux vraiment apprécier à quel point l'endroit est hallucinant.

J'ai aussi l'impression d'avoir eu ma première vision consciente. Ou alors j'ai eu l'hallucination la moins intéressante de l'histoire des maladies mentales.

Je me lève en démêlant mes jambes. D'après mon téléphone, c'est l'heure du déjeuner.

Il est temps d'aller piller le frigo.

Je marche vers la cuisine lorsque j'y pense subitement.

Si ce qui est arrivé était une prophétie, des clés sont sur le point de tinter.

J'entends effectivement un bruit de clés et la porte d'entrée s'ouvre comme prévu.

Felix entre.

— Tiens, salut, dis-je en décidant de ne pas suivre le script de ma vision. Tu rentres déjeuner ?

— J'essaie toujours de déjeuner à la maison quand c'est possible, répond Felix, comme dans ma vision.

C'est intéressant.

Même si j'ai changé mon script, le sien est resté le même. Sans doute parce que j'ai vu l'avenir et que je sais comment lutter contre, mais pas lui.

Je me demande ce que cela dit de son libre arbitre.

Comme avant, il échange ses tennis avec des pantoufles.

— Je ne suis ici que pour une heure, dis-je en imitant Felix du mieux que je peux. C'est ce que tu allais dire, n'est-ce pas ?

— Tu as deviné juste, dit Felix, qui semble un peu effrayé.

— Je n'ai pas deviné.

Mon estomac gargouille aussi bruyamment que dans ma vision.

Felix sourit.

— Pourquoi ne me l'expliques-tu pas pendant que je nous fais à manger ?

— Expliquer quoi ? dit la voix de Fluffster dans ma tête.

— Tu es réveillé ?

Je regarde le domovoi poilu.

Il hoche sa petite tête d'un air endormi.

Je me penche et je le soulève.

— Viens, je vais expliquer ce qui est arrivé.

Je me rends à la cuisine et je pose Fluffster sur la table.

Pendant que Felix prépare une grande omelette, je leur parle de mes efforts de méditation et de l'expérience d'aujourd'hui avec l'espace mental.

— Tu es certaine de ne pas avoir pris du LSD aujourd'hui ?

Felix fait tomber trois tranches de fromage dans la poêle.

— Pas de mescaline ou de DMT…

Je gratte Fluffster derrière les oreilles.

— J'en suis sûre. Aucune drogue aujourd'hui.

Felix plie l'omelette en deux afin que le fromage fonde au milieu.

— Je suis jaloux. J'aimerais beaucoup voir ces formes et avoir cette synesthésie.

— Attendez, dis-je avant de courir dans ma chambre.

J'attrape mon ordinateur portable, je le pose à côté de Fluffster sur la table de la cuisine et je cherche les œuvres de M.C. Escher.

— Regardez.

J'affiche une lithographie intitulée *Belvedere*.

— Ceci pourrait vous donner une idée des formes, au moins.

Je montre du doigt l'homme qui tient un cube impossible.

— Ça me fait mal au cerveau, dit Fluffster en frottant ses moustaches avec ses petites pattes. Comment peut-on dessiner cela, et pire, le fabriquer ?

— Tu ne peux pas le fabriquer. En tout cas, pas dans le monde réel. Tu peux faire quelque chose qui y ressemble depuis certains côtés, mais c'est tout.

— Oh, j'adore le travail d'Escher, dit Felix par-dessus son épaule.

Je hoche la tête. En tant que magicienne, j'aime les illusions visuelles de toutes sortes et Escher était un des véritables maîtres de l'illusion. Je n'en parle cependant pas, car ils pourraient se rendre compte que j'utilise certains principes des illusions visuelles.

Felix pose la poêle au milieu de la table.

— As-tu vu *Montée et Descente* ? Il y a ces escaliers infinis qui apparaissent également dans *Inception*. Sa peinture *Relativité* est apparue dans une des suites de *La Nuit au Musée* et dans *Labyrinthe*.

Au lieu de répondre, j'affiche les peintures en question pour Fluffster. Il écarquille ses petits yeux en voyant l'étrange gravité dans *Relativité* puis il suit les silhouettes qui parcourent les escaliers infinis de *Montée et Descente* avant de détourner le regard et de dire mentalement :

— Ça me donne le tournis.

— Je n'ai rien vu d'aussi cool dans l'espace mental.

J'attrape de grandes assiettes pour Felix et moi et une petite coupelle avec de l'avoine pour Fluffster. Felix laisse tomber un gros morceau d'omelette sur son assiette.

— Puisqu'on parle des films de Christopher Nolan, est-ce que l'espace mental t'a évoqué ce qu'il se passe à la fin d'*Interstellar* ?

— Le passage dans un trou de ver ?

Je me sers à manger avant de répondre.

— Peut-être quand j'ai touché la forme et que j'ai tourbillonné dans la vision.

— Non, je parle du moment où Matthew McConaughey est à l'intérieur du trou noir, dit Felix. Il est censé être à l'extérieur de l'espace en quatre dimensions et il est capable de voir le passé et de l'influencer.

Il regarde Fluffster et il ajoute :

— Attention, *spoiler*.

— C'était peut-être similaire, dis-je pensivement. Moi aussi, j'ai eu l'impression d'être à l'extérieur de la réalité. La différence est que je n'avais pas de corps dans l'espace mental. Mais maintenant que tu en parles, je suppose que ces formes étaient un peu comme la structure du trou noir dans lequel il se trouvait.

Felix mâche avec enthousiasme, déglutit et dit :

— Oui. Peut-être que chacune des formes que tu as vues correspond à la vision d'un endroit et d'un moment. Peut-être que les formes similaires sont des lieux similaires à des moments différents. Peut-être que les formes plus petites représentent des espaces de temps plus court, ce qui explique qu'ils sont constitués de plus grandes formes et vice versa. Les millisecondes montrent des secondes, et les secondes des minutes, etc....

— Peut-être.

Je triture ma nourriture, ayant perdu l'appétit.

— Je n'aurais peut-être pas dû éviter la musique inquiétante. J'ai choisi la forme calme et j'ai vu une vision ennuyeuse de toi arrivant à la maison. Peut-être que les formes effrayantes représentent les dangers dans ma vie... et c'est ce que j'aimerais voir afin de pouvoir les prévenir dans le monde réel.

— Ton espace mental me fait penser à une sorte d'interface utilisateur, dit Felix. Les formes sont comme des icônes sur lesquelles tu dois cliquer : les visions sont une sorte de réalité virtuelle. Je parie que le pouvoir de voyance tourne autour du nombre d'icônes auxquelles tu peux accéder et à ta capacité à faire fonctionner l'étrange interface.

Il sourit d'excitation.

— Cela prouve encore ma théorie de la simulation. L'espace mental se trouve peut-être en dehors de ton monde simulé, ce qui explique pourquoi tu ne pouvais le comprendre avec tes sens normaux. Je parie que c'est ainsi que les voyants peuvent...

Fluffster bâille dans ma tête et d'après l'expression de Felix, le domovoi l'a également fait dans la sienne.

— Pouvons-nous parler de quelque chose de plus important ?

Fluffster pousse sa coupelle à moitié finie sur le côté.

— Encore une fois, Ariel n'a pas dormi à la maison.

Felix et moi échangeons des regards coupables.

— Elle était plus agitée la dernière fois que je l'ai vue, dit Felix. Mais je ne sais pas trop ce que nous pouvons faire.

— Je pourrais parler à Vlad et Rose. En apprendre davantage sur les relations des vampires ?

— C'est une très bonne idée.

Felix fourre le restant de son omelette dans sa bouche.

— Je passe à l'appartement de Rose juste après ça, dis-je.

— Et je dois retourner au travail.

Felix repousse son assiette.

— Vas-y, je rangerai, dis-je. Laisse-moi juste un autre machin de FELLATIO avant de partir.

Felix semble extrêmement mal à l'aise.

— Nous ne connaissons toujours pas son mot de passe.

— Tu es censé travailler dessus.

J'attrape son assiette et je la range dans le lave-vaisselle.

— Eh bien, dit-il en se levant. Je n'ai pas du tout avancé.

— Je n'irai pas confronter Nero tout de suite, dis-je en réprimant les papillons enragés dans mon ventre qui accompagnent l'idée de s'approcher de Nero. Tu as le temps de le découvrir.

— Tu devrais essayer d'utiliser tes pouvoirs pour déterminer le mot de passe, me dit Felix. Essaie d'obtenir une vision de ce qu'il se passerait si j'essayais « pomme » comme mot de passe, puis essaie « pom m e », puis « p0mm3 » et ainsi de suite, un peu comme ce que je fais quand je devine le mot de passe par force brute. Sauf que tu le ferais dans l'espace mental, sans risquer d'être découverte.

— Je ne sais pas du tout comment avoir une vision aussi spécifique.

Je range ma propre assiette.

— Et même si je le pouvais, il faut une longue méditation pour obtenir une vision. Deviner le mot de passe de cette façon prendrait une éternité.

Felix soupire.

— Peux-tu au moins jeter un coup d'œil dans l'avenir et t'assurer que je serai en vie après avoir encore une fois tenté ce piratage ?

— Ça devrait être plus facile.

Je pose la poêle dans le lave-vaisselle.

— Je vais essayer.

— Super, dit-il avant de sortir de la cuisine.

Je continue à nettoyer jusqu'à ce que Felix revienne, tenant un autre FELLATIO.

— Je l'ai déjà activé.

Il me tend l'engin.

Je vais dans ma chambre et je le cache dans un paquet de cartes, comme la dernière fois.

— À plus tard, crie Felix depuis le couloir, et j'entends la porte claquer.

Je retourne à la cuisine et je continue à nettoyer.

Quand le comptoir est immaculé, je décide d'aller parler des relations de vamps avec Rose.

———

ELLE ME SALUE AVEC ENTHOUSIASME. Avant que j'aie le temps de prononcer un seul mot, je suis obligée de m'asseoir sur le canapé de son salon et d'accepter une tasse de thé.

Lucifer le voit comme une occasion de me faire l'honneur de se frotter contre mes jambes.

— Il s'agit d'Ariel, dis-je lorsque Rose s'assoit dans un fauteuil en face de moi.

J'explique « l'amitié » de ma colocataire avec Gaius et à mesure que je parle, je vois le visage de Rose s'assombrir. Quoiqu'elle sache à ce sujet, j'ai l'impression que ça ne va pas me plaire.

Quand j'ai terminé, Rose dit :

— Je ne peux pas parler de cela sans que Vlad soit présent.

Elle se mord la lèvre avant de continuer.

— Je lui ai juré de ne pas le faire, vois-tu, et je ne veux pas rompre une promesse à…

— Aucun problème, lui dis-je en souriant. Je peux revenir et parler à Vlad quand il sera de retour.

— Il est rarement ici pendant la journée. Et je ne crois pas que tu devrais venir ici la nuit.

Rose rougit.

— N'en dis pas plus.

Mon visage doit être aussi rouge que le sien.

— Dis-moi simplement quand il sera là pendant la journée, et je passerai.

J'ouvre l'application de calendrier sur mon téléphone.

Rose me donne quelques dates et horaires auxquels Vlad devrait être présent et je les enregistre.

Ensuite, je lui relate mes aventures dans l'espace mental. Vers la fin de mon explication, Rose semble aussi fière que mes parents quand j'ai terminé la fac.

— Tu as très bien progressé. Tu devrais aller t'entraîner un peu plus avec tes pouvoirs. Je sais que c'est ce que je ferais à ta place.

Elle a raison, alors j'avale le restant du thé d'une traite, j'enjambe son chat et je retourne chez moi.

— PUIS-JE REGARDER ? demande Fluffster quand je reprends encore une fois ma posture de méditation.

— Bien sûr, dis-je en fermant les yeux.

Je reste assise là, à respirer pendant un moment, mais il ne se passe rien.

La situation d'Ariel me vient tout le temps à l'esprit, tout comme mon chômage et les appels téléphoniques de Baba Yaga.

Ai-je besoin de me rendre à la salle de sport et de faire du yoga chaque fois que je veux passer dans l'espace mental ? Ce serait super pour mon corps, mais pas très pratique si je veux vraiment utiliser mes pouvoirs.

— Je m'égare trop, dis-je à Fluffster au bout de quelques minutes de plus, après avoir officiellement abandonné.

Je me lève et j'étire mes jambes.

— Pourquoi ne regarderais-tu pas un peu YouTube ? suggère Fluffster. C'est ce que je fais quand j'ai besoin de me détendre.

Je l'imagine regarder des vidéos de chats et je souris.

Je m'installe sur le canapé du salon, j'allume la télé et je choisis *Fool Us* de Pen et Teller. Dans cette émission, deux magiciens célèbres proposent à deux illusionnistes prometteurs de les tromper, pour gagner la possibilité de participer au spectacle à Vegas.

Après quelques épisodes, je me rends compte que je suis aussi douée que les hôtes pour deviner les ficelles de leurs tours.

Encore quelques épisodes plus tard, je conçois un plan hypothétique pour les tromper si j'en avais l'occasion. Bien sûr, le plaisir d'y parvenir ne vaut pas la peine d'être tuée par le Conseil.

Felix finit par rentrer à la maison et nous dînons, après quoi il se cache dans sa chambre, me laissant régner sur la télé du salon.

Je regarde encore un peu la télé, puis je me rends compte que je ne suis jamais retournée à la méditation. Maintenant, c'est trop tard. Je vais me coucher en bâillant, douloureusement consciente de l'absence d'Ariel.

Je sors mon téléphone et je lui envoie : *Tu me manques.*

Puis, en me souvenant que j'ai un nouveau téléphone, j'ajoute : *C'est Sasha. J'ai un nouveau numéro.*

J'attends une réponse jusqu'à ce que mes paupières deviennent lourdes, puis j'abandonne et je m'endors.

———

LE LENDEMAIN, Felix prépare à nouveau le petit-déjeuner avant de partir au travail.

Lorsque je jette un coup d'œil à mon téléphone, je remarque qu'Ariel m'a répondu à trois heures du matin.

Salut, Sasha. Pardon d'avoir été tellement occupée dernièrement. Il faudra organiser quelque chose bientôt.

Je réfléchis à différentes réponses et je choisis :

D'accord. Je suis maintenant libre quand je veux.

Elle ne répond pas tout de suite, alors je m'installe à l'ordinateur.

Il est temps de découvrir jusqu'où s'étend l'influence de Nero.

Je navigue jusqu'à la page d'accueil de la Réserve Fédérale et je regarde leurs offres d'emploi. Quelques postes correspondent vaguement à mes capacités et à mon expérience, alors je postule. Si Nero est capable de manipuler ces gens-là, je serais très impressionnée.

Ensuite, je postule à quelques emplois du gouvernement et à des postes en dehors de l'État de New York… non pas que je les accepterais, mais pour voir si l'influence de Nero s'étend jusque-là.

Je postule ensuite à des emplois complètement absurdes. Le Cirque du Soleil a besoin d'une contorsionniste alors, pourquoi pas ? Un laboratoire dans le nord de l'État a besoin de quelqu'un pour traire les serpents. Je postule aussi. Ayant travaillé dans la finance, j'ai l'impression d'être qualifiée dans l'extraction de poison chez les serpents venimeux.

Fatiguée de chercher un emploi, je décide de m'entraîner à la méditation et je dis à Fluffster qu'il peut me regarder, s'il le veut encore.

Je m'assois en position du lotus, je ferme les yeux et je respire consciemment.

Mes paumes commencent à se réchauffer.

Je me concentre davantage, n'étant plus aussi inquiète au sujet des éclairs sur le point de frapper mes yeux.

Mon téléphone sonne.

La vague d'anxiété n'est pas aussi forte qu'avant, mais la surprise m'arrache à mon état méditatif.

Le numéro n'est pas caché, mais il ne m'est pas non plus familier, alors je ne décroche pas.

— Est-ce encore Baba Yaga ? demande Fluffster en venant se coller contre moi, manifestement déçu de ne pas avoir vu les éclairs se former dans mes mains. Et si c'est le cas, comment a-t-elle eu ton nouveau numéro ?

— Je n'en ai aucune idée.

Je prends mon téléphone, je navigue sur l'App Store et je réinstalle l'application révélant les numéros, au cas où je reçoive un appel privé plus tard.

— Une chose est sûre : continuer à méditer est un exercice futile.

— Tu devrais te détendre, puis réessayer, dit Fluffster en se frottant contre moi.

— J'ai peur que les caresses ne me suffisent pas cette fois.

Je le gratte sous le menton, puis je me lève et je me change.

— Je vais à la salle de sport et suivre un cours de yoga, puis j'essaierai la méditation en suivant.

Fluffster approuve mon plan, et je pars.

————

Après avoir fait de la musculation, je tombe sur un cours de kickboxing et je décide de le suivre. L'autodéfense peut servir avec mon nouveau style de vie compliquée.

Les muscles douloureux, je me joins ensuite à un cours de yoga presque vide. C'est très agréable de m'étirer après tout le sport que j'ai fait. Je me récompense enfin par un passage au sauna et dans le jacuzzi, puis je mange un bon déjeuner sain à la cafétéria.

Je rentre chez moi d'un pas léger et je suis certaine de pouvoir passer dans l'espace mental sans encombre.

En ouvrant la porte, j'entends des bruits dans la cuisine.

Étant donné ce que Fluffster peut faire subir à un intrus, je sais qu'il doit s'agir d'un de mes colocataires, alors je dis bonjour.

— Sasha, crie Ariel avec enthousiasme depuis la cuisine. C'est toi ?

— Oui.

Je me précipite à la cuisine.

— Te voilà.

Elle baisse son sandwich et me fait un grand sourire.

— Je suis contente que nous ayons quelques minutes pour parler avant que je reparte.

J'examine ses traits parfaits.

Elle a l'air en forme. Encore mieux que d'habitude. Elle pourrait facilement figurer sur la couverture d'un magazine de mode.

S'agit-il d'une sorte d'éclat dû à l'amour ?

Nous inquiétons-nous pour rien ?

Pendant qu'elle mange son sandwich, Ariel me bombarde de questions. Je la mets au courant de tout.

— Je suis tellement jalouse, dit-elle en frottant les miettes de ses mains. J'aimerais aller à la salle de sport, moi aussi. Si tu avais accepté mon appel tout à l'heure, nous aurions pu nous y rendre ensemble.

— Tu m'as appelée ?

Je sors mon téléphone et je regarde les appels manqués.

Je ne vois que ce numéro inconnu.

— J'ai appelé avec le téléphone de quelqu'un d'autre, explique Ariel en sortant le sien. Je n'avais plus de batterie.

— Ce quelqu'un d'autre s'appelle-t-il Gaius ?

— Peut-être, dit-elle avec un sourire espiègle. Hé, peux-tu me rendre service et effacer ce numéro de ton téléphone ? Il serait contrarié s'il savait que je te l'ai donné sans le lui demander avant.

— Bien sûr, dis-je en effaçant l'appel manqué.

— Merci.

Elle se rend dans sa chambre et je la suis.

Elle met son téléphone à charger et elle ouvre le placard. Sortant un jean et un tee-shirt, elle commence à se déshabiller.

— Nous pourrons aller à la salle de sport demain, dis-je en examinant discrètement son corps à la recherche de traces de morsure.

Je suis soulagée de n'en voir aucune.

— C'est une très bonne idée.

Elle enfile son jean avec la grâce d'une ballerine.

— Nous pourrons peut-être nous arrêter au stand de tir et acheter un nouveau pistolet en route.

— Oui, pourquoi pas.

— Bon, je dois partir, dit-elle d'un ton d'excuse en

terminant de se changer. Mais nous avons des plans pour demain. Youpi.

Elle se transforme alors en tourbillon, remettant du maquillage et attrapant son sac, puis elle se précipite hors de l'appartement avant que je puisse l'interroger au sujet de sa relation avec Gaius.

Fluffster prend un bain de sable lorsque j'entre dans ma chambre.

— Ariel était là, lui dis-je.

— Je sais. Je perçois toujours quand les gens entrent et sortent de l'appartement.

— Je suppose que je vais réessayer de méditer. Veux-tu regarder ?

— Ce serait super.

Il s'allonge sur le sol devant moi.

— Vas-y.

Cette fois-ci, je m'assois sur une chaise, mais pour le reste, je suis les instructions de Darian comme avant.

Mes paumes deviennent bientôt plus chaudes, alors je redouble d'efforts.

Les éclairs explosent dans mes yeux et je me trouve encore une fois dans l'espace mental.

CHAPITRE DOUZE

JE M'ORIENTE BIEN PLUS VITE cette fois, et je flotte, examinant les formes impossibles tout autour de moi.

Juste à côté, les formes sont similaires et ressemblent à un nuage de cubes à plus de six faces et à plus de douze arêtes de couleur verte, frais et au goût d'avoine. Ils émettent tous une musique si inquiétante qu'elle pourrait être utilisée dans un film d'horreur.

Ignorant la musique, j'essaie de toucher un de ces cubes.

Je découvre que je ne le peux pas.

Ce qui me sert de membre ici tressaille de peur... métaphoriquement. J'imagine que je ne suis pas prête à voir un avenir aussi effrayant.

Je m'avance et je localise une nuée d'hybrides d'hexagone et de cylindre qui sont chauds, jaune poussin et au goût de guimauve. Ils jouent une mélodie plus douce, mais également effrayante.

En choisissant un au hasard, j'essaie de le toucher… mais à nouveau, je ne peux pas bouger.

Décidant de m'entêter, je flotte sur place, essayant de toucher la forme, encore et encore.

Chaque fois, je suis sur le point de réussir. C'est comme d'essayer de se souvenir d'un mot que l'on a au bout de la langue.

Rassemblant mon être désincarné, je concentre toute mon attention sur le fait de vaincre mes réticences restantes.

Quelque chose semble se déchirer et je touche enfin ma cible.

Comme la dernière fois, je tombe en spirale dans la vision.

———

JE ME TROUVE dans ma chambre, assise sur une chaise et submergée par l'angoisse familière.

Le téléphone sonne.

L'appel devrait être caché, mais grâce à l'application que j'ai installée, je reconnais le numéro.

C'est le restaurant de Baba Yaga qui me dérange encore.

Comment ont-ils obtenu le numéro de mon nouveau téléphone ?

Je laisse l'appel passer sur le répondeur et je prends note de l'heure : 15h21.

Lorsque le répondeur sonne, j'écoute le message.

— Sasha, dit Koschei de sa voix de cadavre. Selon

les termes du marché que tu as conclu, tu dois te présenter à Baba Yaga ce soir, à vingt-deux heures.

J'écarte le téléphone de mon oreille, ma crainte devenant une véritable panique.

Je n'ai absolument pas l'intention de me rendre à Brighton Beach aujourd'hui...

———

Sortant brusquement de ma vision, je regarde Fluffster.

— C'était incroyable, me dit-il mentalement. J'ai vu des éclairs jaillir de tes mains et entrer dans tes yeux. C'était extrêmement bref et j'aurais pu le rater, mais je l'ai vu...

J'ignore le reste de son bavardage enthousiaste et je fais de mon mieux pour revenir à la réalité.

Ma respiration haletante me fait mal à la poitrine après avoir respiré si lentement.

En plongeant sur mon téléphone, je vérifie l'heure.

Il est 15h12.

Dans neuf minutes, le téléphone sonnera et Koschei laissera son message.

Réfléchissant à toute vitesse, j'ouvre le navigateur de mon téléphone.

Je trouve un enregistrement du célèbre message de numéro non attribué énoncé quand on appelle un numéro véritablement pas attribué. Les mains tremblantes, je l'enregistre en tant que message du répondeur.

Il est 15h20.

Le doigt préparé, je décompte les secondes avant 15h21.

Le téléphone sonne et j'appuie immédiatement sur « refuser » pour l'envoyer sur le répondeur.

Puis j'attends.

Si Koschei découvre ma duperie, il attendra la fin du message de numéro non attribué, il entendra la sonnerie normale du répondeur et il laissera un message comme dans ma vision. Mais si je l'ai trompé, il devrait abandonner longtemps avant le bip de la messagerie.

Pendant que j'attends, je me demande encore une fois comment Baba Yaga et ses larbins ont obtenu mon nouveau numéro. Felix et Ariel sont les seuls à l'avoir. Enfin, avec Gaius, car Ariel a utilisé son téléphone pour m'appeler, mais cela représente néanmoins un très petit nombre de personnes.

Baba Yaga emploie-t-elle un technomancien comme Felix ? Ou existe-t-il une autre sorte de Conscient qui peut deviner ce genre de choses ? Si c'est le cas, il pourrait m'être utile en ce qui concerne le mot de passe de Nero.

Au bout d'une minute, je pousse un soupir de soulagement.

Il n'y a pas de message.

Je vais devoir garder mon téléphone éteint le plus possible, de sorte qu'il tombe directement sur le répondeur s'il essaie encore, sans que j'aie à réagir comme un ninja.

Fluffster me regarde avec un mélange d'inquiétude et d'incompréhension, alors je lui explique ce que j'ai vu.

— Quoi que veuille Baba Yaga, cela a intérêt à n'être qu'une petite faveur, dit Fluffster quand j'ai terminé. Je n'ai toujours pas retrouvé de nouveaux souvenirs… et ce n'est pas par manque de volonté.

— J'ai l'impression que ce n'est pas du tout un petit service. Mais cela me fait penser à quelque chose.

J'attrape mon ordinateur portable.

— Je dois faire quelques recherches supplémentaires sur Rasputin.

— Ah bon ?

La réponse de Fluffster semble assez désapprobatrice dans mon esprit.

— Et tes recherches d'emploi ?

— Tu es pire que ma mère, dis-je en marmonnant tout en me rendant sur ma messagerie.

Le cœur battant plus vite, je fixe mes e-mails.

— Ça devient ridicule.

Fluffster s'approche et observe l'écran avec moi.

Il y a une réponse du style « désolé, le poste a été pourvu » de la Réserve Fédérale ainsi que du gouvernement pour les postes que j'ai demandés. Les entreprises en dehors de l'État m'ont également envoyé une réponse toute faite.

Le plus ridicule est que j'ai aussi reçu un e-mail du Cirque du Soleil et du laboratoire dans le nord. Au lieu de dire « Non, vous ne pouvez pas être une contorsionniste qui traie des serpents », les messages m'informent que les postes ont été pourvus, comme tous les autres.

Je me lève en serrant les poings.

— Là, Nero fait carrément le malin.

S'il se trouvait près de moi, je frapperais son visage satisfait que j'imagine si vivement.

— Qu'est-ce que ça signifie ? demande Fluffster.

Je lui explique en faisant les cent pas et Fluffster paraît aussi outré que puisse l'être un chinchilla.

— S'il continue à faire ça, nous allons finir par vivre dans un carton dans le parc.

— Tu ne connais pas la moitié de ce qu'il se passe. Cet enfoiré possède ce bâtiment, alors même si j'arrivais à gagner des sous par magie, il pourrait choisir de ne pas renouveler notre bail et bonjour, le carton dans le parc.

— Tu devrais l'inviter ici, dit Fluffster d'un ton menaçant. Peu importe à quel point il est puissant à l'extérieur. Ici, je lui apprendrais les bonnes manières.

L'idée de Nero dans ma chambre envoie mes pensées dans une direction complètement inappropriée, et mon visage rougit de façon incontrôlable.

Afin de cacher les ratés de mes hormones et de mes neurones, je me rassois devant mon ordinateur et je me connecte à mon compte bancaire pour voir à quel point la situation est vraiment désespérée.

Je fixe les nombres bouche bée.

De l'argent a été ajouté à mon compte.

C'est un montant familier, mais je le vérifie, juste au cas où.

— Cet enfoiré.

Je me lève encore une fois.

— Il m'a payée. Comme si rien n'avait changé.

Fluffster remue son oreille ressemblant à celle d'un lapin.

— De quoi parles-tu ?

— Nero, dis-je sombrement. Il refuse d'admettre que j'ai démissionné. Et maintenant, j'ai reçu mon salaire habituel pour la semaine dernière et cette semaine. La semaine *après* ma démission.

Fluffster se lève sur ses pattes arrière.

— N'est-ce pas une bonne chose ? C'est de l'argent gratuit.

— Non, ce n'est pas gratuit, dis-je d'un ton si vicieux que le domovoi s'éloigne.

Les dents serrées, j'enfile des vêtements, je range le paquet de cartes avec l'engin de Felix dans ma poche et je sors de l'appartement comme une furie.

Il est temps que Nero et moi ayons une petite discussion.

Encore.

CHAPITRE TREIZE

— FELIX, c'est reparti.

Je siffle dans mon téléphone en marchant jusqu'à l'immeuble de mon travail pas si ancien que ça.

— Je n'ai toujours pas le mot de passe, dit-il. Tu as dit vouloir essayer d'obtenir une vision, tu te souviens ?

— Je me souviens avoir promis de voir si tu es en vie dans le futur. Si tu ne m'aides pas, tu ne le resteras pas.

J'utilise ma vieille carte d'identification et elle fonctionne. Évidemment.

— Il nous faut simplement accélérer tout.

— Je ne crois pas que ce soit une si bonne idée, dit frénétiquement Felix. Pourquoi ne…

Je l'interromps en mentant :

— Je monte dans l'ascenseur.

En réalité, j'attends un ascenseur.

— Prépare-toi. Tout va se passer comme la dernière fois.

Je raccroche alors que Felix essaie de dire autre chose.

Tout comme lors de mon trajet en taxi jusqu'ici, l'opposé de la méditation tourne dans ma tête. Je fulmine de colère contre Nero et je répète les insultes que je peux lui jeter au visage. Je fantasme à l'idée de le gifler... réellement, cette fois.

D'une certaine façon, je sais que ma réaction est disproportionnée par rapport à son crime qui après tout, est de me donner de l'argent.

C'est juste que c'est la dernière goutte.

Et le principe de la chose.

Pour qui se prend-il ?

Les portes de l'ascenseur s'ouvrent enfin.

J'entre à grands pas et je me tiens face à Venessa, la défiant mentalement de m'emmerder.

— Il n'est pas là, dit-elle, le visage impassible. Il est en Europe pendant quelques jours.

— N'importe quoi ! dis-je avant de regarder.

Les murs du bureau de Nero sont en verre, et il ne semble pas être à l'intérieur.

J'entre malgré tout, ignorant Venessa qui me suit.

Non.

Il n'est vraiment pas là.

En retournant à grands pas vers l'ascenseur, j'essaie de calmer mes nerfs surmenés.

Lorsque je sors de l'ascenseur, j'appelle à nouveau Felix.

— Ton souhait est réalisé. Nous devons reporter notre intervention.

— Qu'est-il arrivé ?

J'entends des signes irritants de soulagement dans sa voix.

Pendant que j'explique, j'utilise des gros mots qui poussent mes pas tellement ex-collègues à me jeter des regards inquiets alors que je traverse le hall d'entrée.

— C'est vraiment pour le mieux, répond Felix d'un ton apaisant. Je crois que nous avons besoin d'obtenir d'abord le mot de passe avant de réessayer cette folie.

— Très bien.

J'appelle un taxi.

— On se parle plus tard.

———

JE SUIS BIEN PLUS calme lorsque j'arrive à la maison, mais quand j'essaie à nouveau de méditer, j'échoue misérablement.

Je m'assois sur le canapé devant la télé, mais au lieu de l'allumer, je reste assise là à essayer de découvrir un moyen pour gagner de l'argent si je parviens un jour à quitter mon travail.

Fluffster doit percevoir ma mauvaise humeur, car il saute sur mes genoux et il me laisse caresser sa fourrure thérapeutique.

Ma respiration devient plus régulière et des idées commencent à arriver.

Les jeux de chance sont une possibilité évidente. Si quelqu'un me laissait participer à un jeu de poker clandestin, je pourrais non seulement utiliser mes pouvoirs de voyante, mais aussi les diverses manœuvres de magicien qui ont à l'origine été créées par les tricheurs aux cartes.

— Et si tu cherchais des façons de gagner de l'argent qui laisseront tes os, tes doigts et tes orteils intacts ? Suggère Fluffster lorsque je lui raconte mon idée. Tu peux jouer au poker en ligne, par exemple, ou parier sur les courses de chevaux.

— Tu as raison.

Je souris en me prenant au jeu.

— Les gens gagnent de l'argent en prédisant les résultats des élections, je suis douée pour cela. Il y a aussi les choses comme le Fantasy Football…

— Bien sûr, dit Fluffster en se lovant dans ma main. Mais, et s'il te plaît ne crie pas, pourquoi ne gardes-tu pas simplement l'argent de Nero ? Si tu ne l'aimes pas, prendre son argent, n'est-ce pas en quelque sorte une punition ?

— Je ne crois pas pouvoir l'expliquer. Je ne sais pas si je le comprends moi-même.

Afin d'empêcher Fluffster d'insister là-dessus, j'allume la télévision et je regarde quelques films. Je découvre que je suis devenue encore plus douée pour prévoir chaque rebondissement et la fin. Ensuite, je contribue quelques prédictions pour le Good Judgement Project, puis Felix arrive.

Nous mangeons le dîner et je relis mes livres préférés sur les tours de cartes jusqu'à me coucher.

— Réveille-toi paresseuse, crie quelqu'un dans un mégaphone géant. On va s'amuser avec des pistolets.

J'ouvre à peine une paupière.

Ariel sautille d'un pied sur l'autre à côté de mon lit.

Il faut vraiment que je mette un verrou sur ma porte.

— Enfin, dit-elle d'un ton joyeux qui m'irrite. Maintenant, lève-toi et allons-y.

Elle ouvre cruellement mes rideaux et part en courant, claquant la porte avec tant de force que mes derniers espoirs de me rendormir sont fracassés.

Je sors de sous la couverture chaude et je regarde l'heure.

Il est 9h30.

La semaine dernière, j'aurais pensé avoir de la chance de pouvoir dormir si tard. Comment me suis-je si facilement habituée à mon chômage ?

Je me prépare et Ariel me salue avec un sandwich près de la porte d'entrée.

— Allons-y, dit-elle en plaçant la nourriture dans mes mains. Tu peux manger ça en route.

Elle déborde d'excitation.

Bien trop d'excitation.

Pendant que nous descendons, je lui demande avec précaution :

— Comment te sens-tu ? Tu as l'air d'être de bonne humeur.

— Je me sens très bien.

Son sourire pourrait fournir de l'énergie à un petit village.

— Mais tu dois me dire ce qui t'est arrivé, Fluffster a mentionné des choses incroyables.

Je lui donne la dernière mise à jour et j'essaie de faire revenir la conversation vers elle, mais elle évite soigneusement mes questions jusqu'à ce que nous montions en voiture. Ensuite, elle passe dans son mode officiel de « conduite en silence ».

———

NOUS TRAVERSONS une partie louche du New Jersey et nous nous garons à côté de la maison des horreurs où Ariel m'a obtenu mon dernier pistolet illégal.

— Je voudrais quelque chose de plus petit cette fois, dis-je lorsqu'elle défait sa ceinture. Je n'ai plus d'orques qui me pourchassent, alors je me dis que le calibre n'est plus aussi important.

— Que penses-tu d'un Glock 19 ? suggère Ariel avant de se lancer dans un discours de vente si précis que je croirais presque que les gens de chez Glock lui paient une commission.

— J'en ai un ici, dit-elle pour conclure, et elle tend le bras, ouvrant la boîte à gants pour en sortir un pistolet beige. Regarde ça.

Je soupèse l'arme avec prudence. Elle a des parties en plastique et on dirait presque un jouet, particulièrement avec cette couleur.

— Peux-tu m'en prendre un noir ? dis-je après un moment d'hésitation. Afin qu'il ressemble davantage à une vraie arme ?

— N'insulte pas *mon Précieux*, dit Ariel en imitant la voix de Gollum.

Elle me reprend le pistolet des mains et elle le serre avec amour contre sa poitrine.

— Pardon, Précieux, dis-je à l'arme d'un ton pince-sans-rire. Je m'imaginais plutôt avec un autre revolver.

— Celui-ci sera plus facile à cacher, explique Ariel. C'est plus…

— J'ai confiance en toi, dis-je rapidement, acceptant de laisser tomber l'effet de la roulette russe si cela m'épargne une autre leçon sur les pistolets.

Ariel range son Précieux dans la boîte à gants et se dirige vers le trou à rats plein d'amiante qu'elle utilise pour ses emplettes d'armes.

Comme la dernière fois, je verrouille les portières de la voiture.

Pendant que j'attends, je m'entraîne à respirer afin de méditer.

Mes mains commencent à se réchauffer lorsqu'Ariel revient.

Soit elle est partie pendant un moment, soit je m'améliore.

— Garde ça dans la boîte à gants pour l'instant, dit-elle en me donnant une version noire de son Précieux. Lorsque nous arriverons au stand de tir, nous en louerons un identique, et ils t'apprendront à t'en servir.

———

LORSQUE LE TYPE du stand de tir a fini de m'expliquer

comment utiliser un Glock 19, je décide que je le préfère à mon revolver décédé.

Je suis encore plus enthousiaste à l'égard de mon Glock une fois que j'ai tiré quelques fois sur ma cible. Le recul est bien moins violent, il est plus léger et plus adapté à mes mains.

En outre, avoir plus de balles est pratique : avec le revolver, je devais recharger beaucoup plus souvent.

Une demi-heure plus tard, je suis certaine que ce pistolet est mieux pour moi.

Ce qui est vraiment bien, c'est que mon score au tir s'améliore à chaque nouvelle cible qu'ils accrochent. Bien sûr, il me faudra certainement des années pour me rapprocher des statistiques incroyables Ariel.

— C'était tellement sympa, me dit Ariel lorsque nous retournons à la voiture. Veux-tu te rendre à la salle de sport ?

J'ai encore quelques courbatures de la dernière fois, mais refuser de l'accompagner, c'est comme voler les bonbons d'un enfant, alors je ne peux faire autre chose qu'accepter.

En outre, si je fais un peu de yoga, cela facilitera mon entraînement à l'espace mental que j'aimerais pratiquer plus tard dans la journée.

———

Nous passons à la maison, nous nous changeons et nous nous rendons à la salle de sport en faisant un footing.

Comme d'habitude, le sport avec Ariel est comme un entraînement des forces spéciales. À la fin, je suis complètement à bout de souffle et j'ai mal à des endroits où une dame ne devrait pas avoir de muscles.

Ariel me rejoint ensuite pour le yoga et même si c'est sa toute première fois, elle est dix fois plus douée que moi… j'attribue cela à ses super pouvoirs plutôt qu'à ma paresse.

— Veux-tu déjeuner quelque part ? propose Ariel quand nous nous dorlotons au spa après le sport. Ou préfères-tu manger à la maison ?

— Que penses-tu de la nourriture cubaine ? Il y a un très bon resto en chemin.

Lorsque nous sortons de la salle et que nous tournons dans la rue isolée où se trouve le restaurant cubain, je suis prise d'une sensation familière.

Une angoisse.

Une angoisse forte.

Étant donné que mon téléphone est à la maison, mes pouvoirs ne m'alertent pas d'un appel téléphonique.

— Quelque chose est sur le point d'arriver, dis-je en chuchotant à Ariel, scrutant frénétiquement la rue remplie d'ordures. Mais je ne sais pas ce que c'est.

Ariel se raidit.

— Merde. Mon pistolet est dans la voiture.

— J'ai laissé le mien à la maison.

Mon pouls continue à accélérer.

Ariel observe autour d'elle, alerte comme un oiseau de proie.

Je regarde derrière nous.

Soudain, un fourgon noir aux vitres teintées tourne dans notre petite rue, ses pneus laissant des traces noires sur le trottoir.

Avec un rugissement du gros moteur, il s'arrête devant nous.

Nous sautons en arrière.

Les portes du fourgon s'ouvrent.

D'énormes hommes au visage sinistre sortent comme une bande de lions de la voiture devant nous.

CHAPITRE QUATORZE

ILS SONT quatre et ils ont des visages adaptés aux photos d'identité de la police. Aucune aura du Mandat… ce qui peut signifier qu'ils sont humains.

Ils portent tous des costumes, sauf celui qui s'approche le plus vite de nous.

C'est également le plus grand : il est tellement énorme qu'il pourrait passer pour un orque. Avec son marcel et son jean, il doit être le seul à avoir reçu le mémo au sujet de la tenue décontractée du vendredi. Je remarque aussi des tatouages d'épaulettes de style militaire sur ses épaules.

Qui est-il ? Un amiral ?

Il passe la main dans la poche arrière de son pantalon.

Ses alliés en costume passent la main dans leur veston.

Ariel se met à bouger, donnant un coup de poing au torse de l'amiral.

Il est projeté contre un type en costume derrière lui, l'emportant contre le fourgon avec un bruit sourd avant de glisser l'un contre l'autre sur le sol.

Waouh.

Clairement, Ariel a mangé ses épinards.

Lorsqu'elle frappe la main portant le pistolet d'un autre type en costume, j'inspire brusquement et je saute sur le sbire le plus proche.

Le type a déjà sorti son pistolet quand je frappe son ventre avec mon épaule de toutes mes forces… comme si j'essayais d'impressionner un découvreur de talents de la ligue de football américain.

La douleur qui explose en moi me rappelle que je devrais laisser mon épaule guérir entièrement avant de recommencer ça.

Le pistolet tombe sur le trottoir, mais le type se remet vite et m'attrape par les cheveux, comme si nous nous crêpions le chignon.

Je donne un coup de pied au pistolet afin de l'éloigner et pendant qu'il est distrait, mon pied continue sa trajectoire vers son entrejambe.

Ma chaussure touche quelque chose de mou et mon adversaire grogne en tirant si fort sur mes cheveux que j'ai des étoiles qui dansent devant mes yeux.

Lorsque ma vision s'éclaircit, je vois Ariel attraper le bras de mon agresseur.

Quelque chose craque.

Le type hurle et me lâche.

Le cœur battant, je tourne sur moi-même.

L'amiral se trouve à quelques pas de nous. Il lève une arme.

— Donne un coup de pied, ordonne Ariel en m'attrapant par les avant-bras.

— Attends, ai-je envie de dire, mais elle commence à me faire tourner à la façon d'un lasso.

Je comprends son plan insensé. Dès que mes pieds se trouvent près de la cible, j'exécute une manœuvre apprise dans mon cours de kickboxing.

Mon pied s'écrase contre le poignet de l'amiral.

Son pistolet claque sur le trottoir.

Ariel ralentit le balancement et me laisse tomber derrière elle, avant de sauter sur l'amiral qui grogne.

Il essaie de la frapper de son poing massif, mais elle l'évite comme une experte.

Il frappe avec l'autre bras, mais Ariel pare son coup avant de lui asséner un uppercut dévastateur qui atterrit en plein sur le menton de l'amiral.

Il vole en l'air, puis imite un sac de patates lorsque son dos frappe le trottoir.

Ne lui faisant pas confiance pour rester sans connaissance, Ariel lui donne un coup de pied dans la tête. Elle répète ensuite cette mesure de précaution avec chacun des quatre hommes avant de fouiller dans les poches du dernier.

— Pas de carte d'identité, dit-elle lorsqu'elle a terminé, puis elle passe au suivant.

Décidant d'accélérer les choses, je cherche également les papiers d'identité de l'amiral sans connaissance, mais la seule chose que je trouve dans sa poche ressemble à un manche de couteau noir.

J'examine l'objet. C'est un jouet très élégant : un couteau automatique qui sort par le devant. Je le teste en sortant automatiquement la lame, puis en la rétractant.

Sans y réfléchir, je glisse le manche dans ma poche.

Ce n'est pas du vol.

En gros, je le confisque.

— Rien sur les autres, dit Ariel.

— Ici non plus.

Elle secoue la tête, puis elle marche jusqu'au fourgon et scrute la rue vide pendant que je reste plantée là, essayant de reprendre mon souffle.

Elle pose les mains sous la voiture en pliant les genoux et remonte en forçant sur ses muscles.

Non.

Elle ne peut pas faire ce que je crois.

Même avec ses pouvoirs, elle ne peut pas être assez forte. N'est-ce pas ?

Faux.

Le fourgon se soulève et tombe sur le côté.

— C'est afin d'éviter qu'ils nous suivent, explique Ariel, interprétant mal mon air incrédule.

Elle ramasse alors tous les pistolets et je m'attends à ce qu'elle fasse une autre démonstration de force en tordant les armes en forme de bretzel. Mais non, elle choisit la facilité et retire les balles qu'elle met dans sa poche.

— Partons d'ici, dis-je lorsque ma colocataire

examine le champ de bataille à la recherche d'autres éléments.

— Est-ce que ça va ? demande-t-elle en fronçant les sourcils.

— Très bien.

J'essuie mes paumes de main moites sur mon tee-shirt, comme si je me battais régulièrement avec des types faisant deux fois ma taille.

— Partons avant que quelqu'un d'autre essaie de nous attaquer.

Ariel se précipite hors de la ruelle, et je la suis.

Lorsque nous arrivons dans une rue plus vivante, nous ralentissons jusqu'à adopter un pas socialement plus acceptable en imitant les New-Yorkais en retard, chose que l'on voit couramment.

Nous arrivons à la maison en quelques minutes, sans autre rencontre malvenue.

Je tourne les deux verrous de la porte et je glisse la chaîne de sécurité en place. C'est la première fois que je le fais.

— C'était quoi ? As-tu déjà vu ces hommes auparavant ? m'enquis-je en me laissant tomber sur le canapé du salon.

— Non.

Ariel n'a même pas la courtoisie d'être à bout de souffle après tout cet exercice.

— J'espérais que tu savais de qui il s'agissait.

Fluffster arrive en courant dans la pièce et nous regarde tour à tour.

— Tout va bien ?

Entre quelques respirations pour me calmer, je lui raconte ce qu'il vient de se produire.

— Vous auriez dû en ramener un.

Les yeux de rongeur de Fluffster brillent d'un air menaçant, évoquant les mythes urbains au sujet des rats géants et des alligators dans le métro de New York.

— Je lui aurais posé quelques questions.

— Étant donné les événements récents, nous pouvons supposer qu'ils en avaient après moi.

J'essuie la transpiration de mon front.

— Chester les a peut-être envoyés, ou Baba Yaga ? Ou était-ce encore une autre « leçon » de Nero ?

— Tu t'es effectivement battue deux fois avec la fille de Chester, dit Ariel en faisant les cent pas. Même si on ne peut pas dire qu'il t'appréciait déjà avant ça.

— C'est elle qui a commencé.

Me rendant compte que je viens de parler comme une enfant, j'ajoute d'un ton plus calme :

— Quelle que soit la personne qui ordonne ces attaques, nous devons prendre des précautions.

— Je suis d'accord.

Ariel s'assoit à côté de moi sur le bord du canapé.

— Nous avons de la chance que tu n'aies pas d'emploi. Tu peux rester à la maison sous la protection de Fluffster et ne sortir qu'en ma présence.

— Je suis donc assignée à résidence ?

J'exagère mon côté grognon. Je ne suis pas d'humeur à sortir de toute façon, mais je sais également comme je me sens vite enfermée.

— Tu es évidemment libre de te faire tuer, dit Ariel

en levant les yeux au ciel. C'est juste que nous aimons t'avoir parmi nous.

— Très bien.

J'incline le canapé et je me penche en arrière.

— Je ne sortirai pas si ce n'est pas nécessaire. Et si je sors, je prendrai un pistolet.

— Et moi, précise Ariel.

— Et toi. Si tu es là.

— J'y serai, dit-elle. Dis-moi simplement où tu veux aller et quand.

— Il y a une autre leçon d'Orientation ce dimanche. Je vais m'y rendre.

Ariel me jette un regard déterminé.

— Aucun problème. Je t'y conduis.

— J'aimerais aussi refaire du yoga demain.

— Avec plai…

La sonnette retentit.

Nous échangeons un regard.

— Je n'attends personne, dit Fluffster dans mon esprit, d'un ton si pince-sans-rire qu'on pourrait croire qu'il accueille de nombreux visiteurs.

— Ça m'étonnerait que ce soit ton ami le cochon d'Inde.

Je me lève brusquement et je vais chercher mon nouveau pistolet dans ma chambre.

Ariel a dû avoir la même idée, car lorsque je reviens, elle tient également un pistolet dans sa main : un autre que celui dans sa voiture.

Elle passe devant et déverrouille la porte avant de l'ouvrir autant que le permet la chaîne de sécurité.

— Bonjour, dit une voix hypnotisante à travers la fente. Vous êtes un peu paranos ?

Ariel pousse un soupir de soulagement et retire la chaîne.

Lorsqu'elle ouvre la porte, j'associe un visage à la voix.

Gaius, le vampire d'Ariel, se tient sur le seuil de notre porte.

Son beau visage pâle affiche un sourire amusé en nous regardant.

Si les pistolets l'ennuient, il ne le montre pas.

Fluffster se place devant moi, agitant la queue de façon agressive.

Le sourire de Gaius s'estompe lorsqu'il remarque le domovoi en forme de rongeur. Ses yeux de ciel arctique fixent les miens avant de se tourner vers Ariel.

— Ces jeunes n'ont plus de manières, n'est-ce pas ?

Il regarde Fluffster en attendant une réaction, en vain.

— Personne ne m'invite à entrer ?

Ariel me jette un regard d'excuse et articule en silence :

— Je dois y aller.

— Attends…

Avant que je puisse finir ma pensée, elle se faufile hors de l'appartement et ferme la porte derrière elle.

Je jette un coup d'œil à Fluffster, qui hausse ses épaules poilues.

Je marche jusqu'à la porte et je pose mon oreille contre la serrure, mais je n'entends rien.

En regardant à travers le judas crasseux, je vois que Gaius et Ariel ne se trouvent plus près de la porte, alors je l'ouvre et je les aperçois tous les deux au moment où ils montent dans l'ascenseur.

Je referme la porte.

— Elle est partie avec lui. Comme ça.

— Tu aurais peut-être dû l'inviter à entrer, répond Fluffster d'un ton clairement malveillant. Nous aurions pu en apprendre davantage sur leur relation.

— J'aurais peut-être dû.

Je verrouille la porte, mais je ne mets pas la chaîne.

— Gaius a aidé Darian la première fois que nous nous sommes rencontrés, alors il sait peut-être où se trouve ce dernier.

— À supposer que tu aies envie de trouver ce lâche, dit Fluffster. Ne peux-tu pas demander à Ariel de poser la question à Gaius ?

— Ça m'étonnerait qu'elle apprécie de servir de messagère, mais je peux essayer, dis-je avant de me diriger vers la salle de bains.

Afin de me détendre et de laver la transpiration venant de ma course et du stress, je me fais couler un bain qui fait des merveilles pour mon épaule douloureuse.

Lorsque ma peau est toute fripée, je vais voir Fluffster et nous mangeons tous les deux un bon déjeuner.

Ensuite, j'essaie d'accéder à l'espace mental.

Je sais que les restants d'adrénaline seront un obstacle à la méditation, mais c'est pour cela que je souhaite essayer maintenant. Si je veux que mes pouvoirs soient utiles, je dois être capable de les utiliser dans des situations stressantes.

La partie respiration des instructions de Darian me prend quatre fois plus longtemps que la dernière fois, mais les éclairs jaillissent enfin de mes paumes et je me trouve à nouveau dans l'espace mental.

———

Je flotte parmi les formes. Les plus proches de moi ont une température ambiante, sont d'une couleur magenta et ont un goût de mangue. Il s'agit d'hybrides entre un prisme pentagonal et un cône. Chaque forme émet une symphonie effrayante qui ferait une bonne musique pour Halloween.

J'essaie de toucher la forme la plus proche.

Ça ne fonctionne pas.

Je pousse mon appendice métaphysique à toucher la forme de toutes mes forces, mais c'est comme souhaiter défier la gravité et flotter dans le ciel dans le monde réel.

Si j'avais une lèvre, je la mordrais de frustration.

Pourquoi ça ne fonctionne pas ?

Certaines visions ne doivent-elles pas être vues ?

Ne suis-je pas assez puissante ? N'ai-je pas assez d'expérience ?

Ou bien ces formes n'ont-elles aucun rapport avec moi, et mes pouvoirs me protègent-ils contre une vision potentiellement effrayante, mais complètement inutile ?

Cette vision était peut-être celle de l'opération chirurgicale d'un bébé en Biélorussie... un événement qu'il me serait presque impossible de modifier depuis les États-Unis.

Ce dont j'ai besoin, c'est de discuter avec Darian ou un autre voyant, mais cela devra attendre que je quitte l'espace mental. Pour l'instant, je dois m'entraîner à utiliser mon pouvoir en cherchant des visions accessibles.

Cela me rappelle quelque chose.

Felix a demandé quelques prédictions. Il voulait que je découvre le mot de passe de Nero, et/ou si Nero le tuera pour le piratage.

Je me concentre sur ces deux idées autant que possible et je flotte en avant, me trouvant bientôt parmi un nouvel ensemble de formes.

Des ellipsoïdes froids comme l'hydrogène liquide, noirs et au goût de sauce barbecue avec des angles impossibles jouent une musique beaucoup plus calme que les formes précédentes, mais toujours avec une trace de menace.

Ma mémoire fonctionne apparemment de mieux en mieux chaque fois que j'entre dans l'espace mental, car je me souviens d'une autre remarque de Felix.

Il a suggéré que la taille de la forme détermine la durée temporelle de la vision.

Décidant de faire d'une pierre deux coups, je zoome

plusieurs fois. Si la théorie de Felix est correcte, la vision devrait être courte.

Ces molécules d'ellipsoïdes sont légèrement moins froides et paraissent encore plus calmes. Lorsque je cherche à toucher la plus proche, la vision commence immédiatement.

———

JE FIXE un dossier avec deux mots étranges inscrits dessus.

Il y a un bruit derrière moi…

———

LA VISION EST TERMINÉE en moins d'une seconde.

J'essaie de garder en tête les caractères étranges que je viens de voir en cherchant un stylo et un papier.

Le premier stylo que j'attrape n'a plus d'encre, alors je fouille dans le tiroir où je range mes accessoires de magie et je prends un marqueur permanent. Ensuite, je ne trouve pas de papier et je dois prendre la carte d'anniversaire que j'ai reçue de mon père.

Je suis prête à écrire, mais maintenant j'ai des doutes sur ce que j'ai vu.

Le premier mot commençait par un C majuscule et deux « a » avec une lettre étrange entre les deux qui ressemblait à un « w » écrasé.

Je l'écris aussi bien que possible et je me creuse les méninges à la recherche du deuxième mot.

Je crois qu'il y avait un Y majuscule, suivi par un «
p », puis un « 6' et un « a » et enfin un H majuscule,
mais écrit en petit pour une raison que j'ignore. Je note
ce dont je me souviens sur la carte.

Cawa Yp6aH.

Ceci pourrait bien être le mot de passe de Nero,
d'autant que l'un de mes objectifs dans l'espace mental
était de le trouver.

J'envisage d'envoyer une photo de ma note à Felix,
mais je me retiens.

Cela peut attendre son retour à la maison. Si Nero
surveille le téléphone de Felix, je ne veux pas qu'il
sache que j'ai déjà obtenu son mot de passe.

Pendant ce temps, puis-je repartir dans l'espace
mental ?

Je me mets en posture de méditation et je me
concentre.

Une heure s'écoule.

Deux.

Trois.

Je suis plus calme que jamais, pourtant aucun éclair
n'apparaît dans mes mains.

Je lutte un peu plus longtemps avant d'abandonner.

Les visions doivent être limitées à une seule par
jour, chose que Darian ne m'a pas expliquée. Ou peut-
être est-ce différent pour chaque voyant, et s'agit-il de
ma limite personnelle ? Ou alors, je dois m'entraîner
davantage avant de pouvoir entrer deux fois dans
l'espace mental en une journée.

Songeant aux limites de mon pouvoir, je me rends à

la cuisine et je mange le repas du soir. Lorsque je retourne dans ma chambre, Felix entre dans l'appartement.

— Nous avons beaucoup de choses à nous dire, lui dis-je au lieu de le saluer, et pendant qu'il change de chaussures et qu'il se prépare un sandwich, je lui parle de tout ce qu'il a raté.

— Montre-moi le mot de passe, demande-t-il en attaquant sa nourriture.

Je vais chercher la carte d'anniversaire dans ma chambre.

Quand je la montre à Felix, il lève son monosourcil.

— Ceci n'est pas un mot de passe, dit-il. En tout cas, peut-être pas.

— Ah bon ? Que crois-tu que c'est, alors ?

— C'est *toi*.

Il pointe le restant du sandwich vers moi.

— C'est ton nom, écrit en alphabet cyrillique — probablement en russe.

— Ah bon ?

Je regarde encore une fois le papier en m'attendant à voir le « R » à l'envers caractéristique.

— Oui. Ce C est un S suivi par un a similaire dans les deux langues. Puis il y a une lettre pour le son « ch » et un autre a, ce qui fait Sasha. Le nom de famille correspond aussi : le Y fait le son « ou », le P est un R, le 6 un B, et ce H est un N.

Il écrit sa version sous ce que j'ai griffonné : « Саша Урбан. »

— D'accord.

Je me laisse tomber sur une chaise.

— Ça ressemble exactement à ce que j'ai vu dans ma vision, mais pourquoi Nero en ferait-il son mot de passe ? Parle-t-il le russe ?

— Avec un nom de famille comme Gorin, il peut en théorie être russe, mais je suis d'accord. Je ne crois pas que ce soit le mot de passe de Nero.

Felix mange le reste de son sandwich.

— Si ce n'est pas le mot de passe de Nero, qu'est-ce donc ?

Je tourne la carte à l'envers, mais cela n'a pas plus de sens.

— J'ai bien peur que ce soit la preuve que Baba Yaga finira par te reparler, marmonne Felix la bouche pleine. *Elle* est vraiment russe, et elle peut avoir écrit ton nom sur ce papier. Peut-être pour te forcer à t'engager dans un contrat obligatoire ?

— Rose m'a averti de ne rien signer pour Baba Yaga, mais je ne me souviens d'aucun morceau de papier dans son bureau.

Je masse mes tempes en décrivant des mouvements circulaires, essayant de trouver une explication différente.

— Pourquoi ça ne pourrait pas être autre chose ? dis-je, désespérée. Une bonne chose ? Comme ce que je trouverai sur mon acte de naissance russe ?

Felix essuie les mains sur une serviette en papier.

— Les hommes qui vous ont attaqué sur le chemin de la salle de sport étaient russes, alors ils travaillent sans doute pour Baba Yaga.

Il se lève.

— Attends, dis-je en me levant également. Comment sais-tu qu'ils étaient russes ?

— Le type que tu as surnommé l'amiral, explique Felix en passant dans le salon. Les épaulettes sur ses épaules sont tatouées dans les prisons russes pour les criminels de haut vol. Tu as vu quel genre de personnes traînent dans l'établissement de Baba Yaga. À toi de tirer les conclusions.

Il se laisse tomber sur le fauteuil inclinable et attrape la télécommande.

Je le fixe, incrédule.

— Tu vas vraiment regarder la télé maintenant ?

Felix examine la télécommande dans sa main avant de lever les yeux vers moi.

— Que veux-tu que je fasse ? Si je te disais de ne pas quitter la maison — ce qui est la seule façon d'empêcher d'autres rencontres avec Baba Yaga — m'écouterais-tu ?

— Peut-être, lui mens-je. Mais tu dois admettre que devenir un ermite n'est pas vraiment une solution.

— Ce n'est pas une bonne solution sur le long terme, non.

Il fait un geste avec la télécommande, puis il poursuit :

— Sinon, tu pourrais ravaler ton orgueil et te réconcilier avec Nero, afin que…

— Oublie ça.

Je tourne les talons.

— Regarde ta stupide télé.

Je marche d'un pas lourd jusqu'à la cuisine, j'attrape la carte et je pars dans ma chambre.

Fluffster se trouve là, alors je lui montre la carte et j'explique la théorie de Felix.

Il fixe la carte en écarquillant les yeux.

— Je possède plus de souvenirs que je ne le croyais. Je peux lire ça. Est-ce que ça signifie que je parle le russe ?

— Je ne sais pas.

Je me penche et je gratte Fluffster.

— Essaie peut-être de parler à Felix ? Si ça ne fonctionne pas, nous devrions acheter un livre russe. Ou bien regarde quelque chose de russe sur YouTube ?

— Ce sont de très bonnes idées, dit-il en courant vers la porte.

Une fois seule, je me rends compte que je peux tester la théorie de Felix concernant Baba Yaga. Il me suffit de retourner dans l'espace mental et d'observer la vision pendant un peu plus longtemps.

Encouragée, je commence à méditer.

Et à méditer.

Et à méditer.

Peu importe mes efforts, l'espace mental m'échappe.

Ma théorie au sujet d'une seule vision par jour doit être correcte.

Avant de trouver quoi faire d'autre, Fluffster revient dans la chambre en courant.

— Je parle couramment le russe, dit-il dans mon esprit. Felix a dit qu'il me trouverait des livres et il m'a montré un moteur de recherche russe appelé

Yandex.ru. Nous y avons fait des recherches sur les domovoi. J'ai appris des choses très intéressantes.

Fluffster me raconte alors les contes de fées au sujet de son espèce et il décrit le scénario d'un dessin animé avec un personnage domovoi.

— Peut-être te souviendras-tu d'autre chose avec le temps qui passe, finalement, dis-je lorsqu'il est à bout de souffle. Je devrais répondre à l'appel de Baba Yaga et la remercier.

Fluffster secoue sa tête poilue.

— Je viens de lire des choses sur elle. Même si elle a simplement emprunté ce nom, elle ne présage rien de bon.

— Je plaisantais. De plus, elle doit penser que mon téléphone est déconnecté, ce qui est sans doute la raison pour laquelle elle m'envoie maintenant ses sbires.

— Sans doute, dit Fluffster en bâillant. Je vais faire la sieste, si ça ne t'ennuie pas.

— Moi aussi, je vais me coucher pour la nuit, lui dis-je. Plus je me réveille tôt, plus tôt je pourrais essayer d'avoir une autre vision.

CHAPITRE QUINZE

JE ME RÉVEILLE à six heures du matin samedi, pour la première fois de ma vie. Je suppose que c'est ce qui se passe lorsque l'on se couche si tôt.

Je fais ma routine matinale, puis je partage un petit-déjeuner aux flocons d'avoine avec Fluffster.

— Ariel est-elle rentrée hier soir ? m'enquis-je quand nous avons fini.

— Non.

— Nous sommes censées nous rendre à la salle de sport aujourd'hui. J'espère qu'elle ne me laissera pas tomber.

Fluffster secoue la tête d'un air désapprobateur et nous rejoint lorsque je retourne dans ma chambre.

Il se roule en boule sur mon lit et je décide de travailler sur l'obtention d'une autre vision.

La méditation se passe mieux que d'habitude : apparemment, je m'améliore.

Mes paumes se réchauffent en un temps record et les éclairs frappent mes yeux.

———

JE SUIS ENTOURÉE par un nouveau jeu de formes.

Qui décide où j'atterris lorsque j'apparais ici ? Dois-je faire plus attention à ces formes ?

Quoi qu'il en soit, aujourd'hui j'ai un objectif différent en tête. Il me faut retrouver la vision de l'écriture en russe et découvrir si elle est liée à Baba Yaga ou à Nero.

Je flotte en avant, faisant de mon mieux pour penser aux mêmes choses qu'hier.

Il y a des hordes de formes différentes autour de moi, mais aucune ne ressemble aux ellipsoïdes aux angles improbables dont j'ai besoin. En fait, je ne vois aucune forme ressemblant de près ou de loin à une ellipse.

J'essaie de me concentrer sur la forme elle-même et je cherche à la trouver par ma volonté.

Il ne se passe rien, et je finis par abandonner.

Les formes du mot de passe sont clairement hors de ma portée.

Peut-être n'a-t-on qu'une seule occasion de voir une vision située dans un lieu et à un moment spécifiques ?

Si c'est le cas, je dois faire très attention avec ces intervalles de temps à l'avenir.

En parlant d'intervalle temporel, je peux au moins tester une théorie à leur sujet. Il me suffit de trouver une forme qui me plaît, puis de dézoomer plusieurs fois et de voir si cela me conduit à une vision longue.

Les prismes chauds, blancs et au goût de cornichons jouent une musique très rassurante, alors je les choisis.

Je dézoome une fois.

Deux fois.

Trois fois.

À la quatrième, je choisis un prisme au hasard et je le touche.

———

Un POING me frappe le visage, puis le ventre. Ensuite, un coup de pied me fait tomber le dos contre terre.

En me relevant très vite, je bloque un coup de pied circulaire, j'essaie de mettre un coup de poing et j'échoue. Un uppercut me renvoie en arrière en un tas de membres.

— Sasha la gentille, c'est terminé, dis-je en serrant les dents tout en bloquant le coup de poing suivant.

Je frappe mon adversaire d'un uppercut et je l'envoie valser, puis je lui jette mon éventail mortel en métal, faisant couler des rivières de sang.

Franchissant la distance entre nous, je déchaîne un combo, un enchaînement de manœuvres que j'ai mémorisé auparavant.

Quand j'ai terminé, il lui reste très peu de force.

Je vais gagner et je vais être ravie d'effacer cet air satisfait de son visage.

Je bondis, bien décidée à finir le combat.

Il bloque mon coup de pied, puis fait glisser sa jambe sous mes pieds, me faisant chuter.

Dès que j'essaie de me lever, il me fige avec sa manœuvre spéciale, marche vers moi d'un air arrogant et déchaîne une série de coups de poing et de coups de pied.

Je suis à terre et ma barre de vie est vide.

— *Finish her*, dit une voix grave.

Dans l'image suivante, je me lève en tremblant.

Il marche vers moi, fige ma taille, fait passer son poing à travers moi, me casse la colonne en me levant au-dessus de la tête et déchire ce qu'il reste de moi en deux morceaux sanglants.

— *Fatality*, conclut la voix grave.

— Ça, c'était beaucoup mieux.

Felix sélectionne une femme avec de très gros seins pour son personnage suivant.

— Un de ces jours, tu gagneras. Tu verras.

Je serre la mâchoire et je choisis Sub-Zero, son dernier personnage.

Et je perds encore.

Puis je perds encore plus terriblement.

Ensuite, je perds sans le toucher une seule fois, ce que la voix appelle « *Flawless Victory.* »

Quand il s'agit de jeux vidéo, je suis bien trop compétitive. Je ne supporte pas de perdre.

Nous jouons pendant des heures et j'ai impression d'être sur le point de comprendre la technique de Felix, mais il change alors quelque chose et je perds encore. Et encore.

— Vous jouez toujours ? demande Fluffster après une autre heure de mes défaites. Peux-tu me donner mon bain de poussière ?

— Une seconde, dit Felix. Laisse-moi tuer Sasha une fois de plus.

———

Je suis de retour dans ma chambre.

Waouh.

C'était une vision de plusieurs heures… mais sans doute la plus inutile que je n'ai jamais eue.

On dirait que Felix va me demander de jouer à *Mortal Kombat* plus tard dans la journée, et je dirai oui, juste pour perdre pendant des heures.

Vais-je perdre ? J'ai vu comment se sont passées certaines de ces parties. Puis-je utiliser cette connaissance ?

Quoi qu'il en soit, je dois agir comme si de rien n'était. Je ne veux pas que Felix comprenne.

Je lis des livres sur la magie pendant une heure, puis je regarde la télé jusqu'à ce que Felix se réveille et mange son petit-déjeuner.

Enfin, il frappe à ma porte.

— Salut, dit-il lorsque j'ouvre. Pardon pour hier soir. J'aurais dû te parler au lieu de regarder la télé. J'étais simplement crevé… mais je suis prêt à te parler si tu le veux encore.

Je souris.

— Ne t'inquiète pas. Moi aussi, j'ai été un peu brusque. Il n'y avait rien d'autre à dire. Je suis à la maison aujourd'hui, comme tu l'as suggéré, et lorsque je sortirai, je prendrai soin que Baba Yaga ne puisse pas m'atteindre.

— Bien. Je me demandais également comment te divertir… et j'ai une idée.

— Qu'as-tu en tête ? dis-je alors que je le sais déjà.

— Pourquoi ne pas faire des jeux vidéo ? Nous pouvons jouer à *Mortal Kombat*. Je sais qu'Ariel et toi vous y jouez tout le temps.

— Es-tu sûr de pouvoir tolérer ce carnage généré par ordinateur ? m'enquis-je en souriant intérieurement comme un démon.

— Ça ira.

Il se rend dans le salon où nous avons installé la Xbox d'Ariel.

Pendant qu'il lance le jeu, il grommelle quelque chose de négatif au sujet de la console, mais je l'ignore. Il est fan de Nintendo et il ne peut donc pas avoir d'avis objectif sur une autre console.

La télévision allumée, les manettes en main, nous commençons la bataille.

Au début, je perds. Nous n'avons pas encore atteint le moment de ma vision.

Plus tard, nous parvenons enfin à la partie que j'ai déjà vue : son ninja bleu me donne un coup de poing au visage, puis au ventre, puis il emporte mes jambes en me jetant à terre.

Cependant, j'ai maintenant le bénéfice de ma

prémonition, et je m'impressionne en me souvenant parfaitement de nos actions à tous les deux.

Je gagne donc.

Ensuite, je gagne encore.

— Hé, dit Felix après sa quatrième défaite à la suite. Il se passe quelque chose de louche.

Il fronce les sourcils en me regardant.

— Utilises-tu tes pouvoirs pour gagner ?

— Non, lui mens-je. Et toi ?

Il rougit et j'ai envie de le frapper en dehors du jeu. Pourquoi n'y ai-je pas pensé avant ?

C'est un technomancien et la Xbox est un PC glorifié, alors il peut bien sûr la manipuler aussi facilement que les autres programmes informatiques.

— Plus de jeux vidéo, lui dis-je. Je n'arrive pas à croire que tu triches.

— C'est seulement parce que j'ai triché que j'ai pu te surprendre trichant aussi.

Il jette la manette sur le canapé avant de demander :

— Dis-moi comment tu as fait.

Je lui explique en souriant et sa colère devient admiration.

— C'est vraiment intéressant.

Il éteint la télévision.

— Une si longue vision. Je me demande si elle a un coût ?

Je me gratte l'arrière de la tête.

— Je n'ai pas pensé au coût. Je ne me sens pas particulièrement fatiguée ou quoi que ce soit. La longueur de la vision n'a peut-être pas d'importance ?

— Bon. Tu as dit pouvoir dézoomer aussi souvent que tu le veux, n'est-ce pas ?

— J'ai seulement dézoomé quelques fois, alors qui sait ? Il peut y avoir une limite que je ne peux pas atteindre.

— C'est obligatoire. Sinon, qu'est-ce qui t'empêche d'avoir une vision qui dure un an ou deux ? Ou une vie entière ?

— Je n'en ai aucune idée.

Je pose la manette avant d'ajouter :

— De telles visions sont possibles.

— Ce serait incroyable, dit-il. Quoi qu'il en soit, si l'espace mental est comme une interface informatique, alors je parie que la taille initiale de ces formes est déjà optimisée pour la meilleure durée de vision.

— Optimisée par qui ?

— Toi ? suggère-t-il. Ou des espèces de dieux des voyants ? Qui sait ?

Nous restons ainsi à réfléchir pendant quelques minutes, puis je me lève.

— Il faut que j'essaie de retourner dans l'espace mental, lui dis-je. Je n'y arriverai probablement pas, mais ça vaut la peine d'essayer.

— Bonne idée.

Il se lève également, sort le jeu de la Xbox et le remplace par un autre.

— Fais ça. Pendant ce temps, il y a ce jeu de course de voitures que je voulais tester.

Je vais dans ma chambre et j'essaie à nouveau de méditer.

Cela échoue, comme je m'en doutais.

Après le déjeuner, j'essaie encore, mais en vain.

J'abandonne et je me rends compte qu'Ariel n'est pas venue pour m'accompagner à la salle de sport, et bien sûr, cela me donne très envie d'y aller.

J'attrape mon téléphone et je compose son numéro.

Une sonnerie familière retentit dans la chambre d'Ariel.

J'y vais et effectivement, son téléphone est encore sur le chargeur.

Pourquoi l'ai-je laissé me convaincre d'effacer le numéro de Gaius ? Si je l'avais, je pourrais au moins l'appeler, *lui*.

Sachant très bien que Fluffster et Felix me reprocheraient tous les deux de sortir seule, je fais quelques pompes à côté de mon lit et je considère que j'ai fait mon activité physique pour la journée.

Après le dîner, Felix et moi louons quelques films et je me couche tôt.

———

SUIVANT NOTRE TRADITION officieuse du dimanche matin, Felix prépare quelque chose de délicieux pour le petit-déjeuner : des pancakes au quark appelés *syrniki*.

Pendant que nous mangeons, Fluffster m'informe qu'Ariel n'est pas rentrée cette nuit, et je commence à m'inquiéter au sujet de l'Orientation. C'est aujourd'hui et si Ariel ne réapparaît pas, je suis foutue.

En retournant dans ma chambre, je réfléchis au côté

pratique du port d'une arme. Mon dernier pistolet logeait dans un gros sac, mais il faudrait que je trouve mieux que cela.

J'ai une idée et j'attrape la tenue que j'avais conçue pour faire disparaître un portable.

Oui.

La poche secrète servant à faire ce tour fonctionne tout aussi bien comme étui de Glock.

En cas de problème, je peux aussi l'utiliser pour faire disparaître le pistolet, même si l'inverse est bien mieux.

J'ai alors une autre idée. Même sans Ariel, une vision peut m'aider à rendre mon trajet jusqu'à l'Orientation plus sûr. En fait, je pourrais refaire comme hier et voir une prophétie de plusieurs heures.

Oui, c'est ça.

De cette façon, je pourrais me rendre à l'Orientation dans ma vision au lieu du monde réel, et ne pas y aller, sauf si la vision montre que je fais l'aller-retour sans encombre.

Enthousiasmée par cette solution de rechange, je prends la position du lotus et je me concentre sur ma respiration.

Il ne se passe rien.

Je reste assise, l'esprit aussi clair que possible, mais les éclairs ne se matérialisent jamais dans mes mains.

Est-ce le coût dont Felix a parlé ?

Si c'est le cas, il porte vraiment la poisse, mais il pourrait avoir raison. On dirait que la vision plus longue d'hier m'a drainée et que je ne peux pas atteindre l'espace mental aujourd'hui.

Du moins, j'espère que ce n'est que pour aujourd'hui. Même si c'était agréable de battre Felix à *Mortal Kombat*, ce serait dommage de perdre mes pouvoirs pendant longtemps juste pour un jeu vidéo.

Quoi qu'il en soit, si Ariel n'apparaît pas à la dernière minute, il me faut un plan différent pour l'Orientation.

Je m'habille, je cache mon pistolet dans ma poche secrète, je glisse le couteau de l'amiral dans une poche normale et je vais dans le salon.

Lorsque Felix et Fluffster remarquent mon arrivée, je demande :

— Et si je prends un pistolet avec moi et un taxi pour y aller et revenir ?

Fluffster court et sautille autour de moi.

— Je préfère que tu restes à la maison. Je crois que tu ne devrais *jamais* partir.

— Super, dis-je d'un ton dégoulinant de sarcasme. Felix ?

Il se lève.

— Je sais comme ton Orientation est importante. C'est pourquoi je vais prendre ce taxi avec toi.

— Vraiment ?

Je dévisage sa silhouette mince d'un air sceptique avant de me raviser :

— À vrai dire, non. Tu ne viens pas avec moi. Pourquoi te mettre en danger aussi ?

— Si tu y vas, moi aussi.

D'une voix plus basse, il ajoute :

— En réalité, j'avais l'intention de venir de toute façon, alors ce serait bête de ne pas nous y rendre ensemble.

— Tu voulais t'y rendre ? demandons Fluffster et moi en même temps.

— Ça va, dit-il, sur la défensive. J'accompagne juste une amie là-bas.

— Une amie ?

Je regarde au fond de ses yeux sombres pour voir s'il plaisante et je ne détecte aucun signe d'humour.

— Une amie qui n'est pas moi ?

Felix rougit.

— C'est Maya.

Il baisse la tête.

— Elle et moi avons fait un pacte. Si ces chiennes de loup-garou la menaçaient encore, Maya devait m'envoyer un texto afin que je l'accompagne à l'Orientation.

Il sort son téléphone et l'agite devant nous.

— Elle a envoyé un texto.

— Maya ? dis-je encore, bêtement. Tu allais conduire Maya à l'Orientation et tu ne m'en parles que *maintenant* ?

Maya, ma petite camarade de classe et nouvelle amie, qui aura, et je cite « dix-huit ans dans quelques mois ».

Elle est devenue la proie de Roxy et de sa ruche qui la harcèlent en partie parce qu'elle est si minuscule.

Le fait que Felix ait conclu un tel pacte avec elle est

extrêmement galant. Sauf que j'ai des doutes concernant le fait que Roxy menace Maya en route *vers* l'Orientation. Il est bien plus probable que cette fille ait envie de passer du temps avec Felix.

Et je parie qu'il le sait.

Mais surtout, je ne crois pas que Felix puisse aider Maya à s'occuper de Roxy en cas de besoin. Je vois déjà la scène : Roxy ou un de ses sbires se transforme en loup et mord quelqu'un. Felix voit du sang, s'évanouit, et c'est terminé.

— Je peux très bien me défendre seul, dit Felix comme s'il lisait dans mes pensées. Attends ici.

Je l'entends fouiller dans sa chambre, puis passer dans celle d'Ariel. Lorsqu'il revient, il tient deux pistolets : celui que j'ai vu plus tôt dans la chambre d'Ariel et une espèce de drôle d'engin.

— Celui-ci, je le prêterai à Maya pour la durée de son trajet.

Il range le pistolet d'Ariel dans la poche arrière de son pantalon.

— Et celui-ci – il montre le drôle de pistolet – je l'ai acheté en contrebande après toute cette histoire avec Harper. Cependant, si on m'attrape avec ça, le Conseil aura ma tête.

Fascinée, j'examine les gravures complexes qui ornent le côté de l'arme ainsi que sa forme étrange. On dirait que quelqu'un a pris un mousquet, l'a rétréci, puis l'a utilisé comme base pour un pistolet laser futuriste.

— Qu'est-ce ?

— Un pistolet, dit Felix. De Gomorrah.

Je l'observe avec un intérêt accru.

— La technologie de Gomorrah est en avance par rapport à la nôtre, explique-t-il avec enthousiasme. Ce pistolet a plus de puissance de calcul que ton ordinateur portable. Il peut viser automatiquement, possède un mode non létal, est plus léger que n'importe quelle arme fabriquée sur Terre, et le plus cool, c'est que je peux utiliser mes pouvoirs de technomancien dessus. Jusqu'ici, j'ai fait en sorte qu'il ne fonctionne que pour moi, alors si je le perds ou que quelqu'un me le vole, ce sera simplement un jouet inutile.

Je touche le pistolet. Le matériau ressemble encore davantage à du plastique que sur mon Glock. De près, il paraît moins réaliste que certains jouets pour enfants.

— N'est-ce pas interdit par le Mandat de porter cela sur Terre ?

— Si je sors cette arme, cela n'activera pas la protection du Mandat. Est-ce ce que tu veux dire ?

Il range l'arme à l'arrière de son pantalon, à côté du pistolet de Maya/Ariel.

— Mais si quelqu'un voit…

— Les morts ne racontent pas d'histoires, dit-il. À supposer que j'utilise la fonction mortelle.

Je lève les yeux au ciel.

— Je t'en prie. Tu tomberas dans les pommes avant même de tirer. Tu t'évanouis à la vue du sang, je te le rappelle.

— Pas toujours.

Il marche d'un pas assuré vers la porte d'entrée et

enfile ses chaussures.

— Nous avons joué à ce jeu vidéo dégoûtant, et je n'ai eu aucun problème.

— Ce n'était pas du vrai sang. Ce n'est pas comme lorsque tu tires sur quelqu'un.

Il hausse les épaules.

— Il y a toujours la fonction non létale. Si je l'utilise, la personne perd seulement connaissance pendant quelques heures. Même si je devais tirer sur quelqu'un, ce pistolet ne le ferait pas saigner. En théorie, du moins. Quoi qu'il en soit, je ne serai pas évanoui *avant* de tirer sur la gâchette.

— D'accooord. Tu tires sur le méchant et *ensuite* tu t'évanouis.

— Et alors ? Le méchant ne sera plus une menace.

— À supposer que tu le tues en un seul coup. Et en supposant qu'il n'y a qu'un seul méchant.

Felix serre la mâchoire d'une façon qu'il a dû apprendre auprès d'Ariel.

— Veux-tu te rendre à l'Orientation, ou pas ?

— Très bien. Allons-y, dis-je après avoir mis mes chaussures.

Avant de quitter l'immeuble, nous réservons la voiture et nous attendons qu'elle arrive, les mains posées sur nos armes cachées.

Nous montons dans la voiture sans encombre et nous nous dirigeons chez Maya, qui habite tout près.

— Salut Felix, salut Sasha, dit-elle joyeusement en montant à bord. Merci beaucoup d'être passés me chercher.

Si elle est déçue par ma présence, elle est très douée pour ne pas le montrer.

— Tiens.

Felix glisse discrètement le pistolet d'Ariel vers elle.

— Utilise-le s'il t'arrive quelque chose de grave.

Elle écarquille les yeux à tel point qu'ils débordent presque de ses lunettes. Elle reprend cependant vite ses esprits et elle cache le pistolet dans son sac à dos.

J'espère vraiment que Felix sait ce qu'il fait en lui donnant une arme. Il faudra que je lui rappelle de la reprendre avant que nous la déposions chez elle. Nous ne voulons surtout pas que ses parents la trouvent.

Le trajet dans le Queens se fait dans les embouteillages, et je laisse Felix et Maya bavarder ensemble. Leur flirt maladroit est plus mignon que des chatons venant de naître. Maya est plutôt mûre pour son âge, ce qui, avec l'immaturité de Felix, comble plus ou moins leur différence d'âge. Ils sont cependant adorablement gênés l'un avec l'autre.

Bon sang, j'aurais aimé qu'Ariel soit présente pour voir ça. Elle adore se moquer de la virginité de Felix et ce trajet lui donnerait de nombreuses sources de plaisanteries. D'un autre côté, est-il encore vierge après l'attaque du succube ?

Probablement. Je n'ai pas eu l'impression qu'il est allé très loin avec lui/elle.

Lorsque nous approchons de l'immeuble de l'Orientation, je remarque un visage familier au volant d'une Jaguar qui nous coupe la route à l'intersection.

— C'est Chester, dis-je à Felix en indiquant la

voiture en question.

Sans tenir compte de la circulation derrière lui, Chester s'arrête au milieu de la route et Roxy descend de sa voiture.

Elle semble irritée par quelque chose. Peut-être n'aime-t-elle pas que son père la dépose, ou voulait-elle qu'il se gare au bord du trottoir, comme une personne normale ?

Je me baisse avant que Chester puisse me voir, sinon je suis certaine qu'un camion foncera sur notre voiture quelques secondes plus tard.

Heureusement, Chester démarre dès que sa créature des enfers entre dans le bâtiment.

Notre chauffeur se gare.

Nous descendons de la voiture et Felix nous accompagne jusqu'à la classe. Pendant que nous marchons, Maya a tellement envie que Felix lui prenne la main que le sentiment est presque palpable. Il ne le fait pas.

— Je reviens tout à l'heure.

Felix regarde droit dans les yeux de Maya en disant cela, et je note qu'il me faudra avoir une conversation sérieuse avec lui.

En résumé, ce serait : « Avant que tu fasses quoi que ce soit, attends au moins quelques mois. »

Maya et moi entrons dans la classe, attrapons deux chaises et nous asseyons ensemble aussi loin de Roxy et de sa ruche que mathématiquement possible.

La reine des abeilles agit de façon normale, c'est-à-dire qu'elle nous critique visiblement auprès de sa ruche, mais d'une voix trop basse afin que je puisse l'entendre.

Quoique Rose lui a raconté dans le parc, elle a clairement gaspillé sa salive.

L'ouïe de Maya doit être plus fine, car elle passe la main dans son sac à dos… mais elle voit mon regard sévère et elle ne sort pas le pistolet.

Dr Hekima entre et tout le monde se tait.

— Bonjour à tous.

Les cheveux à la Einstein du docteur Hekima sont encore plus ébouriffés que d'habitude.

— J'ai préparé une leçon fantastique pour vous.

Il me tend une photocopie, puis il en donne une à Maya avant de faire le tour du cercle.

L'imprimé est couvert de jargon légal, et si je comprends bien, il demande notre consentement pour l'invasion de notre esprit dans le cadre du cours.

Quoi ?

Je dois avoir mal compris.

— Les formulaires serviront plus tard, dit-il une fois que tout le monde possède une copie. Pour commencer, nous allons juste parler, et je suis certain que c'est un sujet que vous attendez avec impatience.

Il marque une pause théâtrale et dévisage tout le monde, les yeux brillants.

— Les Autremondes.

Les adolescents ne montrent aucun signe de l'impatience qu'il a mentionnée. Personne ne semble être intéressé, sauf moi.

Je suis prête à sautiller d'enthousiasme.

— Levez la main si vous avez entendu le terme « dimension alternative », dit le docteur Hekima.

Je lève brusquement la main et quelques autres suivent prudemment mon exemple.

— Les « autres mondes » ?

Quelques mains de plus.

— Les « univers parallèles » ? Ou « le multivers » ?

Presque toutes les mains sont levées maintenant.

— Bien, dit-il. Cela facilitera l'explication des Autremondes. La première chose qu'il vous faut savoir, c'est qu'il existe des portails servant à voyager jusqu'aux Autremondes, des mondes très différents du nôtre. Nous parlerons plus en détail des portails plus tard, car l'objet de cette leçon concerne les Autremondes eux-mêmes.

J'écoute avidement pendant qu'il se lève et qu'il commence à faire les cent pas.

— Il vous faut garder en tête que la Terre elle-même fait partie des Autremondes, dit-il en tournant autour de la salle de classe. Et nous, les Conscients, ne sommes pas originaires d'ici.

Il marque encore une pause théâtrale et cela me permet de constater que je considérais les Autremondes comme « ailleurs » et la Terre comme « chez moi ». Nous sommes finalement des extraterrestres ici.

Où se trouve notre planète d'origine ?

Quelqu'un le sait-il ?

Dr Hekima continue à marcher et à parler, traitant de certaines choses qu'Ariel et Felix m'ont apprises.

Il existe un nombre infini de mondes, et dans un grand nombre de ces mondes, le temps s'écoule différemment. Les portails ne mènent qu'à une minuscule fraction de cette infinité, alors il existe des mondes innombrables auxquels l'on ne peut pas accéder par un portail.

Il existe aussi des mondes qui possédaient des portails, mais qui sont morts, certains à cause de guerres nucléaires que les Conscients n'ont pas pu empêcher, d'autres à cause d'un astéroïde ou d'une autre catastrophe apocalyptique. L'information principale a déjà été mentionnée par Ariel : nous ne pouvons pas nous rendre comme nous le voulons dans ces mondes déserts.

Ce serait comme nous rendre sur Jupiter ou sur le soleil.

Certains des mondes accessibles sont habités par des humains, d'autres non, et quand les humains ne vivent pas sur le monde, les Conscients n'y ont pas de pouvoir.

Les pas de Docteur Hekima accélèrent.

— Voyez-vous le lien avec notre cours précédent ? Quand nous avons parlé de ce qui arriverait si les Conscients étaient découverts par les humains ?

Tout le monde, moi y compris, le regarde bêtement.

— Les mondes avec des humains sont une ressource précieuse, dit-il. Si les humains devaient nous tuer, ou nous bannir de leur monde, ce serait très mauvais. Mais si nous devions les tuer, ce serait une tragédie. Nous perdrions encore un endroit où nous avons nos pouvoirs, et bien sûr, le génocide est moralement répugnant. C'est pourquoi le Mandat existe dans les mondes où le développement technologique et culturel humain l'a rendu nécessaire.

Je veux lui poser des questions sur les scénarios plus sombres, par exemple un monde dans lequel les Conscients maintiendraient les humains dans une sorte d'esclavage uniquement pour garder leurs pouvoirs, mais je remarque alors que c'est la raison pour laquelle il a clarifié l'aspect sur le développement technologique et culturel des humains.

Les humains modernes sur Terre ne permettraient pas cela sans se battre.

Je me rends compte que j'ai raté quelques secondes du cours et je laisse mes interrogations pour plus tard.

—… des données cosmologiques soigneusement vérifiées sur plusieurs Autremondes, et ils n'ont pas pu trouver une seule étoile, planète ou galaxie en commun.

Le Docteur Hekima nous regarde avec un air de conspirateur.

— Certains Autremondes possèdent même des lois de la physique légèrement différentes… bien que les différences ne soient évidemment pas assez marquées pour interférer avec la vie telle que nous la connaissons.

La notion de lois de la physique différentes me laisse perplexe et me fait regretter de ne pas avoir eu un diplôme de physique. De cette façon, j'aurais pu poser quelques bonnes questions à la fin du cours.

En constatant que je pense encore une fois à autre chose, je me concentre à nouveau sur les paroles de Docteur Hekima.

—… le temps limité qu'il nous reste, je me suis dit que j'allais utiliser mes pouvoirs pour vous montrer au lieu de vous les décrire.

Il se rassoit.

— C'est là que le formulaire prend son importance, veuillez le lire maintenant.

Je suis sur le point d'examiner la photocopie lorsque le Dr Hekima dit :

— Pour ceux qui ne le savent pas déjà – il me regarde –, je suis un illusionniste. Je peux vous faire vivre ce que je veux. Je préfère ne pas le faire sans votre consentement, d'où les formulaires qui se trouvent devant vous.

Tout le monde autour de moi signe le formulaire et je le fais aussi, sans hésitation. Je ne me pardonnerais jamais de rater ce que nous sommes sur le point de voir.

Dr Hekima ramasse les imprimés, puis il se place au milieu de la classe et il lève les bras comme un chef d'orchestre.

Une énergie rouge fuse depuis ses doigts jusque dans les têtes de mes camarades de classe, un par un, et lorsque je suis frappée à mon tour, la salle de classe disparaît.

Les yeux écarquillés, je regarde bouche bée le paysage impossible autour de nous.

CHAPITRE SEIZE

NOUS SOMMES DANS LE CIEL, sur une énorme île flottante.

Des nuages obscurcissent le paysage au-dessous, mais d'autres îles sont visibles au loin.

Comment ces choses flottent-elles ?

Je sais que le docteur Hekima a mentionné d'autres lois de la physique, mais il ne parlait quand même pas du dysfonctionnement de la gravité ?

La température ne suit pas non plus les lois de la physique. Il devrait faire affreusement froid à cette hauteur, mais il fait très bon.

Je regarde autour de moi. Nous sommes entourés par des portails de tous les côtés. Dr Hekima nous a conduits à la plateforme de ce monde.

L'air est frais avec une touche d'ozone, et la hauteur rend la respiration beaucoup plus difficile.

Tous les bâtiments de la ville qui nous entourent ressemblent à des sortes de cathédrales, mais faites d'un matériau poreux de couleur claire, et avec bien plus de fenêtres.

Des personnes ressemblant à des elfes vêtus de toges marchent tout autour de nous. Je m'attends presque à ce qu'ils commencent à jouer sur de petites harpes, ou un autre cliché du paradis.

Mes camarades de classe sont tous assis sur les mêmes chaises qu'en classe, et tous semblent aussi stupéfaits que moi.

Ceci ne ressemble pas à une illusion. J'aurais pu jurer être vraiment là, dans le ciel.

J'aurais pu parier ma vie dessus.

— Prêts pour un autre exemple ? demande le docteur Hekima, et sans attendre nos réponses, il claque des doigts.

Le lieu change immédiatement.

Nous nous trouvons dans un endroit bien plus sombre.

L'air est frais et salé, comme une plage par une nuit d'été.

Au-dessus se trouve une bulle transparente géante, comme une sorte de champ de force. Et au-delà, il y a quelque chose qui ressemble à de l'eau.

Sommes-nous au fond de l'océan ?

Forcément, sauf si le ciel peut avoir des créatures ressemblant à des poissons qui « volent » dedans.

Les habitants de ce monde surréaliste sont vêtus de tenues moulantes évoquant des combinaisons de plongée, mais aucun appareil de respiration n'est en vue, et je ne vois pas de branchies.

Je devine qu'ils ne dépassent pas leur habitat en forme de bulle.

Les élèves autour de moi poussent des « oh » et des « ah » émerveillés, et même Roxy et sa bande semblent impressionnées.

Dr Hekima sourit.

— Un autre ?

Sans attendre notre accord, il change encore la scène : et cette fois, je reconnais l'endroit où nous nous trouvons.

Il s'agit de Gomorrah.

Je n'oublierai jamais le ciel sans lune et la nébuleuse typique qui évoque le feu et l'enfer, ainsi que l'immense mégalopole qui dépasse toutes les villes de la Terre mises bout à bout.

Sans un mot, Dr Hekima change encore le paysage.

Le nouvel endroit est constitué de collines vertes, m'évoquant la Comté dans *Le Seigneur des anneaux*, même si je suppose que nous pourrions aussi facilement être en Nouvelle-Zélande.

Le monde suivant m'est à nouveau familier. Le ciel pourpre fluorescent, les nuages roses, deux lunes, l'anneau comme celui de Saturne, et l'air inhabituellement épais et sucré appartiennent au monde qu'Ariel et moi avons traversé pour affronter Béatrice à Las Vegas.

Les doigts du docteur Hekima claquent plus vite.

J'aperçois des mondes dignes de mes rêves, et des mondes qui me rappellent chaque conte de fées que j'ai pu lire.

Les exemples des Autremondes s'enchaînent encore plus vite.

Ils traversent notre conscience à une telle vitesse que l'on ne peut pas véritablement les enregistrer, mais cela approfondit tout de même notre émerveillement.

Si l'objectif du docteur Hekima était de nous donner l'impression que nous sommes petits et insignifiants face à tous ces mondes innombrables, il a admirablement réussi. Même la très égocentrique Roxy demeure silencieuse devant cette parade magnifique.

Jusqu'à la révolution copernicienne, les gens pensaient que la Terre était le centre de l'univers. Apprendre qu'il n'en était rien devait être une leçon d'humilité comparable à celle-ci.

L'odeur de café brûlé me frappe les narines et je sais que nous sommes revenus sur Terre… dans la pièce la moins intéressante du monde le moins intéressant parmi la multitude que je viens de voir.

— Nous continuerons sur ce sujet la semaine prochaine, dit le docteur Hekima en regardant sa montre. Veuillez garder vos questions pour le cours suivant.

Quoi ? Pas de questions ?

Je m'attends à ce que mes camarades de classe se rebellent, mais ils rangent simplement leurs affaires.

Avant que je puisse parler, le docteur Hekima quitte la pièce.

Je me prépare à un mauvais coup de Roxy et de sa ruche, mais elles partent très vite, elles aussi. Sont-elles en retard pour la personne qui vient les chercher ?

Ou alors, Rose et Vlad ont finalement eu une influence sur Roxy.

Maya sort son téléphone et envoie un texto.

Une seconde plus tard, son téléphone reçoit une réponse.

— Felix devrait arriver dans quelques secondes, dit-elle.

Lorsque les derniers élèves quittent la salle, je fouille dans ma poche et je demande :

— Peux-tu utiliser la psychométrie sur ceci ?

Je sors le couteau de l'amiral et je le montre à Maya.

Elle me le prend des mains.

— Bien sûr. Veux-tu le faire maintenant ?

— Oui, en attendant Felix.

— Felix est arrivé, dit une voix familière depuis l'encadrement de la porte. Mais je t'en prie, continue.

Maya fait un grand sourire à Felix et s'assoit sur le sol, tenant fermement la poignée du couteau. Une énergie brillante de couleur pourpre s'échappe de sa peau et pénètre l'objet. Le visage de Maya se transforme comme si elle était en transe.

— Il coupe son visage, chuchote-t-elle. Son sang se mêle à ses larmes, mais cela ne fait qu'augmenter le plaisir de cet homme. Il lui dit ce qu'il va couper ensuite, et elle crie plus fort…

Ses yeux se révulsent pendant un moment, puis elle souffle et son regard redevient normal lorsqu'elle laisse tomber le couteau sur le sol, comme s'il s'agissait d'un serpent.

— Il s'appelle Innokentiy Charnetskavoy, dit-elle en ouvrant les yeux.

Sa voix tremble lorsqu'elle continue :

— C'est un monstre humain de la pire espèce. Il fait partie de la mafia russe. Tu devrais rester très loin de lui.

Elle frissonne visiblement.

Un lien avec la Russie.

Felix avait raison au sujet de ces épaulettes.

— Il a un nom compliqué.

Je cache ma terreur en me penchant pour ramasser le couteau.

— Je crois que je vais continuer à l'appeler l'Amiral.

Je me redresse en mettant le couteau dans ma poche.

— En ce qui concerne le fait de ne pas l'approcher, j'aimerais beaucoup, mais malheureusement, quelqu'un a envoyé ce type à ma poursuite, alors je n'ai pas le choix.

Je jette un coup d'œil à Felix pour voir comment il réagit et je remarque sa pâleur.

— Dis donc, es-tu sur le point de t'évanouir ?

— Non, dit-il d'une voix rauque. C'est juste que je n'aime pas entendre parler de sang.

— Je suis désolée, répond Maya. Je ne contrôle pas ce que je dis quand je fais ça.

— Ce n'est pas toi qui devrais être désolée.

Felix me jette un regard appuyé et je baisse la tête.

Il a raison d'être contrarié.

Avec le recul, je sais que je n'aurais pas dû

demander à Maya d'utiliser ses pouvoirs de cette façon. La pauvre fille aura des cauchemars.

Ce sera mon cas, c'est sûr.

— Nous ferions mieux de prendre le taxi, dis-je afin de changer de sujet, et je sors mon téléphone pour en réserver un.

Nous descendons dans un silence gêné et nous trouvons le taxi qui nous attend déjà.

Pendant le trajet, la conversation reprend et lorsque nous entrons dans le centre de Manhattan, Felix et Maya ont recommencé à flirter, ce qui me soulage d'une partie de ma culpabilité.

— Déposez-moi d'abord, dis-je en retenant un sourire espiègle.

Pour Maya, j'ajoute à voix basse :

— De cette façon, Felix pourra récupérer ton pistolet devant ta porte.

Aucun d'eux ne remet en question ma logique douteuse. Ils souhaitent clairement avoir l'occasion d'être seuls.

— Au revoir, dis-je lorsque la voiture s'arrête à côté de notre immeuble. J'étais contente de te revoir, Maya. Felix, je te vois plus tard.

— À plus tard, dit-il.

— Merci, dit Maya. Je veux dire, au revoir.

Je sors du véhicule en souriant et je marche tranquillement vers la porte d'entrée. En planifiant mentalement le reste de mon week-end, j'entre dans l'immeuble et j'appelle l'ascenseur.

C'est alors qu'un tsunami de prémonition me submerge de peur.

Agissant purement d'instinct, je me retourne vers l'entrée du bâtiment.

En souriant d'un air menaçant, l'Amiral ferme la porte derrière lui.

CHAPITRE DIX-SEPT

JE RESTE FIGÉE sur place lorsqu'il fonce sur moi.

Même avant la révélation de Maya, cet homme paraissait grand et effrayant, mais maintenant que je connais son penchant pour la torture au couteau, la terreur est paralysante.

Sans que je sache comment, mes muscles se déverrouillent et je passe la main dans ma poche secrète pour attraper mon pistolet.

L'amiral passe également la main dans sa poche pendant qu'il court et il en sort une seringue.

En avalant de l'air, j'extirpe le pistolet de sa cachette et je tire.

Mes mains tremblantes ont dû faire échouer le coup de feu, car l'amiral continue à courir, apparemment indemne.

Il est si près maintenant que je n'ai aucun mal à le toucher avec la balle suivante, sauf qu'il avance trop vite.

Avant que je puisse tirer sur la gâchette, il frappe mes poignets du bord de sa main, comme un maître de karaté essayant de briser une brique.

La douleur explose dans mes bras et l'arme claque sur le sol.

Il éloigne le pistolet d'un coup de pied et m'attrape par le cou, presque avec douceur, avant de lever la seringue.

Ignorant la douleur de mon poignet, je glisse la main droite dans ma poche.

Mes doigts se referment autour de son couteau et d'un seul geste, je le retire de ma poche et j'appuie sur le bouton pour faire sortir la lame, puis je frappe son torse.

Il grogne de douleur, sa main relâchant ma gorge pour se poser sur sa blessure.

Je le poignarde à l'épaule.

Il crie et il recule, alors je sprinte vers l'escalier, laissant le couteau dans sa chair.

Il me poursuit.

Je cours plus vite, poussant mes muscles jusqu'à leurs limites.

Lorsque j'atteins l'escalier, je monte les marches par deux ou trois, les bruits de sa poursuite m'encourageant.

Les voisins ont dû entendre le coup de feu. Y en a-t-il un pour venir me sauver ?

C'est improbable. Si j'étais à leur place, j'appellerais la police en restant chez moi.

Deux volées de marches plus tard, ma respiration devient laborieuse et l'amiral se rapproche.

Combien de temps faudra-t-il à la police pour arriver ?

Sans doute trop longtemps pour me sauver.

Si je pouvais juste atteindre l'appartement, Fluffster s'occuperait de lui.

Lorsque j'atteins mon étage, je peux à peine respirer, et le bruit des pas de l'amiral résonne juste derrière moi.

Je sens sa respiration à l'ail lorsque je cherche désespérément à atteindre la poignée de ma porte, mais il est trop tard.

Sa main serre mon épaule comme un étau.

Je pivote, tendant la main vers le couteau toujours enfoncé dans son épaule, lorsqu'une aiguille me pique le bras.

Non. Je ne peux pas l'accepter. Je dois rester consciente.

Si je m'évanouis, je...

———

Je m'éveille dans l'obscurité la plus totale. Une espèce de tissu me couvre le visage, ma bouche est douloureusement sèche et j'ai l'impression que ma tête est farcie de barbe à papa moisie.

J'essaie de bouger et je découvre que je ne le peux pas.

En examinant mon corps, je me rends compte que

mes mains sont attachées par quelque chose de métallique – sans doute des menottes – et que j'ai mal à des endroits où je ne savais pas que l'on pouvait avoir mal. Le tissu sur mon visage se déplace légèrement lorsque j'essaie de le secouer.

Il doit s'agir d'un sac faisant office de bandeau.

Je perçois un mouvement autour de moi.

Suis-je dans le coffre d'une voiture ?

Ma respiration accélère et j'inhale des vapeurs de gasoil.

Oui. Je suis dans le coffre d'une voiture.

Ce n'est pas bon pour moi, d'autant plus que je suis menottée et aveuglée.

Je déplace mon poids comme je le ferais si je voulais m'échapper de la voiture à la Houdini.

Mes bras sont attachés dans mon dos, ce qui n'est pas un bon début.

Faisant appel à tous mes cours de yoga récents, je glisse mes mains attachées sous mon derrière, puis plus bas le long de mes jambes. Me déboîtant presque les épaules, je parviens difficilement à faire passer mes poignets menottés par-dessus mes pieds jusqu'à l'avant de mon corps.

Maintenant, je peux m'occuper des menottes…

La voiture s'arrête.

Je fais semblant d'être toujours sans connaissance.

Quelqu'un ouvre le coffre et je vois une légère lumière à travers le tissu épais qui couvre ma tête.

L'haleine d'ail m'assaille à nouveau et des mains

brutales m'attrapent sous les épaules et les genoux, puis me portent quelque part.

En me souvenant des horribles révélations psychométriques de Maya, je fais de mon mieux pour calmer ma respiration, comme le ferait une personne sans connaissance.

Heureusement, mon ravisseur n'a pas remarqué que mes mains sont passées devant moi.

Ou alors, il l'a remarqué et il s'en moque.

Nous entrons dans un nouvel endroit à l'odeur boisée… comme des bouleaux humides avec une touche d'eucalyptus.

Les mains me placent sur une chaise et le sac est retiré de ma tête.

L'endroit est si lumineux qu'il m'éblouit, malgré mes paupières fermées.

— Sashen'ka, dit une voix androgyne et âgée familière avec un fort accent russe. Es-tu réveillée, ma chère ?

Je garde les yeux fermés, continuant à faire semblant d'être sans connaissance.

Bien sûr, je sais ce que je verrai en les ouvrant.

Un visage ridé, des cheveux comme une aigrette.

Baba Yaga.

Un homme – l'amiral, à mon avis – aboie quelque chose en russe rapide.

— Innokentiy a remarqué que tes mains sont passées de ton dos à ton ventre, me dit ensuite Baba Yaga. Tu peux arrêter de faire semblant.

— Il l'a donc remarqué.

J'ouvre les yeux et je déglutis afin d'humidifier ma gorge sèche.

— On ne peut pas m'en vouloir d'essayer, n'est-ce pas ?

Pendant que mes yeux s'adaptent aux lumières halogènes brillantes, je vois que c'est effectivement Baba Yaga qui est assise en face de moi à table, tenant sa tasse de thé dans ses mains noueuses.

Nous semblons nous trouver dans un restaurant.

— En réalité, je peux t'en vouloir d'avoir essayé de me tromper, dit Baba Yaga. Mais je ne le ferai pas. Pas encore, du moins.

Elle m'observe et je la regarde avec l'air innocent que j'utilise lorsque quelqu'un prétend m'avoir vu exécuter une manœuvre secrète de magicien.

— Suis-je à l'Izbushka ? dis-je pour briser le silence et faire un peu de reconnaissance en même temps.

Cet endroit ne ressemble pas au bel établissement de Baba Yaga et on dirait plutôt une cafétéria, mais ce n'est pas comme si j'avais vu tous les recoins la dernière fois.

La sorcière boit son thé au lieu de répondre, alors je regarde autour de moi.

Sur la table devant moi se trouve une grande bouilloire en or comme celle que j'ai vue chez les parents de Felix : un samovar russe.

À ma gauche se tient le bras droit de Baba Yaga, Koschei. L'espièglerie habituelle est absente de ses yeux verts comme le marbre, son regard est fixé au loin.

À ma droite se trouve mon ravisseur : Innokentiy, ou l'amiral.

Une femme en vêtements d'infirmière met la touche finale à des points cousus sur son épaule, mais il ne semble pas le remarquer. Toute la malveillance de son regard est concentrée sur moi.

— Elle est intacte, n'est-ce pas ? dit Baba Yaga à l'amiral en remarquant son regard.

La méchanceté dans sa voix est inratable.

Koschei a dû le remarquer également, car il s'avance vers l'amiral, qui secoue violemment la tête et les supplie en russe.

— Très bien. Je te crois, dit Baba Yaga à l'amiral, et Koschei s'arrête. Sortez d'ici.

Elle agite la main d'un geste méprisant et l'amiral ainsi que l'infirmière se précipitent hors de la pièce.

— Toi aussi, Koscheiushka, ajoute-t-elle. Sasha et moi devons parler de choses féminines.

— Je n'ai pas confiance en celle-ci, dit Koschei, mais il se tourne avec réticence vers la sortie.

— L'influence est bien supérieure à la confiance, dit Baba Yaga dans son dos. Tu sais qu'elle fera ce que je dis lorsque je lui raconterai.

— Je ne suis pas certaine qu'elle soit loyale, même avec ses amis, dit-il par-dessus son épaule.

Avant que l'une d'entre nous puisse rétorquer, il claque la porte derrière lui.

— Un peu de thé ? demande Baba Yaga en souriant, exposant les quelques dents de sa bouche autrement vide.

— J'aimerais beaucoup une tasse, merci, réponds-je en faisant de mon mieux pour garder une voix neutre.

Le thé n'est pas une des choses qui m'importent en ce moment, mais peut-être retirera-t-elle mes menottes pour me laisser boire ?

Elle me verse un thé et pousse une soucoupe avec de la confiture et du miel vers moi, mais elle ne retire pas mes menottes.

Je prends la tasse en exagérant ma maladresse, je souffle sur le thé et je bois une petite gorgée. Je lève ma tasse en direction de la vieille femme, faisant tinter mes menottes.

— C'est un thé délicieux.

— Tu es aussi une flatteuse ? Je n'ai encore jamais vu une voyante comme toi.

Baba Yaga reprend sa propre tasse de thé.

Comme une réponse n'est pas nécessaire, j'utilise cet instant pour réfléchir aux possibilités. Malgré sa fragilité, Baba Yaga est une adversaire impressionnante. La dernière fois que nous nous sommes rencontrés, elle a essayé d'utiliser un sort de contrôle de l'esprit sur moi et c'est le contresort de Rose qui m'a sauvée.

Comme je ne dispose pas d'une telle protection aujourd'hui, je dois me comporter au mieux et au moins écouter ce qu'elle me veut. Sinon, elle pourrait essayer de me forcer encore une fois avec ce sort. Et elle réussirait. Sans parler des horreurs qu'elle pourrait me faire subir, comme me laisser seule avec l'amiral et son couteau.

Que me veut-elle, d'ailleurs ? Je lui ai dit que je ne ferai rien d'illégal lorsque nous avons conclu notre marché. Sa demande peut-elle être si terrible ?

— As-tu regardé dans l'avenir ? demande Baba Yaga en interprétant mal mon air pensif. Si c'est le cas, tu as dû voir comme toute résistance est futile.

— Effectivement.

Je souffle sur mon thé en espérant que cela l'aidera à rendre mon mensonge crédible.

— Je ferai ce que tu veux, alors pour quoi ne pas me dire de quoi il s'agit ?

Baba Yaga incline la tête et m'examine, comme si elle essayait de voir dans mon cerveau.

— Je veux ma propre voyante, dit-elle lorsque je bois le thé légèrement moins chaud. Pas une que j'emploie, pas une qui m'est redevable, mais une qui me traiterait comme un parent.

Le thé passe dans le mauvais tuyau et je me mets à tousser de façon incontrôlable.

Est-elle en train de dire ce que je crois ?

Lorsque mes yeux arrêtent de larmoyer et que ma toux s'atténue, elle poursuit :

— Je veux que tu portes un enfant voyant pour moi. C'est le service que je demande.

Je l'ai donc bien comprise correctement. Ma vue est obscurcie par des taches rouges et je frappe la tasse sur la table en utilisant toute ma volonté pour ne pas la jeter à la tête de la sorcière.

— Que voulez-vous ?

— Un bébé voyant, articule-t-elle. Je suppose que tu sais d'où viennent les bébés ?

Son gloussement ressemble presque à un caquètement diabolique.

— Je te donne un indice : les fleurs, les abeilles, les choux ou les cigognes ne participent pas à la chose.

Quelques minutes avant, j'avais décidé d'écouter ce qu'elle voulait, mais ceci est impensable.

La rage qui grandit en moi ressemble à un monstre.

Abandonner un enfant ?

Je serre les mains avec tant de force que mes ongles s'enfoncent dans mes paumes.

Que mon enfant soit élevé par ce monstre ?

J'ai envie de bondir et de fracasser des choses, à la Hulk.

Que mon enfant ne connaisse pas sa mère biologique ?

J'imagine mes dents arrachant la gorge ridée de Baba Yaga.

Et puis, il y a l'idée de tomber enceinte…

Je pâlis brusquement.

— Tu n'as pas demandé à quelqu'un de me féconder pendant que j'étais sans connaissance ?

Je ne sens aucune douleur, mais…

— Pour qui me prends-tu ?

Ses lèvres se retroussent de dégoût.

— Je ne cautionne pas le viol. Ça n'a jamais été le cas. D'ailleurs, même si je n'étais pas un symbole de vertu, le futur père est extrêmement sensible et peu coopératif dans ce domaine.

— *Le futur père ?*

J'hésite à faire tomber la table et à sauter sur elle. Aurait-elle le temps de lancer un sort ou d'appeler ses sbires ?

Semblant lire dans mes pensées, Baba Yaga sort un pistolet de sous la table et ses lèvres minces esquissent à nouveau son sourire édenté.

— Nous nous trouvons dans un banya, dit-elle d'un ton détaché.

— Un banya ?

Je la regarde, déstabilisée.

— C'est un spa russe où on peut se réchauffer les os dans une chaleur humide ou sèche, explique-t-elle.

— Je sais ce qu'est un banya.

Je me rattrape de justesse avant d'ajouter que Felix m'y a emmené un jour avec Ariel. Pas besoin d'impliquer mes amis là-dedans. En inspirant profondément, je dis d'une voix plus calme :

— Ce que je ne comprends pas, c'est le rapport entre le banya et ce futur père qui n'aime pas le viol ?

Elle incline la tête.

— Tu connais les domovoi, mais pas les bannik ?

— Bannik ? Non, je ne sais pas ce que c'est.

— Pas quoi. Qui.

Elle boit une autre gorgée de son thé.

— Un bannik est au banya ce qu'un domovoi est à une maison.

Je la regarde sans comprendre.

— Dans la mythologie slave.

Baba Yaga pose sa tasse.

Mon regard stupéfait le devient doublement. La fureur perturbe-t-elle l'audition ?

C'est possible. Le sang pulse encore violemment dans mes oreilles.

— En bref, les banniks sont des voyants puissants, mais avec une limite gênante.

Elle écarte les mains pour inclure toute la cafétéria.

— Leur pouvoir est attaché à un banya comme le pouvoir d'un domovoi est lié à sa maison.

Un voyant de la mythologie lié à un spa ? Mon cerveau est sur le point d'exploser de questions, mais je me reconcentre sur ma situation.

— Comment est-ce supposé fonctionner ? Les domovoi ont une forme animale, alors…

— Ah.

Elle semble soulagée.

— C'est ça qui t'inquiète ? Il n'y aura rien de bestial, promis. La conception ne sera pas un problème. Tu ne seras pas déçue par Yaroslav de ce côté-là. Aucune femme ne le serait.

Je vois ses joues rougir de façon improbable.

— Si je n'étais pas si vieille…

— Ce n'est pas ce qui m'inquiète, aboyé-je. D'un ton plus calme, j'ajoute : Je ne sais pas comment se font ce genre de choses chez vous, mais…

— Je ne te demande pas de l'épouser.

Elle sort un Smartphone de sous la table et elle tapote l'écran plusieurs fois.

— Je couvrirai tes frais médicaux, je te protégerai

pendant les neuf mois en question, et j'ajouterai même un joli bonus en espèces.

Le fait qu'elle ait l'impression d'être raisonnable me donne envie de soulever le samovar et de verser le thé bouillant sur sa tête, lentement.

Avant que je puisse agir de la sorte, la porte s'ouvre derrière moi.

— Alors ? demande Koschei. La *parilka* est prête, et je dois partir m'occuper de notre hôte.

Je me souviens que Felix a appelé « Parilka » les pièces remplies de vapeur brûlante dans le banya.

— Innokentiy ou un de ses hommes pourra la conduire à la parilka si tu es trop occupé, mais en parlant d'hôte…

Baba Yaga agite le téléphone.

— J'étais sur le point de faire une offre que Sasha ne peut pas refuser.

C'est la deuxième fois qu'elle cite le parrain, mais je ne le fais pas remarquer, car cette offre que je ne peux pas refuser ne peut avoir que quelques significations, dont aucune n'est bonne pour moi.

— Je suis prête, lui mens-je. Conduisez-moi au bannik.

Mon plan est simple et désespéré. Je vais les laisser me conduire jusqu'à ce voyant qui a soi-disant un semblant de conscience, si une « sensibilité » au sujet du viol peut être assimilée à une conscience. Avec un peu de chance, j'aurai plus de facilité à lui échapper.

Baba Yaga regarde l'écran, puis moi.

C'est presque comme si elle avait une image

horrible là-dessus qu'elle veut me montrer. La dernière fille qui a refusé de lui obéir, par exemple, avec quelques membres retirés de son buste.

— Pas besoin de faire d'autres menaces, dis-je froidement. Je préfère suivre monsieur Koschei plutôt qu'approcher encore une fois cet Innokentiy.

Je laisse mes véritables sentiments pour l'amiral se voir sur mon visage en ajoutant :

— Il me dégoûte.

Baba Yaga semble stupéfaite pendant une seconde. Puis un sourire édenté s'étale sur son visage.

— Tu le savais déjà.

Elle agite le téléphone avec enthousiasme.

— Tu l'as vu dans l'avenir ?

Je suis tentée de demander si je savais ou si j'ai vu qu'elle était une sociopathe, mais à la place j'affirme :

— Laissez-moi rencontrer ce tombeur bannik et en finir avec ça.

— Emmène-la, ordonne Baba Yaga à Koschei, d'un ton presque surexcité. On dirait que j'ai encore le don pour les marchés à l'ancienne.

Koschei m'aide à me lever de ma chaise et me guide hors de la cafétéria jusque dans un grand couloir.

Au milieu de l'endroit se trouvent une piscine, un jacuzzi et une baignoire géante dans laquelle flotte de la glace. Ce doit être la source du chlore que je sens.

Des gardes — du moins, je suppose que ces types à moitié nus en sont — gambadent partout.

Ignorant tout le monde, Koschei me conduit dans

quelques couloirs labyrinthiques remplis de douches et de portes en bois.

De temps en temps, à travers une fenêtre, je vois de gros hommes en sueur assis dans les différentes salles parilka. Ils sont vêtus de serviettes et portent des chapeaux étranges. Parfois, ils se fouettent avec des branches de bouleau. Il s'agit d'un traitement relaxant douteux que j'ai également vu dans le banya que m'a fait visiter Felix.

Cependant, ce banya est dix fois plus grand que l'autre, surtout si toutes les portes en bois mènent à des salles différentes.

Après avoir brusquement tourné à droite, nous nous trouvons en face de la plus grande porte en bois de l'endroit.

Koschei l'ouvre et me fait signe d'entrer.

La grande salle sans fenêtre semble vide, et la chaleur à l'intérieur est si intense que cela me coupe momentanément le souffle.

Est-ce à cela que ressemble l'enfer ?

Le banya de Felix était bien moins chauffé, et Ariel s'était malgré tout presque évanouie. C'était en partie parce qu'elle avait refusé de se réhydrater correctement entre deux séances de sauna.

La vodka n'est pas de l'eau, après tout.

Koschei regarde autour de lui, ne semble pas trouver ce qu'il cherche et fronce les sourcils.

Je commence à transpirer sérieusement.

Sans tenir compte de la chaleur, Koschei se penche au-dessus d'un seau d'eau en bois, prend une grande louche en bois accrochée sur le côté et verse de l'eau sur des rochers.

Les rochers sifflent furieusement, comme un serpent géant, et la pièce est enveloppée de vapeur d'eau brûlante, ce qui fait tripler l'intensité de la chaleur.

Est-ce ainsi que Baba Yaga s'imagine quelque chose de torride, ou est-ce une nouvelle forme de torture ?

Au bout de quelques secondes, je perds assez de sueur pour noyer un éléphant. Si je m'évanouis à cause d'un véritable coup de chaud, serait-ce une excuse pour ne pas faire de bébé, ou bien ce bannik imaginera-t-il que c'est une forme de consentement ?

Et surtout, cette chaleur est-elle une ruse pour que je veuille me déshabiller ?

Si c'est le cas, ça fonctionne.

— Yaroslav, dit Koschei dans la vapeur. Elle est ici.

En comprenant que je suis difficile à voir, il se penche si près qu'il redevient visible. Avec un sourire inquiétant, il dit :

— Je vais vous laisser faire connaissance.

Avant que je puisse faire une remarque intelligente, Koschei s'en va en claquant la porte en bois derrière lui.

Cinq litres de sueur plus tard, je perçois une présence dans la pièce.

Je regarde frénétiquement autour de moi, mais la vapeur m'empêche de voir si quelqu'un d'autre est présent.

Eh bien, si je ne peux pas les voir, ils ne peuvent pas me voir.

En essuyant la sueur de mes yeux, je traverse la vapeur pour cacher d'autres mouvements plus discrets. Passant la main dans ma bouche, je transforme mon piercing de la langue en crochets de serrure. Je les sors et je retire rapidement les menottes.

La sensation d'une présence s'intensifie.

Ignorant les cheveux qui se dressent dans ma nuque, je pose doucement les menottes sur le banc en bois et je cache à nouveau les crochets de serrure dans ma langue.

Mes vêtements complètement trempés m'empêchent d'avancer discrètement vers la sortie, mais je fais de mon mieux.

Lorsque je vois la porte dans le brouillard, à quatre pas de moi, une forte prémonition me pousse à m'arrêter sur place.

— C'est exact, dit la vapeur autour de moi d'une voix mélodieuse à l'accent russe. Tu ne peux pas encore partir.

CHAPITRE DIX-HUIT

LA CHALEUR joue-t-elle sur l'acoustique ?

J'aspire l'air brûlant dans mes poumons.

— Qui est là ? Montre-toi.

— Je m'appelle Yaroslav, dit la vapeur avec la même voix de baryton apaisante. Je suis…

— Le bannik et le futur père — ou plutôt, violeur, dis-je en ignorant les battements frénétiques de mon cœur. Sauf que ça n'arrivera pas aujourd'hui. Ni jamais.

La température dans la pièce semble augmenter de quelques degrés supplémentaires. Sans l'humidité, les bancs en bois s'enflammeraient spontanément.

Avec un bruit de vent, la vapeur autour de moi se rassemble en un seul point à quelques pas de moi.

J'essuie encore la sueur de mes yeux et lorsque je les ouvre, la vapeur a disparu.

Un homme couvert seulement d'une petite serviette autour de la taille se tient à l'endroit exact où la vapeur s'est condensée.

Un homme très impressionnant.

Baba Yaga ne plaisantait pas. On dirait que la chaleur du banya a fait fondre chaque gramme de graisse de son grand corps, laissant le genre de perfection musclée et mince que l'on trouve seulement dans les magazines utilisant Photoshop. Sauf que ces images trop parfaites n'ont d'habitude pas les longs cheveux blonds emmêlés et la barbe sauvage qui encadrent les traits magnifiques de ce spécimen.

Je ne suis pas une très grande fan du look de naufragé, mais sur lui, c'est plutôt chaud bouillant.

Il me regarde dans les yeux.

Ses yeux sont gris très clair, comme s'ils étaient faits en vapeur.

Mon cœur bat plus vite dans ma poitrine. Toute cette chaleur peut-elle me donner une crise cardiaque ?

C'est possible. Il y avait un panneau avertissant les personnes souffrant de problèmes cardiaques au banya de Felix.

Cherchant désespérément à m'éclaircir les idées, je secoue violemment la tête. Des gouttes d'eau volent tout autour de moi, comme si j'étais un chien mouillé.

Le mouvement m'aide. Je me souviens que l'apparence du bannik n'a aucune importance. Je ne le laisserai pas m'engrosser même s'il était le dieu du désir incarné. Il pourrait tout aussi bien être nécrophile, en fait, car si on veut faire un bébé avec moi aujourd'hui, il faudra me tuer d'abord.

Apparemment, je gagne notre petit concours de regards, car il baisse la tête et dit doucement :

— Je sais que tu es en colère.

— Sans blague.

Je m'écarte de lui en m'approchant de la porte.

— J'ai vu ta colère.

Il marche vers le banc en bois et il ramasse les menottes que j'y ai laissées.

— Tu as quoi ?

Je fais un autre pas en arrière.

— J'ai les mêmes pouvoirs que toi. Je peux voir l'avenir.

Il ferme une des menottes sur son poignet. C'est ça, son plan ? Il veut nous menotter ensemble ?

C'est malin. De cette façon, je serai toujours proche…

Il pose la deuxième menotte sur son autre poignet et la referme.

Je ne comprends pas du tout ce qu'il fait. Est-il fou ? Croit-il que si je refuse le sexe normal, quelque chose de plus osé pourrait me persuader ?

Est-ce un jugement basé sur ma robe inspirée par Criss Angel ?

Il lève ses mains menottées.

— Te sens-tu plus en sécurité ainsi ? Je veux que tu te sentes en confiance quand nous sommes plus près l'un de l'autre.

Je fais un autre pas en arrière et je sens la porte en bois trop chaude contre mes omoplates.

— Nous n'allons pas nous approcher davantage. Reste où tu es.

Je fais attention à ne pas m'appuyer contre la porte,

craignant qu'elle me brûle à travers mes vêtements.

— J'ai besoin que tu me fasses mal, dit-il en s'agenouillant sur le sol. Dans certaines de mes visions, tu me donnes un coup de pied. Dans d'autres, un coup de poing…

— Quoi ?

J'essuie encore un ruisseau de sueur dans mes yeux et je commence à comprendre de quoi il est question.

Soit il est sur le point de m'aider à m'échapper, ou alors il a besoin de cette mise en scène complexe pour être excité… ce qui ferait de lui le violeur le plus nul du monde.

— Si tu ne me fais pas mal, Baba Yaga ne voudra pas croire mon histoire, et les conséquences seront terribles pour moi.

Un éclair s'échappe brusquement de ses mains et entre dans ses yeux, et il prend un air lointain.

En se concentrant à nouveau, il frissonne visiblement.

Vient-il de voir le futur ?

— Quelle histoire ? dis-je, juste pour confirmer.

— Quand Innokentiy a fouillé ton corps sans connaissance, il n'a pas vu quelques crochets de serrure bien cachés. Lorsque tu es entrée dans cette pièce, tu as utilisé ces crochets pour retirer tes menottes, dit-il avec la certitude de quelqu'un qui a répété un mensonge jusqu'à y croire lui-même. Tu as fait semblant d'obéir aux instructions de Baba Yaga jusqu'à ce que je m'approche de toi, et c'est alors que tu m'as mis les menottes. Une fois que j'étais impuissant, tu m'as sauvagement frappé et tu as couru vers la porte.

— C'est un assez bon plan, dis-je. J'aurais peut-être dû faire ça.

— Tu l'as fait, dit-il. Dans un des futurs que j'ai vus.

Pour la première fois, je remarque qu'il ne transpire pas du tout : malgré la chaleur, son torse nu délicieux est impossiblement sec.

— Alors...

J'éclaircis ma gorge soudain sèche.

— Tu m'aides. Tu veux que je m'échappe.

Il se redresse.

— Bien sûr. Je ne suis pas un violeur.

— Apparemment non, dis-je prudemment. Mais comment sais-tu que Baba Yaga ne nous observe pas à travers une caméra cachée en ce moment même ?

— À cause de la chaleur et de l'humidité. Je peux m'assurer qu'aucune caméra ne survive dans cette pièce.

À ces mots, la température semble augmenter encore.

Je fais passer mes cheveux pleins de sueur en arrière.

— Si elle ne regarde pas, comment peut-elle s'assurer que nous ne mentons pas au sujet de coucher ensemble ?

— Elle a seulement besoin de ce qu'elle utilise pour nous faire chanter.

Il regarde autour de lui, le visage sombre.

— Elle te garderait en otage jusqu'à un test de

grossesse positif… et pendant neuf mois ensuite. Si tu étais lente à tomber enceinte, elle nous mettrait la pression, et ce serait fortement désagréable.

Mes genoux faiblissent, et je me demande s'il rafraîchirait la pièce si j'avoue être au bord du coup de chaleur.

— Je crois qu'il est temps que tu me fasses mal.

Il me regarde en se préparant.

— Parfois, attendre la douleur est pire que la douleur elle-même.

J'observe le bannik à genoux.

Ceci pourrait encore être un tour bizarre, mais je ne le crois pas. Et s'il essaie vraiment de m'aider, le moins que je puisse faire, c'est avoir pitié de lui et faire passer rapidement ce moment désagréable.

Je me précipite vers lui.

Il écarquille les yeux.

En utilisant mon élan, j'essaie de lui donner un coup de pied dans les côtes.

Sauf que je glisse sur le sol humide et ma jambe change de trajectoire.

Au lieu de ses côtes, ma chaussure avec la coque en fer lui frappe le visage.

J'atterris douloureusement sur mon coccyx, mais sa tête s'écrase contre le banc en bois.

En brûlant les mains sur le bois autour de moi, je me traîne jusqu'à lui et il grogne comme un animal blessé, levant ses mains liées jusqu'à ses cheveux emmêlés en tremblant.

Son nez saigne abondamment, même s'il ne semble pas cassé, tout comme l'endroit où il s'est cogné la tête.

— Ceci – il retire ses mains ensanglantées – signifie que nous nous trouvons dans un des avenirs les plus dangereux que j'ai vus. Mais il reste encore une chance, si tu fais exactement ce qu'il faut..

Je sens monter la nausée à cause de tout le sang

— Je suis désolée. J'ai glissé.

— Plus tu me feras mal, moins Baba Yaga s'en chargera, dit-il en s'accroupissant difficilement. Inquiète-toi davantage de ton postérieur blessé qui pourrait perturber ta capacité à te faufiler discrètement et à te concentrer.

Il a raison. Mon coccyx me fait terriblement mal quand je me lève et je fais quelques pas.

— Ça ira, dis-je, bien décidée à être stoïque.

— Très bien.

Il s'assoit en signant partout, comme si c'était volontaire.

— Nous allons ouvrir la porte d'entrée à coups de pied avec autant de force que possible exactement vingt secondes et deux millisecondes après 18h55.

— Ah bon ?

Je regarde la porte en question, je sors mon téléphone et j'essuie la buée sur l'écran. Je suis impressionnée de voir qu'il a survécu à cette chaleur. Felix l'a-t-il amélioré avec ses pouvoirs avant de me le donner ?

En parlant de Felix, j'ai tout un tas d'appels

manqués et de textos inquiets de sa part. Ignorant tout cela, je regarde l'heure.

Il nous reste vingt-cinq minutes.

— Oui, dit-il. Et voici ce que tu feras ensuite.

Il explique alors son plan et malgré l'air brûlant, mes mains et mes pieds deviennent glacés lorsque j'imagine les millions de façons dont cela pourrait mal tourner. Il ne doit pas aimer le manque de confiance sur mon visage, car en terminant, il me demande :

— Maintenant, répète-moi tout.

C'est ce que je fais. Il corrige quelques détails mineurs et il énumère encore une fois le plan avant de terminer par :

— Si tu te trompes d'une seconde à n'importe quel moment, tout sera perdu.

Je regarde à nouveau mon téléphone.

Étant donné que nous avons beaucoup de temps avant la première étape du plan, je lui pose une question :

— Pourquoi m'aides-tu vraiment ?

Il s'approche du seau d'eau, prend la louche en bois et la plonge maladroitement dedans.

— Bois ça.

Il me tend la louche.

— Tu es en train de te déshydrater.

Je regarde le contenu. Par miracle, il a réussi à ne pas saigner dans l'eau, alors je bois une gorgée prudente.

L'eau est proche de l'ébullition, pourtant elle est aussi rafraîchissante que les sodas dans les publicités.

— Tu évites ma question, dis-je après avoir atténué un peu ma soif.

— Nos avenirs sont liés.

Il s'assoit sur le banc à côté et il y laisse une tache de sang.

— En t'aidant maintenant, je crée des possibilités qui pourraient conduire à ma liberté plus tard.

— Peux-tu développer ?

J'essaie de m'asseoir sur le banc en face de lui, mais je sursaute de douleur. Mon coccyx est toujours en mauvais état et le bois est trop chaud pour pouvoir s'y asseoir.

— Plus j'en dis, plus il y a de chances pour que tu fasses quelque chose qui contrecarre mes visions.

Il essuie le sang coulant le long de son menton avant d'ajouter :

— C'est simplement dans la nature de nos pouvoirs.

Je parcours la parilka de long en large.

— Ah. C'est comme quand j'évitais les menaces que j'ai vues dans mes propres visions.

— Exactement.

Il se décale sur le banc, laissant des traînées de sang derrière lui.

— Une des principales raisons pour laquelle l'avenir ne se produit pas toujours comme les voyants l'ont prévu, c'est à cause du scénario que tu décris : le médium n'aime pas la vision qu'il a eue et utilise son pouvoir pour changer son sort.

Il regarde les traces de sang, secoue légèrement la tête, et se décale encore sur le banc.

— La deuxième grande raison pour laquelle les visions ne se manifestent pas, c'est lorsqu'un autre voyant apparaît et dans quelques cas rares, quand il y a un intrigant.

Ce qu'il fait avec son sang ferait la fierté d'un peintre abstrait. Il veut vraiment que Baba Yaga pense qu'il luttait pour survivre.

— Un intrigant ?

Il serre la mâchoire avant de répondre.

— Oui. Je ne hais pas facilement, mais je les hais pour ceci.

Il désigne la pièce autour de nous.

— En tout cas, j'en déteste un en particulier.

— C'est un intrigant qui t'a placé sous l'influence de Baba Yaga ?

— Oui.

La température de la pièce monte encore et ses yeux semblent prêts à cracher de la vapeur.

— L'intrigant *mraz'* a dit à Baba Yaga sur qui elle devait faire pression, et le vieux propriétaire lui a vendu le banya. L'intrigant a sans aucun doute manipulé les probabilités afin d'aider la sorcière et de m'empêcher de voir leur combine.

— Était-ce Koschei ? Est-il un intrigant ?

— Non, dit le bannik d'un ton plus calme, et la chaleur redescend, devenant simplement intolérable.

— Koschei est tout autre chose. Si ça ne t'ennuie pas, je préfère ne pas mentionner le nom de l'intrigant. Il existe des rumeurs selon lesquelles le simple fait de penser ou de mentionner un des leurs expose à la malchance. C'est peut-être une superstition, mais je préfère prévenir que guérir. D'autant plus que tu as besoin de beaucoup de chance.

Oups. On dirait que les intrigants sont comme Voldemort. À partir de maintenant, je renomme la loi de Murphy/Chester simplement loi de Murphy... au cas où.

D'un autre côté, ne viens-je pas de penser au nom auquel je ne dois pas penser ?

Ma chance sera-t-elle moins bonne ?

Je regarde à nouveau mon téléphone.

Il nous reste encore quelques minutes avant ma mission impossible.

— Peux-tu m'apprendre quelques éléments sur notre pouvoir pendant le temps qu'il nous reste ?

Ses yeux brillent d'enthousiasme.

— D'accord. Commence par ce que tu sais déjà, je pourrai combler les trous.

J'explique rapidement tout ce qui est lié à mes pouvoirs, en commençant par le fait que j'ai toujours été douée pour choisir les actions en bourse et d'autres activités similaires. J'explique ensuite le boost de mes pouvoirs grâce à la télé et les prophéties qui ont suivi quand je perdais connaissance, puis je passe aux visions éveillées non sollicitées, et je finis par mes expériences récentes avec l'espace mental.

— Je dois dire que je suis extrêmement impressionné. Tu as fait l'équivalent de nombreuses années de progrès en peu de temps. Tu pourrais bien être en route pour devenir une des voyantes les plus puissantes.

— C'est fabuleux, mais comment puis-je passer au stade suivant ?

Je marche jusqu'au seau et j'utilise la louche pour boire une autre gorgée brûlante.

— Continue à t'entraîner. Et essaie de comprendre ce qui fait vraiment venir l'espace mental… car ce n'est pas la méditation, comme tu sembles le croire.

Il croise les jambes comme s'il avait l'intention de méditer.

— Pas vraiment.

— Ah bon ? Qu'est-ce, alors ?

Il ferme les yeux et affiche un air serein.

— Concentre-toi. La méditation y conduit, tout comme le fait de passer du temps dans un banya, ou l'escalade en montagne, ou un conditionnement sportif rigoureux… pour ne citer que quelques possibilités. La clé est de vider ton esprit et de te concentrer juste comme il faut.

Comme pour illustrer son argument, des éclairs dansent sur ses paumes, puis s'échappent vers ses yeux, mais s'arrêtent avant d'atteindre leur destination.

Waouh.

J'essuie une coulée de sueur et j'essaie d'imaginer le banya comme un moyen d'atteindre l'espace mental.

Cela pourrait fonctionner. Peut-être pas dans mon état actuel sous adrénaline, mais normalement, quand il est utilisé comme prévu. En fait, quand Felix nous avait fait visiter le banya à Manhattan et qu'il nous avait fait faire la routine salle chaude, bain froid, mon esprit s'était admirablement éclairci...

— Au bout d'un moment, il te sera de plus en plus facile d'atteindre l'espace mental, et tu seras capable de le faire sans aide, dit le bannik en faisant réapparaître des éclairs sur ses mains.

Crâneur.

— Pour l'instant, je ne peux pas atteindre l'espace mental, même avec la méditation, me plains-je.

Il ouvre les yeux et repose les pieds sur le sol.

— Tu devrais faire attention avec la longueur de tes visions à partir de maintenant. Les visions plus longues ont effectivement tendance à drainer tes pouvoirs.

— J'ai eu une vision qui a duré plusieurs heures. Combien de temps faudra-t-il pour récupérer ?

— Ça dépend de ton pouvoir.

Il se lève prudemment et fait un pas vers la porte.

— Le temps de récupération s'améliore à mesure que tu contrôles mieux tes capacités... tu peux donc te préparer à ce que les temps d'attente réduisent avec l'entraînement. Pour l'instant, j'utiliserais seulement des visions courtes.

— À supposer que je survive assez longtemps pour m'entraîner, dis-je en grommelant, puis je regarde l'heure sur mon téléphone.

— Il est presque temps.

— En effet.

Il marche jusqu'à la porte et je le suis.

Il adopte une posture de coup de pied exagérée, et je

fais de mon mieux pour imiter cette attitude étrange. Je chuchote ensuite :

— Dans trois, deux, un.

Nous frappons la porte en bougeant comme des images en miroir.

CHAPITRE DIX-NEUF

L'IMPACT CAUSE une explosion de douleur dans mon pied.

Les policiers dans les séries télévisées donnent l'impression que c'est bien trop facile.

La porte ne se casse pas et ne sort pas de ses gonds, mais il y a le bruit sourd d'un corps tombant sur le sol en carrelage à l'extérieur.

— Va-t'en.

Yaroslav traîne le corps de l'amiral sans connaissance dans la pièce.

— Garde un œil sur l'heure et fais exactement ce que je t'ai dit.

— Merci.

Comme si j'étais possédée par un esprit malveillant, je me penche et je dépose un baiser sur sa joue.

Il me fixe comme si je venais à nouveau de lui donner un coup de pied au visage.

— Il est temps, dis-je en sautant par-dessus le corps et en filant hors de la pièce.

L'air conditionné en dehors de la parilka est la chose la plus rafraîchissante dont j'ai pu faire l'expérience. Derrière moi, j'entends Yaroslav donner un coup de pied dans la tête de l'amiral pour s'assurer que celui-ci ne revienne pas à lui trop tôt.

Je me précipite dans le couloir et je m'arrête à côté d'une porte de parilka en bois avec une fenêtre.

Je me colle contre le bord de la porte en essayant de stabiliser ma respiration.

Je vois des ombres musclées dans la vapeur de la pièce, mais j'espère qu'ils ne me verront pas.

Encore quatre secondes.

Un garde armé passe le coin du couloir.

Il est sur le point de tourner dans ma direction.

Ai-je déjà perturbé la vision du bannik en pensant à Chester et en attirant ainsi la malchance ? Dans un instant, le garde me verra debout comme une idiote, et ensuite Baba Yaga ne jouera plus à la gentille sorcière.

La porte à côté de moi s'ouvre exactement au moment prévu, me cachant à la vue du garde.

— *S lyohkim parom*, dit le garde au type qui ouvre la porte.

D'après Yaroslav, cela signifie « avec une vapeur légère », ce qui est un salut traditionnel au banya se traduisant plus ou moins par « j'espère que vous avez passé un bon moment au banya ».

Je regarde mon téléphone et je m'éloigne vite des deux hommes en longeant le mur.

Le type qui est sorti par la porte exprime sa gratitude au garde d'une voix grave.

Quelqu'un à l'intérieur de la parilka se plaint de quelque chose en russe. Peut-être parce que la porte est ouverte et que la chaleur sort ?

Je bouge plus vite, je regarde mon téléphone et je bondis dans le coin suivant.

Si je me trompe ne serait-ce que d'une seconde, le garde me verra.

D'après l'absence de cris, ça ne doit pas être le cas.

Cependant, je n'ai pas le temps de me féliciter, car je dois m'occuper de l'étape suivante du plan : le déguisement.

En marchant aussi doucement que possible, je m'approche d'une cabine de douche.

L'eau coule, comme prévu par Yaroslav, et j'entends une voix profonde fredonner une chanson russe sous la douche.

Le grand peignoir de bain mentionné par Yaroslav se trouve sur le crochet en bois, tout comme la serviette.

Ne tenant pas compte de mes inquiétudes concernant l'hygiène, j'attrape le peignoir et je le pose sur mes vêtements trempés de sueur.

Le type doit être un géant, car le peignoir me couvre jusqu'aux pieds.

Je prends ensuite la serviette humide et je l'enveloppe autour de ma tête.

Je compte deux secondes à cet endroit, puis je cours jusqu'à la porte au bout du couloir.

J'y trouve un seau avec un tas de branches de bouleau en train de tremper. Je prends le tas, je respire autant d'air frais que possible, et j'entre dans la parilka juste au moment où un garde passe le coin et voit mon dos entrant dans la pièce.

Il ne sonne pas l'alarme.

Le déguisement a dû fonctionner.

Un grand homme poilu est allongé sur le ventre dans un coin éloigné de la pièce. Il dit quelque chose en russe. D'après Yaroslav, il vient de dire :

— Veuillez ajouter de la chaleur.

J'attrape une louche près de là, je la trempe dans un seau d'eau et je verse l'eau sur un engin ressemblant à un fourneau.

Ignorant le sifflement, j'ajoute encore et encore de l'eau, jusqu'à produire assez de vapeur pour faire tourner une locomotive ancienne.

— Ça suffit, dit l'homme, encore une fois d'après Yaroslav. Maintenant, fouettez-moi.

Traversant le brouillard épais de mémoire, je surplombe l'homme et je lève l'outil de torture en bouleau à la façon expliquée par Yaroslav.

En agitant le poignet, j'attrape de l'air chaud avec les feuilles humides et je l'envoie vers le dos du type poilu en lui mettant une claque humide.

Il grogne de plaisir.

La porte s'ouvre.

Je répète mon acte étrange.

Le type poilu commence à gémir de façon inappropriée.

Si j'ai vraiment besoin d'argent, je pourrais sans doute travailler en tant que dominatrice de luxe.

Le nouveau venu me félicite en russe.

Je fouette ma victime quelques fois de plus.

Mon bras est en train de fatiguer et les couches supplémentaires de vêtements concourent avec la chaleur pour me faire transpirer le peu d'humidité restant dans mon corps.

Je peux oublier ma nouvelle idée de carrière. Fouetter les gens, c'est *difficile*.

Ignorant l'inconfort, je continue.

Le plaisir de ma victime est très perturbant, particulièrement dans un endroit public, mais comme cela aide mon déguisement, je ne me plains pas.

La porte s'ouvre une troisième fois et le nouvel arrivant demande s'il doit ajouter un peu de vapeur.

Tout le monde sauf moi acquiesce.

Dès que le sifflement s'arrête et qu'un épais nuage de vapeur envahit la salle, je fais passer le tas de branches sous mon aisselle et je cours jusqu'à la porte.

Le pouvoir de Yaroslav ne faiblit pas.

Pas un seul enthousiaste de banya ne m'arrête.

Je sors, je laisse tomber l'équipement de torture dans un seau, et je marche rapidement jusqu'au bout du couloir en vérifiant mon téléphone.

Il est presque l'heure.

Je jette un coup d'œil dans l'autre couloir et je vois le dos d'un garde qui disparaît.

Je pique un sprint.

Cette partie du banya possède des caméras, mais

mon peignoir et ma serviette devraient me permettre de fondre dans le décor.

J'espère.

Il s'agit de la partie la plus incertaine du plan.

Je marche rapidement pendant le nombre de secondes prérequis, puis je plonge dans une pièce fraîche spéciale.

L'air plus frais est agréable, mais je ne peux passer que quelques secondes ici avant de repartir.

Je marche vite en quittant la pièce, puis je passe dans un sauna de style turc. Il est si rempli de vapeur que j'ai du mal à y respirer. J'attends une minute et demie selon mes instructions, ayant de plus en plus soif. Lorsque je pars, je suis sur le point de lécher les gouttelettes d'eau condensée sur les murs et le plafond. Mais je ne le fais pas. Parce que *beurk*.

En sortant de la salle turque, je cours jusqu'au couloir suivant.

Maintenant, c'est la partie la plus compliquée de toute ma fuite.

Au bout de ce couloir se trouvent plusieurs portes qui mènent à l'arrière-cour.

Je sors.

Cette arrière-cour est agréable. Si je venais ici en tant que cliente, j'apprécierais de me détendre sur une des chaises longues. La palissade en bois crée une intimité relative, et l'air automnal est agréable après toute cette chaleur.

Deux gardes se trouvent là, en train de fumer comme prévu.

La fumée passe devant mon visage lorsque j'inspire l'air frais, et je lutte contre l'envie de tousser.

Je suis censée passer le coin où ils ne peuvent plus me voir sans attirer l'attention sur moi.

Essayant désespérément de ne pas tousser, je passe devant les gardes en faisant de mon mieux pour marcher comme quelqu'un qui a tout à fait le droit d'être ici.

Concentrée sur la fumée, je trébuche sur la chose longue près de moi.

Merde.

Ça va attirer l'attention.

Les gardes me disent quelque chose en russe.

Je grogne d'une voix aussi profonde que possible et je continue à marcher.

— *Stoy !* crie l'un des gardes.

Cela ne fait pas du tout partie du script.

Mince. J'étais si près du but.

Je cours désespérément jusqu'à la palissade.

J'entends des cris en russe derrière moi.

J'arrache la serviette de ma tête, je la fais passer sur la palissade en bois pleine d'échardes, et je me hisse dessus.

Un coup de feu retentit.

La planche à côté de mon bras éclate en morceaux.

Je tombe de l'autre côté et je roule.

Le peignoir et ma veste amortissent légèrement les impacts sur mes côtes, mais je perds néanmoins tout l'air de mes poumons et j'aimerais beaucoup rester allongée là pendant quelques mois.

Luttant contre cette impulsion mortelle, je me lève péniblement, je retire le peignoir et je me précipite vers un bâtiment pas loin, le reconnaissant comme étant celui que Yaroslav a décrit pour moi.

J'entends le bruit des bottes atterrissant sur le trottoir derrière moi et d'autres cris en russe.

Les gardes ont dû passer la palissade.

Un autre coup de feu retentit.

Une fenêtre éclate au premier étage du bâtiment.

Sont-ils devenus fous ?

Et si cette balle avait tué quelqu'un ?

Surtout, ces types ne savent-ils pas que mon utérus est important pour leur employeur ? L'idée malsaine de Baba Yaga ne fonctionnera pas si la future mère prend une balle dans la tête.

Je cours jusqu'au hall d'entrée décrépi du bâtiment et j'appuie sur le bouton 11F de l'interphone.

Ceci faisait également partie du plan d'origine, sauf que je suis bien trop en avance : ce qui signifie que cela pourrait ne pas fonctionner.

Un autre coup de feu.

Quelqu'un va appeler les flics.

La porte s'ouvre.

La personne qui vit au 11F est soit très courageuse, soit pressée de recevoir un colis UPS. Si j'entendais des coups de feu à l'extérieur, il me faudrait plusieurs années avant d'ouvrir la porte de l'immeuble.

J'entre en courant et je tourne directement à droite, me laissant guider par la légère odeur de poubelles.

Mon nez ne me trompe pas.

Il me faut quelques secondes pour localiser l'entrée de côté où le gardien de l'immeuble entrepose les ordures de tout le bâtiment.

Sautant par-dessus les sacs-poubelle, je continue à suivre mon nez, me concentrant cette fois sur l'odeur fraîche de l'océan.

Sans regarder derrière moi, j'atteins la promenade en bois en deux minutes.

Il y a beaucoup de monde, alors je fais de mon mieux pour me perdre parmi eux.

Marchant à côté des gens qui se promènent, j'aperçois les attractions de Coney Island au loin.

En me faufilant à travers la foule, je cours vers le parc.

Lorsque je dépasse le Thunderbolt et la tour Astro, je me cache dans la queue de l'un des vendeurs de nourriture. Si je ne règle pas mon problème de déshydratation, je risque de m'évanouir, et pour l'instant, je ne vois pas de gardes.

D'un autre côté, ça ne signifie pas qu'ils sont ailleurs.

Pendant que la file avance, j'utilise mon téléphone pour faire venir un taxi.

Quand c'est à mon tour, j'achète deux bouteilles d'eau hors de prix, j'en ouvre une avec les doigts tremblants, et je la vide d'une longue gorgée avide.

Les personnes autour de moi me regardent avec des airs amusés.

— Ça valait bien chaque centime, dis-je en partant.

Pendant que je me fraye un chemin parmi les foules

festives, mon téléphone m'indique que mon taxi m'attend déjà près du stand de Nathan's Hotdogs, c'est donc là que je me rends.

Le grand huit Cyclone fait un bruit de craquement au loin lorsque je m'approche de la rue et que je vois mon taxi.

Je suis prise d'une vague de panique soudaine.

Je regarde le bout de la rue.

Les deux gardes me fixent d'un air menaçant depuis l'autre côté de la route.

CHAPITRE VINGT

JE COURS JUSQU'AU TAXI.

Ils se précipitent au milieu de la circulation.

Oseront-ils me tirer dessus devant des centaines de témoins ?

Ils évitent les voitures en courant vers moi.

Pour les passants, ils ont peut-être l'air de vouloir voler mon taxi, ce qui est un péché courant à New York.

J'atteins le taxi, j'ouvre la portière et je plonge à l'intérieur.

Je vois un éclat de métal dans la main d'un de mes adversaires.

— Je vous donnerai un pourboire de cent dollars si vous appuyez tout de suite sur l'accélérateur, dis-je à la femme au volant. Et je vous écrirai le commentaire le plus élogieux que de votre vie.

Je ne sais pas si c'est l'argent ou la promesse d'un

bon commentaire qui fait l'affaire, mais nous filons en avant, écrasant presque les deux gardes.

Je me baisse afin qu'ils ne puissent pas me voir par la vitre arrière.

Personne ne nous tire dessus.

Cinq pâtés de maisons plus tard, je m'assois et je regarde derrière moi.

Personne ne nous poursuit.

Un kilomètre et demi km plus tard, j'ouvre ma deuxième bouteille d'eau et je bois avec soulagement.

Toujours personne derrière nous.

Lorsque nous nous engageons sur l'autoroute, je m'autorise à me détendre.

Personne ne me poursuit.

J'ai réussi à m'échapper.

Sauf si quelqu'un m'attend à nouveau à l'entrée de mon immeuble.

Mon cœur bondit.

Je sors mon téléphone et je compose le numéro d'Ariel pour lui demander de m'escorter.

Je tombe sur son répondeur et une impression étrange et déstabilisante m'envahit.

Je ne m'y attarde pas et j'appelle Felix.

— Sasha, dit-il en décrochant dès la première sonnerie. Que s'est-il passé ? Je suis rentré et tu n'étais pas là. Il y avait la police à côté de l'immeuble, et les voisins ont dit qu'il y a eu des coups de feu. J'ai été horriblement inquiet, j'ai cru que le pire était arrivé.

— C'est à peu près ça, lui dis-je. Notre vieille amie à Brighton Beach m'a forcée à avoir une discussion qui a presque mené à une atrocité. J'ai de la chance d'être en vie.

— Baba Yaga ? Qu'a-t-elle fait ?

— Je suis dans un taxi, on en parle quand je serai de retour à la maison.

J'espère que Felix comprend que le Mandat m'empêche de tout expliquer devant le chauffeur.

— Bien sûr. Puis-je faire quelque chose ?

— Je dois m'assurer que personne ne me saute dessus en montant à l'appartement, dis-je. Ariel est-elle à la maison ?

— Non. Mais je peux descendre et t'accompagner.

— Tu ne vas peut-être pas suffire. Sans vouloir te vexer.

— Je ne suis pas vexé. Quand arrives-tu ? Je vais trouver une excuse pour faire venir la police. Je pourrais leur dire qu'il y a eu un autre coup de feu, par exemple.

Je lance l'application GPS de mon téléphone et je donne l'heure d'arrivée estimée à Felix.

— Je serais prêt. Mais as-tu envisagé de contacter Nero ? Il pourrait…

— Non, dis-je d'un ton irrité. Ce que Nero doit faire, c'est engager un garde de sécurité pour ce bâtiment afin que rien de ce genre ne puisse m'arriver à nouveau. Nous avons peut-être le seul immeuble du centre-ville sans gardien ou portier.

— Pour la défense de Nero, l'absence de portier sert peut-être à éviter qu'un humain ne mette son nez dans les affaires des Conscients, répond Felix.

Notre immeuble est rempli de gens de notre espèce.

— Es-tu en train de défendre Nero ?

Je serre le téléphone avec plus de force. Felix soupire.

— Laisse-moi faire ce qu'il faut pour que ton arrivée se déroule en toute sécurité.

— Merci, dis-je en raccrochant un peu trop violemment.

J'essaie de méditer pendant le restant du trajet et même si je n'atteins pas l'espace mental, je suis bien plus calme à mon arrivée.

J'aperçois Felix en train de parler aux policiers lorsque je sors de la voiture.

Il me fait un clin d'œil quand je passe devant eux. Puis il dit quelque chose aux policiers et ils me suivent dans l'immeuble.

J'appelle l'ascenseur.

— Avez-vous trouvé des douilles ? demande Felix lorsque je monte dans l'ascenseur.

Les portes se referment, alors je n'entends pas la réponse de la police.

J'espère qu'ils trouveront la balle et qu'ils feront le lien avec l'amiral. Comme ce n'est pas un Conscient, la police peut s'occuper de lui comme de n'importe quel criminel humain… et je doute que Baba Yaga aide un simple serviteur.

Lorsque l'ascenseur arrive à notre étage, je quitte sa sécurité relative et je cours tout droit vers la porte.

En entrant, je ferme la porte derrière moi et lorsque

mon regard se pose sur Fluffster, je pousse enfin un soupir de soulagement.

Je défie n'importe qui de me kidnapper maintenant.

Mon protecteur à fourrure les extermineraient.

— Felix m'a dit qu'il était arrivé quelque chose.

Le message mental de Fluffster déborde d'inquiétude.

— Au sujet de Baba Yaga qui t'aurait capturée ?

— Je te l'explique dans une minute, dis-je en me dirigeant vers la cuisine. Quand Felix sera rentré.

Je fouille dans le congélateur et j'attrape un paquet de petits pois surgelés. Ensuite, je prends le moule à glaçons et je remplis deux verres avec de l'eau et des glaçons.

— Ariel est-elle rentrée ?

Après avoir posé les petits pois sur la chaise, je laisse tomber mon coccyx toujours douloureux sur le paquet glacé en buvant un demi-verre d'eau en une seule gorgée.

— Non.

Fluffster baisse la tête, abattu, pendant que je m'étrangle presque avec un glaçon dans ma précipitation pour me réhydrater.

Ah. Ariel n'était pas simplement en retard pour me conduire à l'orientation. Elle n'est jamais rentrée.

Cela ne lui ressemble pas.

Pensant qu'un peu de contact animal me ferait du bien, je fais signe à Fluffster de sauter sur mes genoux. C'est ce qu'il fait, et je le caresse d'un air absent.

Nous restons ainsi jusqu'à ce que la porte d'entrée grince et que Felix arrive dans la cuisine.

— Crache le morceau, dit-il.

— C'est arrivé quand je suis entrée dans l'immeuble.

Je leur raconte alors ma rencontre avec Baba Yaga.

— Je me demande si elle disait la vérité sur son besoin d'avoir un enfant voyant. Dans certains contes russes – sans doute apocryphes –, elle passe tout son temps à manger des petits-enfants, précise Felix lorsque j'ai terminé. De plus, ces mêmes contes de fées font référence à la tête du premier-né, mais jamais aussi directement.

— Sans rire.

J'avale plus d'eau avant de continuer :

— N'existe-t-il pas des contes de fées dans lesquels la princesse – et je veux être la princesse – est engrossée comme une vache ?

Il rougit et secoue la tête.

— Je déteste devoir le dire, mais je t'avais prévenu, m'informe Fluffster. Avec un peu de chance, tu m'écouteras maintenant et tu cesseras ton habitude pénible de quitter la maison.

J'attrape le deuxième verre.

— Eh bien, tu gagnes cette fois-ci. Je vais rester là jusqu'à résoudre ce problème.

— Vas-tu contacter Nero ? demande Felix.

— Non. Peut-être.

Je vide le verre avant de préciser :

— Si je le fais, ce sera en dernier recours. D'abord, j'aimerais discuter avec Rose et Vlad.

J'affiche l'application du calendrier et je localise la visite de mi-journée de Vlad la plus proche.

— Il va lui rendre visite dans trois jours. Je voulais poser des questions au sujet des relations des vampires de toute façon, mais maintenant je vais également lui parler de ceci. Le Conseil ou les Exécuteurs m'aideront peut-être ?

— J'en doute, dit Felix. C'est aussi probable que la paix dans le monde, ou que Baba Yaga ayant une conscience...

— S'ils ne peuvent pas m'aider, alors je vais rester à la maison jusqu'à maîtriser mes pouvoirs.

Je me lève, je range les petits pois à moitié fondus dans le congélateur et je me verse un autre verre d'eau.

— Si j'apprends à faire comme le bannik, je saurai à quel moment je peux sortir ou pas. Je pense que mon pouvoir peut être utilisé de sorte à me rendre presque invisible pour mes ennemis.

— Ce n'est pas un mauvais plan, répond Felix. Veux-tu que je te fasse quelque chose à manger ?

— Oui, s'il te plaît, avec beaucoup d'électrolytes.

Felix nous fait des pommes de terre farcies aux asperges et au jambon et je mange goulûment avant de céder à mon épuisement et de partir me coucher.

JE PASSE les deux jours suivants enfermée, commandant les courses en ligne, regardant la télé, méditant.

Malheureusement, aucune de mes tentatives de méditation ne conduit à l'espace mental.

En tout cas, je m'améliore pour éclaircir mon esprit.

Je développe également une technique qui devrait être pratique lorsque mes pouvoirs reviendront.

Chaque fois que j'y pense, je vérifie l'heure sur mon téléphone, un peu comme un trouble obsessionnel compulsif.

Je me dis que si je le fais assez souvent, lorsque j'aurai des visions où je vois mon corps, je saurai toujours quelle heure il est... car mon moi du futur vérifiera son téléphone.

Je suis devenue très douée pour cela en deux jours seulement. Cependant, il y a un effet secondaire négatif.

En vérifiant constamment l'heure, les deux journées passées à la maison semblent s'écouler encore plus lentement.

Le troisième jour, je dors presque jusqu'à midi, je titube jusqu'à la cuisine et je vérifie l'heure sur mon téléphone. Lorsque je ne trouve aucun reste de Felix, je prépare la poêle à frire à contrecœur, et je prends des œufs au frigo.

— Bonjour, la marmotte, dit mentalement Fluffster lorsqu'il arrive dans la cuisine.

Je me penche vers lui.

— Salut. Ariel est-elle rentrée la nuit dernière ?

— Non, répond-il avec inquiétude. Pas une seule fois cette semaine.

Je pince les lèvres et je casse avec colère un œuf dans la poêle crépitante.

Quand Ariel finira par rentrer, nous aurons une petite discussion.

Fluffster m'interroge au sujet de mes recherches d'emploi futiles pendant que je mange, et quand j'ai presque terminé, le téléphone dans la chambre d'Ariel se met à sonner.

Je sursaute et je trébuche presque en me précipitant vers la source du bruit.

Ariel a peut-être remarqué qu'elle a laissé son téléphone ici et elle a décidé de me contacter en s'appelant elle-même.

L'angoisse me frappe juste au moment où j'attrape l'engin qui sonne.

Je connais ce numéro.

C'est Baba Yaga.

Je rejette l'appel, mais la personne qui appelle ne laisse pas de message.

Je suis donc toujours présente à l'esprit de Baba Yaga. Je ne suis pas étonnée.

Je prends le téléphone d'Ariel avec moi en nettoyant la cuisine, puis je retourne dans ma chambre et j'enfile une tenue plus présentable.

D'après mon calendrier, Vlad passe chez Rose aujourd'hui, c'est donc là que je vais.

— Auras-tu tes pouvoirs dans le couloir ? dis-je à Fluffster en prenant mon pistolet et en enlevant le cran de sûreté. J'ai peur que quelqu'un attende que je quitte l'appartement.

— Non. J'ai failli me faire manger par ce chat infernal une fois, quand j'ai fait l'erreur de sortir.

J'agite le pistolet.

— Il faudra que ça fasse l'affaire alors. Je vais aussi laisser la porte ouverte. Si quelqu'un est là, je leur tire dessus et je reviens en courant.

J'attrape un énorme manuel d'économie globale sur mon étagère et je coince la porte avec.

— Je serai là, dit Fluffster en s'installant près de l'entrée. Et souviens-toi que si tu cries, Vlad t'entendra sûrement.

Je hoche la tête, puis j'inspire profondément avant de sortir de l'appartement.

CHAPITRE VINGT-ET-UN

PERSONNE NE ME dérange pendant que je cours jusqu'à l'appartement de Rose.

En appuyant sur la sonnette, je cache le pistolet.

La porte s'ouvre, révélant le visage souriant de Rose.

— Sasha. Entre, je t'en prie.

Son maquillage est particulièrement soigné et sa robe d'été semble sortir tout droit d'un magazine de mode.

J'entre. L'appartement sent le parfum Chanel, les fleurs fraîches et le thé exotique.

Rose me conduit dans le salon.

Vlad se tient près de la fenêtre. Les rayons de soleil tombant sur sa peau dissipent un mythe très répandu sur les vampires : leur sensibilité à la lumière UV.

Sauf s'il s'est couvert d'indice 5000 ?

— Bonjour, Sasha.

Les coins de ses yeux noirs se plissent en

suggérant un sourire, qui disparaît ensuite instantanément, laissant derrière lui le masque sombre habituel.

Lucifer lève la tête du gros coussin sur le canapé. Son visage plat affiche un mélange entre grognon et endormi. Elle semble vouloir dire : « C'est toi ? Pourquoi tous ces paysans dérangent-ils la dixième sieste royale de Notre Majesté ? »

Ignorant le regard noir du chat, je marche jusqu'au canapé et je m'assois à côté de son coussin.

Elle vibre dangereusement lorsque j'ai le culot de lui caresser le menton.

Les chats peuvent-ils ronronner d'indignation ?

Rose s'assoit à côté de moi, une tasse de thé dans la main.

— Alors, dans quels problèmes t'es-tu fourrée cette fois ?

Je lève les sourcils.

— Ça se voit sur mon visage ?

Vlad marmonne quelque chose d'inintelligible pendant que Rose se contente de me regarder sans cligner des yeux.

En soupirant, je leur raconte ma visite forcée du banya de Baba Yaga.

— Tu dois te réconcilier avec Nero, dit Vlad lorsque j'ai terminé. Il peut mettre un terme à tout cela.

— Nero et moi sommes irréconciliables, dis-je fermement. J'espérais qu'il existe une sorte de groupe policier dans la société des Conscients qui pourrait m'aider ?

Je bats des paupières d'un air innocent, comme si j'avais oublié que Vlad était à la tête des

Exécuteurs, un groupe qui ressemble à la police. Ou peut-être au raid. Ou est-ce plutôt le genre de police secrète utilisée par les dictateurs ?

— J'ai peur que le Conseil ne s'occupe pas de tes ennuis, dit Vlad d'un ton sincèrement désolé. D'autant plus si l'on considère le fait que Baba Yaga faisait partie du Conseil de Saint-Pétersbourg dans le passé et qu'elle a l'ambition d'entrer dans celui de New York quand un siège se libérera.

Il hausse les épaules avec regret.

— Tu vas devoir te débrouiller seule.

— Même si, bien sûr, nous sommes ravis de t'aider de façon non officielle, ajoute Rose en jetant un regard sévère à Vlad.

— Oui, dit-il un peu trop rapidement. Dans un rôle *non officiel*, je serais ravi de t'aider. Simplement, je ne sais pas comment.

Il semble sur le point d'avaler une larve de cafard fermentée en proposant :

— Je pourrais t'accompagner à l'Orientation.

« Ariel peut m'aider avec *ça* », ai-je envie de dire. Mais je me souviens alors de son absence et je décide qu'il est temps que j'en apprenne plus au sujet des relations des vampires, alors je lâche :

— Qu'est-ce qu'une prostituée de sang ?

Du thé gicle de la bouche de Rose, et Vlad semble effectivement avoir avalé cette larve.

— Chester a appelé Ariel par ce terme à l'Earth

Club. Je crois qu'il faisait référence à sa relation avec Gaius.

— Oh, dit Vlad en reprenant un visage indéchiffrable. Je vois.

Rose retrouve également son sang-froid.

— Sasha voulait me parler des relations avec les vampires, et je lui ai dit de revenir afin que nous puissions en parler en ta présence, explique-t-elle à Vlad.

— Et ma demande est devenue bien plus urgente.

Sans réfléchir, je caresse la fourrure presque aussi douce qu'un chinchilla de Lucifer et je suis étonnée de ne pas perdre un doigt.

— Cela fait plusieurs jours que nous n'avons pas vu Ariel. Son comportement a été imprévisible. Elle…

— Gaius a pris un congé pour raisons personnelles.

Vlad s'assoit sur une chaise, le dos raide, avant de continuer :

— Il est allé faire quelque chose en Russie. Elle est peut-être partie avec lui ?

On dirait qu'il ne croit pas en cette théorie.

— Je pense qu'Ariel me le dirait et si elle partait en voyage, surtout si c'était dans un endroit aussi exotique que la Russie.

Rose jette un regard appuyé à Vlad.

Il sort son téléphone à contrecœur et envoie un texto avec la rapidité extrême que seuls les vampires et les adolescentes semblent maîtriser.

La réponse est instantanée.

— Ariel n'est pas avec Gaius.

Vlad regarde Rose dans les yeux et je me demande s'il a la capacité de discuter secrètement par télépathie avec elle, comme Fluffster.

— Gaius a également dit qu'ils n'étaient pas dans une relation.

Il regarde son téléphone.

— Il a dit, et je cite : ce n'est qu'une liaison sans lendemain mutuellement bénéfique. Elle ne représente rien pour moi.

Les traits de Rose s'assombrissent.

— Ce sont des adultes consentants, lui dit Vlad en s'excusant.

Je lutte contre l'envie de me lever, d'attraper le téléphone de Vlad et d'envoyer quelques insultes bien choisies à cet enfoiré.

— Gaius ment. Ariel traîne avec lui depuis…

— Suivre quelqu'un comme un petit chiot ne veut pas dire que c'est une relation, précise Vlad, puis il regarde l'air encore plus furieux de Rose. Je suis désolé, mais c'est vrai.

— Ce genre de chose arrive à certaines personnes qui goûtent au sang des vampires.

Rose jette un coup d'œil à Vlad comme pour avoir sa confirmation.

Lorsqu'il hoche la tête, elle dit :

— L'expérience est… extraordinaire.

— Alors… quoi ? Vous êtes en train de dire qu'Ariel est accro au sang extraordinaire de Gaius ?

Je regarde Rose, puis Vlad.

Ils évitent tous les deux mon regard.

Mon inquiétude s'intensifie.

— Est-elle comme une accro à l'héroïne ?

Vlad me regarde enfin dans les yeux.

— C'est une addiction au sexe plutôt qu'à la drogue.

— Il faudrait une catégorie à part, dit Rose en rougissant légèrement. Mais il suffit de dire qu'il faut une volonté terrible lorsque l'on imbibe une substance aussi forte. Cela aide également d'être dans une relation aimante avec la drogue de votre choix.

Elle jette un regard de braise à Vlad et je m'attends presque à ce qu'elle lui saute dessus pour l'embrasser devant moi. Encore.

— Je n'aime pas ça.

Je caresse le chat. Un ronronnement magnanime et ma survie sont mes récompenses.

— Se pourrait-il qu'Ariel ait trouvé un autre vampire pour recevoir du sang ?

Vlad secoue la tête.

— Elle a bu celui de Gaius, dit-il.

Lorsque je le regarde sans comprendre, il explique :

— Son odeur sera sur elle pendant des semaines. Ça gâche… l'appétit.

— D'accooord. Il ne faudrait surtout pas consommer les restes d'un autre vampire.

Rose s'étrangle avec son thé, et se contente de secouer la tête.

— Si elle n'est pas avec un autre vampire, je ne sais pas du tout où elle est, dis-je.

Vlad se pince l'arête du nez et fronce les sourcils.

— Peut-être dans un hôpital humain. En fonction

de la quantité qu'elle a absorbée, les symptômes de manque peuvent être très sévères.

— Des symptômes ?

Je me retiens de crier des obscénités.

— Tu as dit que c'était comme du sexe.

J'ajoute presque : « Je n'en ai pas eu depuis deux ans, et je n'ai pas de symptômes de manque, en dehors d'une mauvaise humeur occasionnelle », mais ce serait bien trop d'information.

— Elle s'est peut-être inscrite dans un centre de réhabilitation, dit Rose d'une voix apaisante. Il existe un très bon établissement à Gomorrah qui se spécialise dans toutes sortes d'addictions de Conscients.

— Je n'arrive pas à y croire.

La frustration pénètre dans ma voix lorsque j'ajoute :

— Ne me le dirait-elle pas si elle allait en réhabilitation ?

— Elle pourrait avoir honte, dit Rose. Mais tu n'as pas tort. Elle aurait inventé une histoire pour expliquer son absence.

Vlad se lève.

— Peux-tu m'apporter un peu de ses cheveux ? Il est temps de connaître la vérité.

— Ses cheveux ?

Je le fixe bouche bée.

— Ils vont être difficiles à localiser.

— Si j'avais son tissu génétique, je pourrais trianguler sa localisation, explique Vlad de mauvaise grâce. C'est quelque chose que mon espèce sait faire.

Je me souviens de la mèche de cheveux que Gaius a arrachée sur ma tête lorsque nous nous sommes rencontrés pour la première fois, et la façon dont il m'a trouvé à Vegas après le combat avec Béatrice. C'est donc ainsi qu'il a dû procéder… et la raison pour laquelle Ariel a insisté pour qu'il rende mes cheveux.

En repensant à ces événements, je me sens prise de culpabilité. C'est à cause de mes mésaventures qu'elle a goûté le sang de Gaius, la première fois.

Mettant de côté ces pensées qui n'aident pas du tout, je me concentre sur les conséquences pratiques de la révélation de Vlad. Je me souviens maintenant vaguement d'avoir pensé à me raser la tête quand j'avais appris cette histoire de cheveux, mais l'ensorcellement de Gaius a dû me le faire oublier.

Non pas que je me raserais vraiment la tête, mais je deviendrais sans doute aussi obsessionnelle qu'Ariel au sujet de mes cheveux.

Sauf qu'elle n'a peut-être pas de toc. Il est possible que ses cheveux ne se cassent pas à cause de sa super force.

— Je ne pense pas trouver grand-chose, dis-je en expliquant la situation capillaire d'Ariel. Mais je vais aller chercher. Cela peut être n'importe quel ADN, n'est-ce pas ?

J'imagine Vlad tenant un produit d'hygiène féminin usagé et j'ai du mal à garder un visage sérieux.

— Oui, ça peut être n'importe quoi.

Vlad marche jusqu'à la fenêtre et regarde dans le parc au-dessous.

— D'accord.

Je me propulse debout. Avoir quelque chose à faire me donne un peu d'énergie.

— Donnez-moi une minute.

Rose me raccompagne jusqu'à la porte.

— Je reviens, lui dis-je en chuchotant. Dès que possible.

— Je vais m'assurer que Vlad reste ici jusqu'à ton retour.

Elle me serre la main de façon rassurante et elle ouvre la porte.

— Merci, dis-je en sortant de l'appartement.

— Aucun problème.

Rose sourit en refermant la porte.

Étant donné qu'elle ne connaît pas bien Ariel, je lui suis extrêmement reconnaissante d'avoir poussé Vlad à m'aider.

Je commence à marcher vers mon appartement, puis j'entends l'ascenseur arriver.

Merde.

Dans mon inquiétude pour Ariel, j'ai complètement oublié ma propre situation vulnérable.

Les portes de l'ascenseur s'ouvrent.

Je sors le pistolet.

CHAPITRE VINGT-DEUX

— SASHA.

Le visage de Felix est tout blanc, ses yeux exorbités.

— Ne pointe pas ça sur moi.

Je cache vite le pistolet.

Cette situation me rend trop nerveuse. Si Felix avait été un voisin, il aurait pu appeler les flics… et je ne crois pas que j'aurais aimé supplier Vlad de me sortir de ce désastre avec son ensorcellement.

— Ça va ?

Felix sort de l'ascenseur.

— Parlons dans l'appartement, dis-je avant de courir jusqu'à la porte.

Felix me suit.

Je fais les cent pas dans le salon en racontant à Felix et Fluffster ce que je viens d'apprendre.

— Le sang a dû l'aider avec son trouble post-traumatique, dit mentalement Fluffster quand j'ai terminé. Cela doit mieux fonctionner que les drogues qu'elle prend de temps en temps. Au moins, ça signifie qu'elle n'est pas bipolaire.

— Ouais, intervient Felix en regardant Fluffster. L'addiction au sang explique beaucoup de choses. Les hauts et les bas de son humeur. Ses disparitions.

— Sauf que sa dernière disparition n'a aucun rapport.

Je regarde Felix.

— Peux-tu s'il te plaît m'aider à trouver ses cheveux ou une autre forme d'ADN pour Vlad ?

Je ne lui parle pas de ma recherche futile de ses cheveux. Cela pourrait inciter Felix à abandonner trop vite. De plus, je n'avais pas vraiment été très rigoureuse.

— Je vais faire ça.

Felix marche jusqu'au canapé et il regarde dans les plis. Par-dessus son épaule, il dit :

— Pendant ce temps, je pense que tu devrais essayer d'utiliser tes pouvoirs. Fais de ton mieux pour obtenir une vision sur Ariel.

— Je ne sais pas si je serais capable de me concentrer avec tout ça.

Je me surprends à me ronger les ongles et j'arrête.

— Tu ne peux pas t'attendre à avoir toujours des visions dans une atmosphère détendue.

Felix retourne un autre coussin de canapé.

— Je suis certain que tu y arriveras. Pour Ariel.

— D'accord. Je serai dans ma chambre. S'il te plaît, ne me dérange pas pendant un moment.

— Je vais aider Felix à chercher, ajoute Fluffster.

— Juste une seconde, dis-je avant de le soulever et de lui faire un câlin comme un ours en peluche.

Une partie de ma tension semble être absorbée par sa fourrure divine, alors je le pose et je pars dans ma chambre.

Son effet apaisant fait-il partie de son pouvoir de domovoi, ou tous les chinchillas sont-ils ainsi?

Lorsque j'arrive dans ma chambre, une chose dite par Yaroslav, le bannik, refait surface dans mon esprit. Une pensée qui a attendu un moment de calme où rien n'allait de travers.

La méditation n'est qu'un moyen pour parvenir à l'objectif. La clé pour atteindre l'espace mental, c'est une concentration spéciale.

Cela veut-il dire que je peux passer outre la méditation et me concentrer tout de suite de cette façon?

C'est improbable.

Puis le mot « concentration » déclenche une autre idée.

Avant que je découvre être Consciente, Nero m'a fait faire des recherches sur une entreprise nommée Rapid Rabbit Biotech et leur produit devant bientôt être annoncé : un médicament nommé Focusall. Bien que ma présentation au sujet de cette entreprise à la conférence Alpha One se soit terminée par le désastre de mon évanouissement, quelque chose de bien en est peut-être sorti.

Après tout, j'ai encore quelques échantillons du

médicament, et le mot « focus » est présent en son nom.

Plus j'y pense, et plus je suis enthousiaste.

Quand j'avais pris du Focusall, j'avais réussi à terminer mon travail en une fraction du temps qu'il me faut normalement. De plus, peu importe ce que je faisais ou la pression que je subissais, j'étais aussi concentrée qu'un moine zen.

Je fouille dans le tiroir de mon bureau et je trouve l'échantillon.

La main tremblante, j'avale une des pilules vertes.

D'après l'entreprise, il faut environ deux heures pour sentir les effets de ce médicament, mais lorsque j'en ai fait l'expérience, c'est arrivé plus tôt.

Ne souhaitant pas perdre de temps à attendre, je prends la posture de méditation et j'essaie d'obtenir l'information dont j'ai besoin à l'ancienne.

Je fais attention à ma respiration et j'essaie de ne pas penser à toutes les différentes manières d'échouer. Par exemple, les pouvoirs peuvent encore être hors service, à cause de cette longue vision sur le jeu avec Felix. Ou bien Ariel peut avoir des problèmes et être sérieusement blessée le temps qu'il faudra au médicament pour fonctionner. Ou bien le Focusall peut ne pas m'aider à entrer dans l'espace mental, n'ayant pas été conçu pour cela. Ou alors...

Je bannis toutes les pensées négatives de mon esprit et je fais un effort herculéen pour ne faire attention qu'à ma respiration.

Au bout de quelques minutes, mon esprit s'éclaircit.

Je suppose que tout cet entraînement à la méditation paie enfin.

Une minute plus tard, je suis surprise de sentir mes paumes se réchauffer.

Le Focusall ne peut pas déjà m'aider.

C'est entièrement moi.

Bien sûr, l'enthousiasme que je ressens lorsque mes mains se réchauffent dissipe cette sensation.

En redoublant mes efforts, je vide encore une fois complètement mon esprit et je respire.

Mes paumes se réchauffent et les éclairs frappent enfin mes yeux.

———

JE SUIS ENCORE une fois désincarnée dans l'espace mental.

Ignorant les formes inoffensives autour de moi, je ne pense à rien d'autre qu'Ariel en avançant.

En suivant un instinct unique à ce royaume, je m'arrête lorsque j'atteins un groupe d'octaèdres ronds, chauds, violets, et au goût de pop-corn.

Malheureusement, la musique provenant de ces formes est la plus inquiétante que j'ai croisée.

— Je ne vais pas quitter l'espace mental avant d'avoir vu ça, dis-je mentalement, même si je ne sais pas à qui j'adresse cet ultimatum.

Cependant, avant de tenter cette vision, je dois prendre une décision importante.

Quelle durée doit avoir la prédiction ?

Si cette forme me renseigne véritablement sur la situation d'Ariel, je veux que la vision soit aussi longue que possible. Mais si elle ne concerne pas Ariel, alors il faut qu'elle soit particulièrement courte afin de pouvoir revenir dans l'espace mental dans un futur proche.

En fait, puis-je avoir deux visions en une seule journée si elles sont aussi courtes que possible ?

La vision avec mon nom écrit en russe était courte, et plus tard dans la journée, je n'avais pas réussi à entrer dans l'espace mental, mais c'était quand je commençais tout juste. Mes pouvoirs ont peut-être grandi depuis, et deux essais valent certainement mieux qu'une vision plus longue.

Ayant pris ma décision, je zoome sur les formes, encore et encore.

Étant donné mon expérience précédente en zoomant, cette vision ne fera que quelques secondes, au mieux.

À supposer qu'elle arrive. Je n'ai jamais pu activer des formes aussi effrayantes.

Faisant grincer métaphysiquement des dents inexistantes, je m'étire pour toucher la forme.

Ça ne fonctionne pas.

Je recommence.

Encore.

Et encore.

Et vingt fois de plus.

Le temps s'écoule-t-il normalement dans le monde réel lorsque je suis dans l'espace mental ? Si c'est le cas, en essayant assez longtemps, le Focusall pourrait commencer à faire sentir ses effets.

Mais cela m'aiderait-il ici ?

Je décide que c'est peu probable.

D'un autre côté, l'idée du temps s'écoulant normalement « à l'extérieur » pendant que je flotte ici est peu plausible. Les quelques fois où j'ai vu d'autres voyants avoir des visions, cela s'est produit instantanément. Au plus, ils avaient momentanément un air distant.

Je m'obstine donc à essayer de toucher la forme.

Encore et encore.

Lors de ce qui me semble être le millionième essai, quelque chose cède enfin et la forme m'absorbe violemment.

———

JE POSE la main sur la poignée de la porte.

Avant d'entrer, je ne peux m'empêcher de vérifier obsessionnellement mon téléphone. Finalement, ce n'était peut-être pas une très bonne idée de développer cette habitude. Enfin. Au moins, je sais qu'il est 15h24.

Mon toc étant apaisé, j'ouvre la porte et j'entre.

La pièce immense, vide et sans fenêtres est illuminée par des lampes halogènes depuis un plafond de presque douze mètres de haut.

Une femme est assise sur une chaise au centre de la pièce. Même si des lunettes de soleil de style aviateur obscurcissent une grande partie de son visage, je sais qu'il s'agit d'Ariel. Personne d'autre n'a des pommettes aussi parfaites.

Elle tient un bol en bois et une cuillère en bois assortie. Le liquide fumant répand des odeurs de soupe de poulet dans le grand espace.

Avec des gestes irréguliers et exagérés qui m'évoquent une marionnette, Ariel prend une cuillerée de soupe et la porte à sa bouche.

Pourquoi agit-elle ainsi ? Est-ce un effet secondaire de son manque ?

Je chuchote en faisant un pas en avant.

— Ariel, c'est moi. Sasha.

J'entends un craquement de vertèbres du cou lorsqu'Ariel tourne brusquement la tête vers moi.

Avant que je puisse réfléchir à ce comportement étrange, quelqu'un à ma gauche s'éclaircit la gorge.

Mon pouls bondit et je lève mon pistolet en me tournant vers ce nouveau danger.

Je le reconnais immédiatement.

C'est Innokentiy, l'amiral.

Les muscles gonflés sous son marcel, il se tient là, le couteau sorti et prêt à attaquer.

L'expression sur son visage est sauvage. Il doit être contrarié à cause des coupures, des bosses et des hématomes qu'il a reçus par ma faute.

Je pointe le pistolet entre ses yeux et je tire sur la gâchette.

Sans le casque pour les oreilles, le coup de feu assaille mes tympans.

Clairement, je ne vise pas bien. La balle pénètre

dans son épaule et non sa tête comme une cuillère chaude dans de la crème glacée.

Il crie quelque chose d'incohérent en russe, laissant presque tomber son couteau, mais il le rattrape de sa main gauche au dernier moment.

Je vise encore une fois sa tête.

D'un geste bien entraîné du poignet, il me jette le couteau.

Je serre la gâchette, mais c'est trop tard.

Le couteau entre en moi quelque part au-dessous de mon menton.

Au début, la douleur ressemble au fait d'avaler du spray anti-agression. Puis, c'est comme s'étrangler avec du magma.

J'essaie de crier, mais je finis par cracher du sang dans un gargouillement horrible.

L'amiral me surplombe avec un sourire sadique. Enserrant la poignée du couteau, il arrache l'arme de ma gorge.

Je tombe à genoux, essayant d'endiguer la fontaine de sang qui s'échappe de mon cou pendant qu'il me poignarde encore et encore.

CHAPITRE VINGT-TROIS

JE REVIENS à moi dans un sursaut.

Pas étonnant qu'une musique aussi effrayante entoure cette vision dans l'espace mental.

En stabilisant ma respiration, je reste immobile pendant que les révélations et les conséquences explosent dans mon esprit.

Ariel se trouvait dans un entrepôt... avec l'amiral.

Elle a dû être kidnappée.

Bien sûr. C'est pour cela qu'elle n'est pas rentrée à la maison ces derniers jours. Étant donné la présence de l'amiral, pas besoin d'être Sherlock Holmes pour savoir qui en est à l'origine.

Baba Yaga.

C'est tellement logique.

Ce que la sorcière a dit quand j'étais au banya fait soudain sens.

« L'influence est bien supérieure à la confiance. Tu sais qu'elle fera ce que je dis lorsque je lui raconterai. »

Elle devait parler d'Ariel. Je ne voulais pas entendre ces menaces et j'ai donc fait semblant de céder. Elle a dû croire que je connaissais la situation d'Ariel d'après une vision.

C'est aussi pour cela que Koschei a dit : « Je ne suis pas certain qu'elle soit loyale, même avec ses amis. »

Ce n'était pas une insulte générale. Il était très spécifique.

Je me frappe le front en me souvenant qu'il a aussi dit : « je dois partir m'occuper de notre hôte. »

Je parie qu'il parlait d'Ariel.

Et Baba Yaga a répondu quelque chose du genre « En parlant d'hôte » et elle a essayé de me montrer quelque chose sur son téléphone.

C'était sans doute une photo d'Ariel captive. Elle était la clé de l'offre que je ne peux pas refuser.

Maintenant que je le sais, je n'arrive pas à croire que je ne l'ai pas deviné au banya.

Pour ma défense, je venais d'être assommée par un produit chimique et puis je débordais d'adrénaline.

Ou peut-être ai-je volontairement été aveugle ? Après tout, si j'avais su qu'Ariel avait des problèmes, cela aurait été d'une lâcheté inexcusable de m'échapper seule.

Non.

Je n'ai pas été délibérément obtuse.

Malgré tout, une petite voix au fond de ma tête ne peut s'empêcher de se poser la question : si j'avais été au courant de la situation d'Ariel, aurais-je laissé Baba

Yaga me forcer à avoir un enfant qui serait élevé sans moi ?

Aurais-je laissé l'histoire se répéter avec *mon* enfant ?

Je me rends compte qu'il faut que je sois moins dure avec moi-même.

D'après ma vision, je vais être courageuse. J'essayais clairement de sauver Ariel quand j'ai payé le prix ultime.

Ignorant l'angoisse existentielle générée par ce train de pensée, je me lève et je cherche Felix.

— Tu vas bien ? demande-t-il lorsque je le trouve dans la chambre d'Ariel, à côté de Fluffster très poussiéreux. Tu as l'air d'avoir vu un fantôme.

— S'il te plaît, dis-moi que tu as trouvé des cheveux d'Ariel ?

Ma demande est articulée d'une voix rauque.

Felix secoue la tête.

— J'ai regardé partout au moins sept fois.

— J'ai cherché sous les lits, dit mentalement Fluffster. En vain. Et vous devriez vraiment faire des efforts sur l'aspirateur.

Ignorant son reproche, je me précipite à la salle de bains et je fouille dans les poubelles.

Rien qui contient de l'ADN. Même pas quelque chose de dégoûtant.

Je scrute la pièce, rongée par le début d'une idée lorsque mon regard se pose sur le lavabo, mais à ce moment-là, quelqu'un pose une main sur mon épaule.

Le cri que je pousse n'a rien de très élégant.

— Pardon, dit Felix en retirant sa main comme s'il venait de se brûler. Je ne voulais pas t'effrayer.

— Ce n'est rien. Je suis un peu angoissée. J'ai eu une vision dans ma chambre.

Me sentant un peu faible, je baisse le couvercle des toilettes et je m'assois dessus.

— Baba Yaga a enlevé Ariel.

Les yeux d'humain et de rongeur me fixent avec stupéfaction, alors je leur parle de ma vision de façon hésitante.

— Il y a un côté positif.

Felix s'assoit sur le bord de la baignoire avant de poursuivre :

— Nous savons qu'elle est en vie, maintenant. Et qu'elle le sera encore à 15h24.

— Nous savons également que tu trouveras une façon de la localiser, ajoute Fluffster mentalement. Sinon, tu n'aurais pas pu être là-bas dans le futur.

Je hoche la tête.

— As-tu regardé le GPS sur ton téléphone dans ta vision ? demande Fluffster. Si c'est le cas, c'est ainsi que tu aurais pu trouver l'endroit.

Avant que je secoue la tête, je vois Felix secouer la sienne.

— Je ne pense pas qu'elle puisse trouver l'endroit d'après une vision, explique-t-il. Ce serait une boucle de causalité.

Fluffster le regarde d'un air perplexe.

— Un paradoxe de prédestination ? essaie encore Felix, mais l'expression de Fluffster reste inchangée.

— Je vais vous expliquer, dit Felix avec un faux air de patience. Si la vision indique où Sasha doit se trouver, mais que la seule façon dont Sasha peut être là-bas, c'est d'apprendre le lieu dans une vision, cette information vient de nulle part. C'est une sorte de paradoxe.

— Arrête-toi, je t'en prie.

Je me frotte les tempes.

— Je n'ai pas regardé le GPS, donc cet argument est inutile.

En me souvenant de ma nouvelle habitude, je me force à sortir mon téléphone et à vérifier l'heure. Mon toc étant satisfait, j'ajoute :

— Je devrais sans doute aussi m'habituer à vérifier l'endroit où je me trouve… peu importe les paradoxes.

— Tu ne sais donc pas du tout où est Ariel ? insiste Fluffster.

— Pas nécessairement.

Je me lève et je résiste à l'envie de me masser le derrière. Le couvercle des toilettes n'est pas le siège le plus confortable en général, et c'est de la torture pour quelqu'un qui s'est fait mal au coccyx.

— Étant donné qu'Ariel est sous le contrôle de Baba Yaga, nous avons déjà deux options : le restaurant *Izbushka* et le banya. La pièce dans laquelle elle se trouvait était vraiment grande et avait des plafonds très hauts, mais c'est peut-être un espace de stockage dans un de ces endroits ?

Je regarde le monosourcil animé de Felix et je dis ce qu'il doit déjà penser :

— Peux-tu pirater les caméras de surveillance et trouver Ariel ?

Felix se lève et se précipite hors de la salle de bains.

— Éteins les lumières, me rappelle Fluffster lorsque je suis Felix.

Maugréant au sujet des priorités de Fluffster, je fais néanmoins ce qu'il dit. Puis nous nous rendons tous les deux dans la chambre de Felix.

Felix tape à toute vitesse sur son clavier d'ordinateur portable.

— Rien au banya, dit-il en tournant l'ordinateur vers nous.

À l'écran, plusieurs vues de caméras de surveillance montrent le banya dont je me suis si récemment échappée.

Felix écarte alors l'ordinateur, pointe les mains vers l'écran et y dirige un flot d'énergie magenta.

L'air satisfait, il tape sur son clavier avec l'enthousiasme d'un enfant de cinq ans jouant avec un marteau.

Afin de ne pas me ronger les ongles, j'attrape Fluffster et je le gratte derrière l'oreille.

— Rien au restaurant, dit Felix après quelques longues secondes, puis il nous montre les résultats.

Comme avant, les données de plusieurs caméras sont affichées à l'écran, mais Ariel ne se trouve sur aucune.

— Ceci ne prouve rien, dis-je en examinant soigneusement les écrans. Il pourrait ne pas y avoir de caméras dans la zone de stockage où ils ont enfermé

Ariel. Par exemple, je ne vois pas le bureau ressemblant à une cabane en bois de Baba Yaga, ni certaines des salles de sauna.

— Tu as raison, dit Felix dont l'enthousiasme du piratage s'estompe rapidement. Quoi qu'ils fassent dans cette pièce, ils ne veulent certainement pas de traces d'enregistrement.

Nous nous fixons dans un silence gêné, tout le monde imaginant sans doute les pires scénarios pouvant arriver à Ariel. Après tout, elle se trouve dans une pièce avec l'amiral et son couteau. Ce train de pensée révèle alors un défaut de logique.

— Dites. Ariel n'était pas attachée dans ma vision. Pourquoi ne s'est-elle pas occupée de l'amiral avec sa super force ?

Avant que quiconque puisse répondre, le téléphone d'Ariel sonne dans ma poche.

Je l'attrape et je le fixe.

Je connais ce numéro en 718.

— C'est Baba Yaga, dis-je à Felix. Peux-tu remonter cet appel jusqu'à l'endroit où elle se trouve ?

— Oui, chuchote-t-il, comme si elle pouvait nous entendre. Décroche et parle-lui jusqu'à ce que j'ai terminé.

Quand j'appuie sur l'écran pour accepter l'appel, Felix envoie son énergie magenta dans le téléphone, puis il se remet à taper frénétiquement sur son clavier.

— Le téléphone de mon amie est presque déchargé alors, soyez rapides, mens-je tout en mettant le téléphone sur haut-parleur. Qui est-ce ?

— C'est moi, dit la sorcière de sa voix androgyne. Essaies-tu de jouer à plus bête que moi ?

— Baba Yaga ? dis-je d'un ton aussi enjoué que possible. C'est vous ? Koschei m'a dit que vous ne parliez jamais au téléphone à qui que ce soit.

— J'ai fait une exception rare, répond-elle d'un ton neutre.

— On dirait bien.

J'ai de plus en plus de mal à feindre mon côté enjoué, mais je fais de mon mieux en ajoutant :

— Je ne savais pas qu'Ariel et vous vous connaissiez, mais voilà que vous appelez sur son téléphone.

Il y a un silence pendant quelques secondes. Puis Baba Yaga dit :

— Tu ne savais donc pas ?

— Quoi donc ?

Quelqu'un pourrait me donner un Oscar pour ma fausse innocence.

— Alors voilà, dit Baba Yaga d'un ton détaché : j'ai Ariel.

— Vous *quoi* ?

La fureur dans ma voix n'est pas fausse.

— C'est elle qui me sert d'influence, dit-elle. J'étais certaine que tu ne tiendrais pas ta part du marché, et j'avais raison.

J'agite une main devant l'écran de Felix. Il lève la tête, la secoue et se remet à taper au clavier.

— Attendez une seconde, dis-je d'un ton indigné. Notre marché concernait un service. Faire les courses pour vous est un service. Livrer votre courrier est un service. Ce que vous avez demandé, c'est beaucoup plus que ça.

— C'est de la sémantique, rétorque Baba Yaga. Tu as accepté de faire ce que je demandais, et c'est ce que tu feras.

Felix est toujours occupé, sinon j'aurais crié des obscénités contre la sorcière. Je respire pour me calmer.

— S'il vous plaît. Ariel n'a rien à voir avec tout cela. Elle n'a pas conclu un marché avec vous. Vous devez la laisser partir.

— C'est ce que je ferai, dit Baba Yaga. Une fois que j'aurai ce que je veux.

J'ai de plus en plus de mal à ne pas jeter le téléphone contre le mur, mais le foutu Felix est encore occupé.

— Nous étions d'accord pour dire que le service devait être légal, dis-je en étirant les mots. Me forcer à coucher avec quelqu'un contre ma volonté est illégal. Tout comme la vente de bébés.

Il y a un moment de silence pendant lequel j'entends seulement les doigts de Felix danser sur les touches de son clavier.

— Les Américains, finit par soupirer Baba Yaga. Quelle nation puritaine.

Je regarde Fluffster qui hausse ses épaules poilues. Felix lève le côté droit de son monosourcil, mais il continue à taper au clavier.

— Merci pour cet éclairage. Avez-vous d'autres commentaires sociaux utiles ?

— Je vais ignorer ton sarcasme, parce que tu me plais, répond Baba Yaga. Te l'ai-je déjà dit ?

La deuxième moitié du monosourcil de Felix se lève et Fluffster est sidéré.

— Si c'est ainsi que vous traitez quelqu'un qui vous plaît, je détesterais être votre ennemie.

— Effectivement. Mais comme je t'aime bien, je veux bien être raisonnable. Conciliante, même.

Sa voix n'est pas malveillante, mais un frisson remonte néanmoins le long de ma colonne.

Je jette des regards perplexes à Felix et Fluffster en restant silencieuse, ne sachant pas quoi dire.

— Au lieu du coït et de l'accouchement et tout cela, tout ce que je te demande de faire, c'est de me donner un de tes ovules, dit Baba Yaga. Je pourrais alors utiliser la fertilisation in vitro pour obtenir ce que je veux, et tout le monde sera content.

Muette, je me contente de regarder le monosourcil de Felix faire du breakdance pendant qu'il continue à taper.

— Allô ? N'as-tu pas entendu ma proposition extrêmement généreuse ?

— Je suis là, parviens-je à dire. J'ai été prise au dépourvu par votre « générosité ».

— Évidemment, une mère porteuse devra porter l'enfant, dit calmement Baba Yaga.

Elle n'a clairement pas remarqué les guillemets que j'ai accidentellement placés autour du mot générosité.

— Tout ce que tu auras à faire, c'est quelques

piqûres d'hormones et une minuscule opération pour sortir l'ovule.

Ma stupeur momentanée ayant disparu, j'ai une idée rusée, alors j'attrape le téléphone, je cours à la cuisine et j'ouvre le frigo.

— Donc, dis-je. Pour être absolument claire : je vous donne un de mes œufs... j'attrape un œuf élevé en plein air et je le tiens dans ma main – et nous serions quittes ?

— C'est ça, dit-elle. Sauf qu'il me faudra peut-être plusieurs ovules, puisque la FIV ne fonctionne pas toujours la première fois.

— D'accord.

Je prends quelques œufs de poule supplémentaires.

— Je vous obtiendrai bientôt ce que vous voulez. Pour l'instant, pouvez-vous laisser partir Ariel ?

— Pour quel genre d'idiote me prends-tu ? demande Baba Yaga pendant que je commence à envelopper les œufs dans des serviettes en papier.

— Je me suis dit que ce serait un geste gentil.

Je range les œufs dans une boîte en plastique.

— Comme je l'ai dit, elle n'a rien à voir avec tout ceci.

— Même si j'acceptais, ce qui n'est pas le cas, je pense que tu ne veux pas que je la laisse partir pour l'instant, dit Baba Yaga.

— Ah bon ?

Je place les œufs dans un carton d'une de nos livraisons récentes et je repars vers la chambre de Felix.

— Ton amie subit des symptômes de manque très

importants, dit la sorcière. Elle sera un danger pour elle-même et pour toi, mais je peux la garder sobre pendant les quelques semaines qu'il lui faudra pour dépasser cela.

Je suis tentée de dire : « Bien sûr. Le célèbre centre de réhabilitation de Baba Yaga. Où les employés sont des violeurs meurtriers et l'employeuse est une voleuse de bébés complètement folle. Qui ne voudrait pas guérir là-dedans ? »

La colère me faisant marcher plus vite, je me précipite dans la chambre de Felix.

Il lève la tête de son travail, montre son pouce sans grand enthousiasme et mime le fait de raccrocher le téléphone.

— Oh, merde, dis-je avec une inquiétude exagérée. Le téléphone va cou...

Je raccroche au nez de Baba Yaga avec un plaisir immense. Pour faire bonne mesure, je retire ensuite la batterie du téléphone d'Ariel et j'envisage même de le casser en petits morceaux. Je décide de ne pas le faire, car ce serait tuer le messager.

Felix me jette un regard étrange.

— Où est-elle ? dis-je en résistant à l'envie de lui prendre son ordinateur portable.

— Tout ça n'a servi à rien.

Il fixe le sol récemment lavé.

— Baba Yaga a appelé depuis son restaurant, mais j'ai examiné les plans de cet endroit, et il n'y a aucune pièce là-bas avec des plafonds aussi hauts que dans ta vision. C'est pareil pour le banya.

Je m'assois sur son lit et je serre les bras autour de mon torse.

— Il reste un côté positif. Si Baba Yaga ne se trouve pas à l'endroit où est Ariel, le sauvetage en sera facilité, n'est-ce pas ?

— Sauf que nous ne savons pas où se trouve Ariel, intervient Fluffster.

— Mais nous le saurons. D'après ma vision.

Felix me jette à nouveau ce regard bizarre. Est-il en train de rassembler son courage pour révéler quelque chose de désagréable ?

— Il faut que je pose la question, dit-il en confirmant mes soupçons. Et s'il te plaît, comprends que je joue l'avocat du diable, presque littéralement.

Il inspire et dit d'une seule traite :

— As-tu pensé à faire ce qu'elle veut ?

En rougissant, il ajoute :

— Je veux dire, si elle voulait mon sperme pour sauver Ariel, je le…

— Stop.

Je serre les poings, mais j'essaie de garder une voix calme.

— Si j'ai des enfants, ils connaîtront leurs parents biologiques. Ils ne seront pas élevés par une sorcière malveillante des légendes russes. Ils ne seront pas…

— Je suis désolé, dit Felix, honteux. Oublie que j'ai posé la question. C'était stupide.

— Ce n'est pas grave, dis-je, bien que j'ai envie de crier que si, il a été inhabituellement stupide. C'est un sujet difficile pour moi.

Je respire profondément avant de souffler.

— Si rien d'autre ne fonctionne, je pense que je ferai semblant de suivre le plan de Baba Yaga. Je pourrais utiliser mes capacités à faire des tours de passe-passe pour échanger le médicament de la FIV avec une solution saline, ou faire autre chose pour retarder le processus pendant que nous cherchons Ariel. D'un autre côté, ma dernière vision indique une façon de sauver Ariel aujourd'hui, c'est donc là que je place tous mes espoirs.

— Et tu ne t'inquiètes pas de ce qu'il t'est arrivé dans cette vision ? demande Fluffster. Être poignardée dans le cou, ce n'est pas vraiment le meilleur résultat.

— Notre plan de sauvetage sera ajusté pour empêcher cela.

Je me frotte la nuque avec les doigts gelés.

— Par exemple, si je ne vais pas dans cette pièce, je ne devrais pas avoir de problème. J'espère.

— Apparemment, on a vraiment besoin de cet ADN, dit Felix en fermant son ordinateur. Des idées ?

Il regarde tour à tour Fluffster et moi.

— Pouvons-nous appeler l'endroit où elle a fait sa manucure ? Penses-tu qu'ils gardent les vieux ongles coupés ?

— Sûrement pas. Laisse-moi encore chercher son ADN dans l'appartement.

Je me lève et je scrute toute la pièce avant de recommencer.

Quand un besoin pressant se fait sentir, je pars à la

salle de bain, je fais mes petites affaires et je fouille l'endroit pour la énième fois.

Pas même un ongle d'orteil coupé ou un coton-tige sale. Y a-t-il de l'ADN dans la cire d'oreilles ?

Lorsque je me lave les mains, mon regard tombe sur le lavabo et une idée vague que j'avais eue plus tôt prend forme.

Là, debout dans son gobelet, se trouve la brosse à dents d'Ariel. Comme d'habitude, la pauvre chose est tout usée et tordue. La super force d'Ariel est-elle dure avec le plastique, ou bien garde-t-elle cette brosse à dents depuis son enfance au lieu d'un doudou ?

Une brosse à dents — particulièrement celle-ci — gratte l'intérieur de la bouche, ce qui devrait donner de l'ADN.

D'un autre côté, n'est-il pas retiré par le dentifrice ?

En sortant mon téléphone, je vérifie si la brosse à dents peut être utilisée pour l'ADN et tous les sites Internet répondent que oui.

Bien sûr, aucune des sources, même en incluant les recoins les plus fous d'Internet, ne peut confirmer qu'un vampire sait localiser quelqu'un avec une brosse à dents usagée.

J'attrape un sac plastique et des gants en caoutchouc dans la cuisine afin de ne pas contaminer l'échantillon, puis je retourne dans la salle de bains et je récupère la brosse à dents.

Ensuite, je cours dans la chambre de Felix, j'agite le sac avec enthousiasme, et je m'explique.

Felix se frappe le front de façon audible.

— Tu es un génie. Pourquoi n'y ai-je pas pensé ?

— Ouais, intervient Fluffster mentalement. Dans les séries télé, ils obtiennent toujours de l'ADN en raclant la joue de quelqu'un.

— Je vais parler à Vlad, dis-je à Felix. S'il te plaît, peux-tu préparer une mission de sauvetage pendant ce temps ?

— Bien sûr.

— Et aussi, mais c'est le moins prioritaire, engage un livreur à vélo ou autre chose d'aussi rapide, pour livrer un paquet que j'ai laissé près de la porte. Il contient mes œufs de poules pour Baba Yaga. Elle était d'accord pour dire que nous serions quittes si elle recevait mes œufs.

— Ça va seulement la provoquer, dit Felix.

— Ça m'est égal.

J'ai peut-être répondu avec un peu trop d'agressivité. Plus calmement, j'ajoute :

— Une fois que Yaga aura reçu ces œufs, j'aurai bonne conscience.

Un petit sourire étire les coins de sa bouche.

— Parce que dans ton esprit tordu, tu auras rempli sa part du marché avec elle.

Je hausse les épaules.

— Elle a dit que nous serions quittes si je lui donnais mes œufs. Ce n'est pas de ma faute si elle n'a pas fait attention aux mots.

— Je ferai ce que tu demandes. Et j'enregistrerai la vidéo du bureau de Baba Yaga quand elle recevra ton paquet. Je suis certain que tu aimerais voir sa tête quand elle l'ouvrira.

— Maintenant, tu comprends l'esprit de la chose.

Puis, en sortant de la pièce, je m'adresse à Fluffster :

— Je vais encore laisser la porte entrouverte.

— Et s'il y a quelqu'un, tu cries si fort que Vlad est obligé de t'entendre, dit Fluffster.

— Oui, réponds-je en sortant mon pistolet.

Vais-je toujours me sentir aussi paranoïaque en quittant mon appartement ?

Tant pis.

Je sors et je pique un sprint jusqu'à la porte de Rose.

CHAPITRE VINGT-QUATRE

J'ATTEINS à nouveau l'appartement de Rose sans mésaventures.

Une fois qu'elle m'a laissée entrer, je relate ma vision à Vlad et elle, puis je donne le sachet avec la brosse à dents à Vlad et je retiens ma respiration.

Il prend le sachet du bout des doigts, comme si c'était une grenouille et qu'il était une dame délicate de l'ère victorienne. En reniflant le contenu, il fronce le nez tout comme le ferait la dame susmentionnée, et dit :

— Oui. Je peux utiliser ceci.

Il se détourne alors et je ne vois que quelques étincelles d'énergie argentée dissimulée par son dos et ses épaules larges.

A-t-il mis la brosse à dents dans sa bouche ?

Je suis morte de curiosité.

— Brooklyn.

Il tourne les talons, sort son téléphone et tapote l'écran plusieurs fois.

— Voilà.

Il s'approche et il me montre une application GPS.

Le point qu'il a marqué sur la carte se trouve quelque part à Sunset Park, Brooklyn, près d'un Costco.

C'est une zone remplie d'entrepôts, et bien que certains soient loués à des entreprises à la mode selon le plan de rénovation d'Industry City, beaucoup sont encore décrépis et des endroits parfaits pour cacher une victime. Ou pour y installer un site secret défense, ou pour filmer un film de torture porno… si tel est votre genre.

Bien sûr. Cela explique la pièce immense avec les plafonds hauts.

C'est dans un entrepôt.

— Si nous prenons le tunnel, nous pouvons être là-bas en quinze minutes, dit Rose.

— Nous ?

Vlad jette la brosse à dents sur le côté et fronce les sourcils de telle façon que son front imposant menace de sauter de son visage et d'étrangler quelqu'un.

— Si Sasha attaque Baba Yaga toute seule, elle est pratiquement morte, insiste Rose en posant les mains sur ses hanches.

Sa voix est étonnamment calme.

Vlad la fixe d'un air songeur.

Elle le fixe à son tour avec un visage indéchiffrable

pour moi… mais il doit être très clair pour Vlad, car il fronce encore davantage les sourcils.

— Sasha est comme ma famille, ajoute Rose, et cette fois une menace est décelable dans sa voix calme.

Vlad semble abattu au début, puis il respire profondément et dit en serrant les dents :

— Toi, tu n'y vas pas.

Rose fait un pas vers son petit-ami.

— Il m'a semblé être assez clai…

— Ce que je voulais dire, c'est que tu n'iras pas parce que j'y vais, moi, dit Vlad d'un ton sec.

— Mais…

— Non, répond Vlad. Si tu veux nous aider, tu peux me donner un boost.

Rose fronce les sourcils.

— Juste un boost ? Mais je veux aider plus que ça.

— Après la dernière fois, je ne demanderais même pas de boost, mais je sais que c'est la seule façon de m'assurer que tu restes ici. De cette façon, tu sais que tu nous aideras beaucoup, soupire Vlad.

— Très bien, répond-elle avec irritation. Pas le temps de discuter. Viens là.

Il s'avance vers elle.

Elle s'approche et ils s'embrassent de façon sensuelle.

Je regarde Lucifer, perplexe. La chatte me jette un regard semblant signifier : « nous le savons, esclave. Les humains sont des créatures dégoûtantes et sales dont le comportement est incompréhensible pour Notre Majesté. »

J'observe Vlad et Rose.

Au lieu d'échanger un baiser avec le vampire, Rose fait jaillir un flot d'énergie rose vers lui, et au bout d'un moment, son pouvoir couvre Vlad de la tête aux pieds.

Il semble grandir de quelques centimètres, mais c'est peut-être une illusion.

L'énergie se dissipe en un éclair aveuglant.

Rose s'affaisse dans les bras de Vlad. Il la soulève doucement et la pose sur le canapé.

— Laisse-nous, dit-il.

Avant que je puisse intervenir, il s'est déjà ouvert le poignet avec ses canines soudain longues, et il pose le résultat sanglant sur la bouche de Rose.

Je me rends vite dans la cuisine de Rose, mais je n'ai aucun mal à deviner la suite.

Rose va boire son sang. Son sang qui ressemble à de l'héroïne qu'elle a comparée à du sexe.

Mettant de côté mes inquiétudes au sujet de sa potentielle addiction, et de l'addiction certaine d'Ariel, je me concentre sur un autre aspect de ce que j'ai vu.

Vlad a appelé ce qu'elle a fait « un boost ».

Cela implique-t-il qu'elle a augmenté ses pouvoirs de vampire ?

Pendant que j'y réfléchis, Vlad entre dans la cuisine d'un air sombre.

— Rose va bien ?

— Je ne tuerai aucun Conscient au cours de ce soi-disant sauvetage, me prévient Vlad avec le visage impassible.

Je cligne des paupières.

— Qui a dit que tu devais tuer qui que ce soit ? Maintenant, peux-tu s'il te plaît répondre à ma question ?

— Mon rôle de chef des Exécuteurs implique des restrictions, poursuit-il de la façon automatique dont les représentants des services clients s'excusent sans sincérité auprès des clients furieux. Si mes devoirs interfèrent avec ces objectifs, tu ne devras émettre aucune objection.

— Compris, dis-je. Qu'en est-il de Rose ?

— Si je te demande de sauter…

— Je te demanderai à quelle hauteur, réponds-je en serrant les dents. Au millimètre près. J'ai compris. Peux-tu s'il te plaît me dire ce qui est arrivé à Rose ?

— Je vais bien.

Rose entre péniblement dans la pièce en tenant une canne.

La pâleur nouvelle de son visage et ses yeux enfoncés dans ses orbites semblent contredire ses paroles.

Je comprends alors quelque chose.

Elle ressemble parfois à cela, les jours où elle ne va pas très bien. Je pensais que c'était à cause de son âge avancé.

Vlad la dévisage, fronce les sourcils et me jette un regard accusateur.

— Je veux que Rose reste dans ton appartement, dit-il. Ton domovoi la gardera en sécurité.

— Bien sûr, c'est une très bonne idée.

— Si j'y vais, Luci doit venir avec moi, dit faiblement Rose.

— Est-ce obligé ?

Je grimace en me souvenant de la façon dont le chat avait failli manger Fluffster la seule et unique fois où ils s'étaient rencontrés dans le couloir.

— Nous reviendrons dans quelques heures au maximum. Ne peux-tu pas…

Rose lève le menton en déclarant :

— Si elle ne vient pas, moi non plus.

Vlad me jette un regard semblant signifier : « si Rose n'y va pas, je n'aiderais pas ».

— Très bien, dis-je, pressée de commencer le sauvetage. Prends-la et allons-y.

Vlad attrape le panier du chat et passe dans le salon pour récupérer Lucifer. Nous entendons des bruits de lutte et Lucifer siffle plusieurs fois comme un cobra enragé, mais au bout d'une minute, Vlad revient à la cuisine avec la chatte dans son panier.

Lucifer semble furieuse. En sautant comme un tigre, elle griffe le poignet de Vlad à travers les barreaux en plastique.

Sa peau guérit instantanément.

— Ça doit être sympa d'être un vampire, dis-je doucement.

Puis je regarde Rose.

— Pourquoi Vlad n'est-il pas le laveur de chat désigné ?

J'explique à Vlad :

— C'est en lavant Lucifer que j'ai reçu la cicatrice

sur mon bras que j'ai dû cacher avec le tatouage de la reine de cœur.

Vlad marmonne quelque chose d'inintelligible pour réponse.

— La pauvre chose a peur de lui.

Rose récupère le panier auprès de Vlad et la chatte se calme instantanément.

— Elle te préfère.

Je regarde la chatte en me demandant comment elle se comporterait si elle ne m'aimait pas.

Lucifer me jette son regard qui semble vouloir dire : « Les personnes que Notre Majesté n'apprécie pas ont tendance à me supplier pour une mort rapide. »

Je secoue la tête et je guide Vlad et Rose jusqu'à la porte toujours ouverte de mon appartement.

Lorsque j'y entre, Rose me suit, mais Vlad s'arrête sur le seuil.

J'hésite à l'inviter à entrer, mais c'est inutile lorsque Felix et Fluffster nous rejoignent près de la porte.

— Rose, attends !

C'est trop tard et elle ouvre le panier en laissant sortir sa bête enragée.

Évidemment, la première chose que fait ce fichu chat, c'est bondir sur Fluffster. Sa tête semble exprimer : « Enfin. Le noble festin poilu élevé pour le plaisir de Notre Majesté. »

Cette rencontre se déroule cependant différemment de la fois précédente.

Comme toutes les personnes présentes sont Conscientes, le domovoi n'est pas lié par le Mandat et il n'est pas obligé de faire semblant d'être un chinchilla. Et surtout, il est chez lui maintenant.

J'entends un cri mental dans ma tête, et d'après les visages de Rose et Felix, ils le perçoivent aussi.

Pendant un instant, la forme horrible du monstre qui a tué Harper apparaît à l'endroit où se tient Fluffster, mais légèrement plus petit, environ de la taille d'un dogue danois.

Lucifer cesse immédiatement sa chasse, et la forme disparaît.

Le chat se tourne vers Rose en semblant vouloir dire : « Notre Majesté a compris que les gros rats de ce genre sont peut-être porteurs de maladies ».

Ignorant complètement Fluffster, la chatte lui passe devant pour explorer l'appartement.

Nous entendons un bruit de poterie frappant le sol.

Felix grimace et murmure :

— Je crois que c'était mon vase préféré.

— Je t'en trouverai un nouveau, dis-je. Ce qui est important, c'est que Vlad a découvert où nous allons. Et il s'est « porté volontaire » pour m'accompagner.

— Pour *nous* accompagner, dit Felix avec assurance.

Je le regarde comme s'il était sur le point de faire pousser des lacets de chaussures dans ses narines.

— Je vous accompagne, dit-il d'un ton plus hésitant.

Je croise les bras.

— Non, pas du tout.

Il imite mon geste.

— Si.

— Pas moyen.

— Si, carrément.

— Les enfants, intervient Rose. Il faut faire vite.

— Ouais, acquiesce Felix en montrant les dents. Ce qu'elle a dit, et en plus vous avez besoin de moi.

— Ah bon ? demande Vlad depuis le couloir.

— Mes pouvoirs peuvent être pratiques, répond Felix, sur la défensive. Et puis j'apporte une puissance de feu qui ne fonctionne que pour moi.

Il sort son mousquet/laser.

— Tu n'es pas censé posséder cela, dit Vlad en fronçant les sourcils.

Felix grimace.

— Ah oui, pardon. Je m'en débarrasse après. Tu ne me dénonceras pas au Conseil, n'est-ce pas ?

Vlad prend un air encore plus sévère.

— Non. Mais prends soin de t'en débarrasser.

— Oui, m'sieur.

Felix le salue comme à l'armée.

— Très bien, tu peux nous accompagner, dis-je en étudiant le pistolet de Gomorrah. Mais j'accepte seulement parce que je ne veux pas perdre plus de temps à nous disputer.

— J'ai préparé ça pour nous.

Felix sort une douzaine d'écouteurs de sa poche et il m'en donne.

— Nous n'allons pas écouter de musique pendant le sauvetage, dis-je. Même si les chansons sont vraiment cool.

Il lève les yeux au ciel.

— Mais non, andouille. Je les ai transformés en engins de communication.

Il en met un dans son oreille.

— Comme les services secrets.

— Ah.

Quand j'ai compris, je suggère :

— Donnes-en aussi à Rose. Elle reste ici et Vlad appréciera de garder le contact avec elle.

Felix distribue des écouteurs à Vlad et à Rose.

— Si Rose reste ici, j'ai une idée. Je reviens.

Il court jusqu'à sa chambre et j'utilise ce temps pour aller récupérer le couteau M9 d'Ariel. L'arme passe facilement dans la poche cachée où je dissimule généralement le pistolet. Je glisse ce dernier dans la taille de mon jean, à la façon d'un gangster.

Lorsque je reviens, Felix tient une tablette et une petite webcam sort de la poche de sa chemise.

Il distribue des caméras similaires à Vlad et moi, et nous les attachons également à nos vêtements.

Il donne ensuite la tablette à Rose.

— Ceci te permettra de voir ce que nous voyons.

Il lance sa magie en direction des deux types d'appareils, joue un instant avec la tablette, et trois vidéos de la pièce où nous nous trouvons apparaissent soudain à l'écran.

— Je veux des écouteurs, dit mentalement Fluffster.

— D'accord.

Felix prend le plus petit et l'insère dans l'oreille mignonne du domovoi.

— Les tiens et ceux de Rose devraient recevoir le son des micros de nos webcams. Peux-tu l'entendre ?

— Oui. Je t'entends deux fois : dans l'oreillette et dans le monde réel.

— C'est très bien. Quand nous serons partis, tu ne l'entendras que dans ton oreille. Mais souviens-toi que tu ne pourras pas nous parler, sauf si tu peux communiquer mentalement sur de longues distances.

— Pas sur de longues distances, dit Fluffster d'un air abattu.

— Je ferai l'intermédiaire, le rassure Rose. Maintenant, vous feriez vraiment mieux d'y aller.

— Rose à raison, dis-je en me dirigeant vers la porte.

Vlad a déjà appuyé sur le bouton d'appel de l'ascenseur et Felix nous rattrape vite.

Notre trajet silencieux en ascenseur est aussi confortable que de dormir au plafond, et dès que les portes s'ouvrent, Vlad marche à grands pas vers le parking sans regarder derrière lui.

— Est-ce mon imagination, ou bien Vlad fait-il la gueule ?

Je chuchote cela à Felix pendant que le vampire utilise sa vitesse surnaturelle pour s'éloigner de nous.

Au lieu de répondre, Felix sort son téléphone, tape quelque chose et me le montre : « Les vampires ont une super ouïe. »

— Oups, dis-je sans sincérité.

— Tu ne dois pas lui en vouloir, intervient Rose dans l'oreillette. Il n'aime pas cette situation.

— Elle a raison, ajoute Vlad quand nous le rattrapons enfin.

En me fixant avec ses yeux noirs, il explique :

— Les Exécuteurs ne sont pas censés se mêler aux disputes personnelles mondaines entre les Conscients.

— D'accord. Si – ou quand – Ariel sera tuée, alors tu pourras nous « aider » sans problème de conscience.

Vlad ne répond pas. Il passe la main dans sa poche, sort un porte-clefs avec plusieurs clés, choisit un machin qui ressemble à une petite voiture noire pour enfant et appuie dessus.

Près de là, une voiture noire ressemblant exactement au jouet émet un bip.

— Tu conduis une Tesla ? demande Felix d'un ton envieux avant de m'expliquer : C'est leur modèle de luxe. Elle est autonome, même si cette caractéristique est encore limitée. Elle est extrêmement efficace au niveau énergétique, cependant…

— Montez.

Vlad ouvre la portière de style DeLorean vers le haut et fait signe à Felix et moi de monter.

Lorsque c'est fait, Vlad s'assoit au volant et la voiture électrique glisse hors de sa place de parking.

En partageant encore un autre moment de silence désagréable, nous nous engageons sur la route.

— Pourquoi une électrique ? dis-je après avoir passé la cinquième intersection, surtout pour voir si Vlad me parle encore.

— C'est meilleur pour l'environnement, dit Rose

dans mon oreillette. Vlad essaie d'avoir une empreinte carbone très basse.

— Ah bon ?

Je regarde l'attitude hostile de Vlad dans le rétroviseur, mais il ignore ma question.

— Bois-tu aussi exclusivement le sang des personnes nourries à l'herbe et élevées en plein air ?

Felix glousse et bien que Vlad ne réponde toujours pas, je détecte une lueur d'amusement dans ses yeux.

— La longévité et le soin portés à l'environnement vont de pair, explique Rose d'un ton professoral. Une fois que tu as vu disparaître ta forêt préférée, ou une espèce d'ours favorite s'éteindre, ou si tu observes seulement les îlots de plastique qui s'accumulent dans…

— Nous avons compris, dit Felix. Mais nous nous réservons quand même le droit de trouver l'idée d'un vampire hippie amusante.

— Je me demande si l'obsession de Nero pour un bureau sans papier vient de là, me dis-je à voix basse. D'une voix plus forte, je demande : Quel âge a Nero ?

— Il est vieux, répondent Vlad et Rose en chœur.

« À partir de quel âge considérez-vous que quelqu'un ou quelque chose est vieux ? » Suis-je tentée de demander, mais avant de le pouvoir, les haut-parleurs de la voiture font entendre une musique forte.

— C'est *The Future* de Leonard Cohen, dit Felix par-dessus le bruit. Nous l'avons entendu dans ce film qu'Ariel nous a fait regarder : *Tueurs Nés*.

Je me souviens de ce soir-là. Felix s'était évanoui à

cause du massacre à l'écran. Ce souvenir m'est resté en tête, car j'avais voulu épiler le milieu du monosourcil de Felix pendant qu'il était sans connaissance. Nous avions magnanimement décidé de nous abstenir même si Ariel avait dit, et je cite : « remettons cela à plus tard, en fonction du comportement de Felix. »

— Darian, dit Vlad en me faisant revenir dans le présent. À quoi dois-je ce plaisir ?

— Ce n'est qu'un appel de courtoisie, dit la voix de Darian dans les haut-parleurs, avec un accent britannique particulièrement marqué pendant qu'il énonce les mots d'un ton formel. Tu n'as jamais fait partie des gens qui doutent de l'utilité des voyants, mais je vais néanmoins te rappeler à quel point nous pouvons être importants.

— As-tu vu une prémonition me concernant ?

Le ton de Vlad est sceptique.

— En effet. Et c'est pour cela que j'ai décidé de te donner quelques conseils et avertissements.

Il y a un long silence. Vlad, comme nous tous, doit vouloir entendre ces soi-disant conseils, alors que Darian essaie manifestement de rendre le moment aussi théâtral que possible.

Vlad s'éclaircit la gorge.

— D'accord, dit Darian. Alors voilà.

Sa voix évoque celle d'Obi-Wan lorsqu'il dit lourdement :

— Attention au feu rouge. Utilise la…

—… force, Luke !

Felix et moi terminons la phrase en chœur.

Vlad nous jette un regard sombre dans le rétroviseur, alors je parle pour nous deux :

— Quand même. L'accent britannique et le début de la phrase…

— Sasha.

Les sourcils de Vlad se rejoignent suffisamment pour que le monosourcil de Felix porte plainte pour plagiat.

— As-tu dit « Sasha » ?

Darian semble si inquiet que je lui donnerais un Golden globe pour avoir prétendu ne pas savoir que j'étais dans la voiture.

Vlad est perplexe.

— Oui.

Darian raccroche brusquement.

Vlad semble encore plus stupéfait en s'engageant sur une grande route.

— Nero a interdit à Darian de me parler sous peine de mort, dis-je au bout d'un moment de silence. Je parie que Darian savait que j'étais dans la voiture, mais qu'il a fait semblant du contraire.

— Le déni plausible, intervient Felix. C'est malin.

— Mais n'aurait-il pas vu cet épisode exactement comme il vient de se dérouler ? demande Rose par l'intermédiaire des oreillettes. C'est Fluffster qui pose la question.

— Exactement, dis-je. Je parie que c'est précisément ce qu'il voulait. Je suis certaine que nous en avons entendu assez pour nous aider. Ou plutôt, assez pour l'aider *lui*, car cela servira sans doute ses objectifs sur le long terme.

Ce que je n'ajoute pas, c'est que cet objectif sur le long terme pourrait être de vivre avec moi.

Je suis distraite de mes réflexions « Darian plus Sasha » lorsque mon espèce de sixième sens m'avertit soudain.

Nous filons vers une grosse intersection et la pointe d'angoisse, ou quoi que ce soit semble focalisée sur le feu rouge qui s'approche très vite.

Sauf que le feu est vert, pas rouge.

À l'instant même, le vert devient jaune.

— Ces histoires de voyants peuvent faire mal à la tête, même aux vampires, marmonne Vlad en appuyant sur l'accélérateur pour dépasser le feu jaune avant qu'il passe au rouge.

— C'est une bonne façon d'avoir une contravention, entends-je Rose se plaindre dans nos oreilles. C'est encore Fluffster qui parle, ajoute-t-elle. Il dit que la contravention sera de la responsabilité de Vlad et que c'est à lui de la payer.

Ce n'est pas à cause d'une contravention que mon intuition se révolte.

Ce doit être le feu rouge lui-même.

— Stop ! m'écris-je, paniquée.

CHAPITRE VINGT-CINQ

JE DOIS RENDRE hommage aux instincts des vampires : Vlad appuie sur le frein avant que je parle.

Je dois également attribuer du mérite à Elon Musk et aux employés de tesla. La voiture s'arrête avant que nous traversions le passage clouté, au moment où le feu au-dessus de nous devient rouge.

Un immense camion poubelle traverse l'intersection à une vitesse de voiture de course.

Je pousse un soupir que j'avais dû retenir depuis un moment.

— Ce doit être la raison de l'appel de Darian.

— Oui, dit Rose dont la voix paraît bouleversée. Si tu avais continué, ce camion vous aurait heurté.

— Je l'avais vu, dit Vlad, sur la défensive. On serait passé.

— Peut-être, répond Rose. Et toi, tu n'aurais rien eu si la collision avait eu lieu.

Ce qu'elle n'a pas besoin d'ajouter, c'est que Felix et

moi aurions été transformés en burgers humanoïdes saignants.

— Tu aurais survécu à ça ?

Felix contemple le camion qui disparaît rapidement et la fine structure de la voiture autour de nous.

— Je ne pensais pas que même un vampire pouvait survivre à un tel accident.

J'ai envie de lui dire que Rose a donné une espèce de boost magique à Vlad, mais je change d'avis. Vlad veut peut-être que cette information reste secrète.

Le feu redevient vert.

Vlad exprime son ressenti concernant tout l'incident du feu rouge en appuyant si fort sur la pédale de l'accélérateur que la force gravitationnelle me presse contre mon siège.

Nous arrivons à l'autoroute en silence.

Je décide de soulager la tension de ma façon préférée.

— Voulez-vous voir quelque chose de cool ?

— Un tour de magie ? demande Rose avec enthousiasme. Peux-tu faire quelque chose que je pourrais voir par la caméra ?

— Vlad, veux-tu participer ?

Vlad émet un bruit à mi-chemin entre le grognement et le fredonnement, ce que je prends pour son accord.

Je sors un paquet de cartes de ma poche. En laissant le FELLATIO de Felix dans la boîte, je sors les cartes et je les tends à Felix qui peut les examiner et les mélanger pendant que je range la boîte dans ma poche.

Lorsqu'il me rend les cartes, je dis :

— Cet effet va tester le lien entre Vlad et Rose, pour voir à quel point vous allez bien ensemble.

Rose pousse un petit cri de joie et dans le rétroviseur, même Vlad semble plus intéressé.

— Si ça fonctionne, cela signifie que vous êtes faits pour être ensemble. Et si ce n'est pas le cas, cela signifie simplement que je dois m'entraîner davantage.

Tout le monde glousse.

— Je dois m'assurer qu'il ne reste pas de joker dans le paquet, dis-je en étalant les cartes pour y jeter un rapide coup d'œil.

— Maintenant, dis-je en reformant le paquet, je veux que Rose nomme une valeur de carte, sans dire la couleur.

— Sept, répond Rose.

— Parfait.

Je fais un clin d'œil presque imperceptible à Vlad dans le rétroviseur.

— Vlad, nomme une couleur.

— Trèfle, dit-il.

C'est peut-être mon imagination, mais je crois qu'il me fait un clin d'œil à son tour.

— Super.

J'écarte les mains autant que me le permet la voiture.

— Regardez ça.

En inclinant les mains de façon à ce que Rose puisse les voir à la caméra, je fais sauter les cartes d'une main à l'autre, avec un geste classique de manipulation des cartes.

La plupart des magiciens font une sorte de cascade dans ce type de situation : c'est lorsque les cartes tombent du haut vers le bas, avec l'aide de la gravité. Faire sauter les cartes, et particulièrement ma version, est beaucoup plus difficile, d'autant plus que j'écarte beaucoup les mains, mais je suis très douée. Étant donné le temps que j'ai passé à m'entraîner dans ma jeunesse – un entraînement intensif nécessitant de rassembler les cartes partout sur le sol à chaque ratage – j'ai intérêt à être douée.

Je suis contente du résultat.

On entend un souffle lorsque chaque carte semble développer ses propres super pouvoirs en passant de ma main droite à la gauche dans un saut qui défie la gravité.

Felix et Vlad semblent impressionnés, ce qui est très bien, car la véritable partie impressionnante arrive juste après.

— Voyez qu'il me reste une seule carte dans ma main droite, dis-je en leur montrant la vérité de cette affirmation.

Dans ma main droite, je tiens une seule carte.

— Pas possible, murmure Rose dans mon oreillette.

Lentement, je retourne la carte en question et je révèle qu'il s'agit de celle que Vlad et Rose ont nommée ensemble : le sept de trèfle.

Rose crie quelque chose d'inintelligible.

Même s'il ne dit rien, Vlad semble très satisfait dans

le rétroviseur. Il doit aimer la preuve que Rose et lui ont une relation forte, même s'il sait comment je m'y suis prise – en supposant que j'ai raison de croire qu'il le sait.

Felix continue à fixer la carte. Son air satisfait « je sais comment tu as fait ça » habituel est absent, ce qui me donne envie de caqueter de joie.

— C'était super, dit Rose. Fluffster et moi le pensons tous les deux.

— Je suis d'accord, dit Vlad en sortant de l'autoroute.

D'un ton bien plus sérieux, il ajoute :

— Nous sommes presque arrivés.

Je range les cartes sans même prendre la peine de les remettre dans leur boîte. En sortant vite mon pistolet, je vérifie qu'il est bien chargé.

Suivant mon exemple, Felix joue avec les boutons de son arme de Gomorrah.

Un grand écran futuriste apparaît au-dessus de son pistolet : un écran qui ressemble à un hologramme de film de science-fiction.

Je me frotte les yeux.

L'écran transparent continue à flotter en l'air.

— Waouh, dis-je. Tu ne plaisantais pas. La technologie de Gomorrah est très en avance sur la nôtre.

— Oui.

Felix étudie son arme avec tant d'amour que Maya en serait jalouse.

— C'est ici.

Vlad montre un entrepôt délabré géant sur la droite.

Deux grands types portant des costumes se tiennent à l'entrée. Ils ressemblent à des clones des types ayant tenté de m'enlever lorsqu'Ariel et moi rentrions de la salle de sport, l'autre jour.

À vrai dire, il pourrait s'agir des mêmes.

Vlad passe le coin du bâtiment et gare la voiture.

— Je prends la tête de l'opération, dit-il en déverrouillant la porte et en passant à l'action.

Avec une vitesse surnaturelle, il disparaît derrière le coin du mur avant que Felix et moi soyons sortis du véhicule.

Je sors et je suis Vlad en courant, avec Felix qui souffle derrière moi.

Je passe le coin juste à temps pour voir les yeux de Vlad se transformer en bains de mercure réfléchissants lorsqu'il fixe les deux gardes.

— Vous avez sommeil, entends-je Vlad murmurer dans l'oreillette, les mots coulant de sa langue comme du miel. Très sommeil.

Vraiment ? L'hypnose est un domaine du mentalisme que je n'ai pas exploré, mais tout le monde connaît ce cliché.

Le vaudou ensorcelant de Vlad fonctionne parfaitement. Lorsque je le rejoins, les deux types font dodo sur le trottoir.

— Cela pourrait être plus facile que je le croyais, chuchote Felix en regardant son pistolet d'un air déçu.

— Ne nous porte pas malheur, dis-je à mon tour, même si je commence à espérer, moi aussi.

Il me suffit peut-être de laisser Vlad entrer dans la pièce et gérer l'amiral afin de contrer l'horrible vision.

Vlad tapote légèrement la porte apparemment verrouillée avec sa paume ouverte.

La porte s'ouvre brusquement vers l'intérieur, comme si une équipe du SWAT l'avait enfoncée au bélier.

Il entre.

— Je croyais que son espèce avait besoin d'être invitée pour pouvoir entrer, dis-je doucement à Felix, qui hausse les épaules.

— Je suppose qu'il ne s'agit pas de la maison de quelqu'un.

Nous suivons Vlad à l'intérieur.

Six autres sbires en costume s'y trouvent. Ils semblent tous surpris de nous voir, jusqu'à ce que Vlad les regarde dans les yeux.

— Dormez, dit-il de son même ton hypnotisant. Maintenant.

Les six hommes sont immédiatement catatoniques.

Cela se passe vraiment bien.

Nous enjambons les gardes endormis et nous marchons jusqu'à une porte où il est écrit « Entrée interdite ».

— C'est tellement illogique, marmonne Felix. S'il y a une porte, c'est bien pour permettre d'entrer.

— Oui, dis-je, pince-sans-rire. Cette porte paresseuse est presque une fenêtre.

D'un autre tapotement de la paume, Vlad prouve à la porte qu'elle peut autoriser l'entrée, en tout cas lorsqu'un vampire l'exige.

Lorsque la porte vole hors de ses gonds, une petite lumière rouge au-dessus s'allume pour nous montrer son mécontentement.

Mis à part cette lueur rouge, la pièce est plongée dans l'obscurité.

Felix clique sur son pistolet et l'écran holographique montre la pièce en mode de vision nocturne ultra haute définition.

Dix hommes de main aux teintes verdâtres s'étalent autour de nous. Ils sont armés de fusils d'assaut et portent des lunettes de vision nocturne.

Ils ont dû mettre cet équipement et couper la lumière afin de nous prendre par surprise.

— L'obscurité ou les lunettes vont-elles interférer avec les pouvoirs de Vlad ? dis-je en chuchotant à personne en particulier.

— Tu verras, chuchote Rose.

— Baissez vos armes, exige Vlad avec son ton hypnotisant.

Les hommes posent leurs pistolets.

— Évanouissez-vous, ordonne Vlad.

Ils obéissent immédiatement et nous entendons chuter dix corps.

Vlad marche jusqu'à deux grandes portes et il leur donne un coup de pied.

Les portes s'ouvrent en glissant vers le haut et Vlad entre.

Felix et moi échangeons un regard impressionné en le suivant.

La nouvelle pièce est également sombre, mais grâce au pistolet de Felix, je vois tout très clairement.

Cependant, voir et comprendre ce que je vois sont deux choses très différentes.

La douzaine d'hommes armés ici ne ressemblent pas aux autres. Pour commencer, aucun d'entre eux n'a l'air russe. À la place, ces hommes sont un melting-pot de criminels que l'on s'attend à voir sur les affiches d'hommes recherchés partout dans le monde. Ils ne portent pas non plus de costume formel, et le plus bizarre est bien leur tenue.

Ils portent des blouses d'hôpital. Le genre de blouses d'hôpital qui laissent votre derrière à l'air libre. Et ils ne portent rien dessous, pas même les chaussons d'hôpital habituels.

Et enfin, ils portent tous des lunettes de soleil. Pas même des lunettes de soleil classes, mais des lunettes pas chères… dans une pièce complètement obscure.

L'écran du pistolet de science-fiction invente-t-il cela ?

— Baissez vos armes, leur ordonne Vlad.

Ils ne font pas ce qu'il leur dit.

Je cligne des paupières, perplexe.

Dans une chorégraphie étrange, chacun de ces hommes excentriques lève le pistolet en visant directement la tête de Vlad.

CHAPITRE VINGT-SIX

L'ADRÉNALINE dans mon corps me force à me concentrer.

— Tire! crié-je à Felix en visant le type en blouse d'hôpital le plus proche avec mon propre pistolet.

Nom de code Blouse Un.

J'entends un cri horrifié dans mon oreillette.

Soit c'est Rose, soit c'est une banshee avec des poumons de plongeuse.

Faisant de mon mieux pour ignorer le bruit, je tire sur la gâchette.

Toutes les Blouses ont dû tirer en même temps : le bruit qui en résulte est assourdissant.

Blouse Un frappe le sol, mais essaie de se traîner. Je ne dois pas l'avoir gravement blessé. Malgré tout, ce n'est peut-être pas une très bonne idée de leur donner des numéros.

À mon grand soulagement, la tête de Vlad ne ressemble pas à une passoire : il a dû anticiper les coups de feu, car il bouge en un mouvement flou sur l'écran du pistolet de Felix.

La vitesse de Vlad est-elle trop élevée pour la caméra de vision nocturne, ou bien donne-t-il une leçon de vitesse à Flash ?

En filant près d'une Blouse, Vlad lui arrache la tête comme s'il exécutait une « Fatality » dans le jeu *Mortal Kombat*. Puis il écrase la tête de Blouse Un qui rampait toujours.

Le craquement d'os et de peau qui se déchire est le bruit le plus dégoûtant que j'ai jamais entendu.

Oui. Je ne vais surtout pas leur donner des numéros. Les têtes de ces Blouses immunisées contre le sort du vampire sont aussi détachables et écrasables que celles d'une personne normale.

Ou peut-être pas.

Celui qui a eu la tête arrachée continue à essayer de griffer Vlad, alors que le sang gicle de son cou comme l'eau d'une borne à incendie cassée.

Comment ce type peut-il bouger après avoir perdu la tête ? Est-ce un zombie ? Est-ce pour cela qu'il porte une tenue d'hôpital ?

Non. Les zombies que j'ai croisés ne saignaient pas autant… et ils avaient une odeur très particulière.

S'agit-il simplement de biologie ? Il y a bien cette histoire de poulet qui court quand sa tête a été coupée. Les gens peuvent-ils faire de même ?

Les cris de banshee dans mon oreillette s'intensifient et j'envisage de me débarrasser de la chose pour que cela s'arrête.

Vlad jette le type sans tête contre le mur. Il glisse et tombe sur le sol, immobile, mettant fin à la scène étrange.

Je suis certaine que Felix est sur le point de s'évanouir.

Même moi, qui ne suis pas très sensible, je me sens un peu étourdie par le carnage.

Cependant, Felix me surprend. Au lieu de s'évanouir, il tire sur un des sbires qui me visent.

Le pistolet de Gomorrah bipe doucement, mais ne semble émettre aucun projectile. Cependant, une sorte de rayon laser apparaît sur l'écran holographique et frappe la poitrine de la cible de Felix.

La Blouse s'effondre immédiatement, ce qui est intéressant. Le pistolet de Gomorrah doit être plus efficace qu'une décapitation.

Pendant ce temps, Vlad tourbillonne près de cinq autres Blouses et arrache cinq autres têtes, puis il frappe les corps sans tête sur le sol.

L'air s'emplit de l'odeur cuivrée du sang et de la mort.

Nos assaillants ne doivent pas être Conscients. Vlad a dit qu'il n'allait en tuer aucun, alors qu'il a bien tué ceux-ci.

Constatant que Vlad est une cible trop mouvante, une Blouse dans le coin de la pièce pointe son arme sur Felix.

Encore une fois, l'adrénaline dans mon sang semble m'aider à me concentrer.

Je vois que Vlad n'arrachera pas la tête de celui-ci à

temps, alors je lève mon pistolet et je tire sur la gâchette.

Le coup de feu est si bruyant que je me demande si nous avons tiré en même temps.

Le cri paniqué dans mon oreillette est rejoint par ce qui ressemble à un chat blessé.

Peut-être même un chat qui prend un bain.

Le type tombe sur le sol, sa blouse trempée de sang. Il essaie de ramper vers moi pendant un moment, avant de se détendre pour toujours.

Je dois avoir touché son cœur.

Je fixe l'homme mort sans ciller, puis je regarde mes mains qui serrent le pistolet.

Il s'agit du premier humain que j'ai tué.

En supposant qu'il était humain, même si cela ne devrait pas avoir d'importance, puisque tout être doué de sensations mérite autant de vivre, et ces types ont plus ou moins l'air d'être doués de sensations.

Je suis choquée de ressentir si peu de remords.

L'adrénaline m'engourdit-elle ?

Ce qui est pire, c'est que je me sens prête à nous défendre davantage. Je vais en tuer autant que nécessaire pour accomplir mon objectif.

Ai-je été une sociopathe pendant tout ce temps sans m'en rendre compte ? Ou bien ai-je transformé les types vêtus de blouses d'hôpital en monstres dans ma tête ? D'un niveau purement logique, je ne vois pas le problème dans ce que j'ai fait : il s'agissait d'un simple cas d'autodéfense.

Quoi qu'il en soit, cela n'a pas d'importance. S'il le

faut, je pourrais faire des séances de thérapie avec Lucretia plus tard. L'objectif est de survivre assez longtemps pour avoir besoin de cette thérapie.

Avec une fascination horrifiée, je regarde Vlad arracher les têtes restantes des épaules de leurs propriétaires.

Felix scrute la pièce avec son écran, comme pour confirmer qu'il n'y a plus de danger.

Tous les types en blouses d'hôpital sont achevés.

Les cris de Rose cessent dans mon oreillette.

En levant la tête de son écran, Felix se couvre théâtralement la bouche avec la paume de la main, comme s'il était sur le point de vomir. Puis il tombe brusquement, sans aucun signe avant-coureur.

Mon cœur se fige.

La balle du dernier type a-t-elle malgré tout touché Felix ?

CHAPITRE VINGT-SEPT

JE SORS mon téléphone et je l'utilise comme une torche afin d'examiner mon ami.

Je ne vois pas de sang, son pouls est normal et il respire de façon régulière.

— Il a fini par s'évanouir, dis-je en chuchotant, soulagée.

— Le pauvre, répond Rose d'une voix éraillée. Il est vrai que Vlad n'y est pas allé de main morte.

— C'est l'euphémisme du siècle, dis-je en regardant le massacre autour de moi.

Reportant mon attention sur Felix, je lui mets une claque.

Il ne revient pas à lui.

— J'aurais dû apporter des sels.

— Ou le laisser à la maison, répond Rose.

— Laisse-moi essayer, dit Vlad en se penchant au-dessus de Felix.

Son regard devenant réfléchissant, Vlad ouvre les

paupières de Felix et fixe les yeux de mon ami.

— Debout, ordonne Vlad.

Felix s'agite.

— Bon travail, dit Vlad en se relevant.

— Laissez-moi juste un petit moment, articule Felix d'une voix rauque. Sasha, peux-tu vérifier si tous les ennemis sont morts ?

Il plaisante ou quoi ?

Comment pourrait-il y avoir quelqu'un en vie ?

Je comprends alors. Felix veut sûrement un peu d'intimité pour essuyer sa bave ou autre chose d'aussi gênant.

En enjambant des têtes décapitées et des flaques de sang, je me dirige vers le seul type qui ne possède aucune blessure apparente : celui qui a été frappé par le pistolet de Gomorrah.

Pas de pouls, pas de respiration.

Le pistolet de Gomorrah doit envoyer une espèce de rayon de la mort. C'est inquiétant, mais c'est l'arme parfaite pour la sensibilité délicate de Felix.

— Tout va bien ? lui dis-je sans me retourner.

— La pêche, répond Felix d'une voix plus forte qu'avant. Nous devrions continuer.

Je me retourne juste à temps pour voir Vlad retirer sa main de l'épaule de Felix.

— Es-tu certain de vouloir continuer ? lui dis-je en m'approchant d'eux. Si tu t'évanouis au milieu de…

— Ça n'arrivera plus, dit Felix en serrant les poings d'un air déterminé. Allons-y.

Il marche vers la porte suivante.

Vlad et moi échangeons des regards impressionnés.

Felix agite la poignée de la porte.

Elle ne bouge pas.

Felix y donne un coup de pied, comme le font les policiers dans les séries télé. Moqueuse, la porte reste en place, mais Felix pousse un cri de douleur en marmonnant des jurons en russe.

— Laisse-moi faire ça, dit Vlad en tapotant légèrement la porte comme il le fait depuis le début.

La porte s'ouvre brusquement comme si elle n'avait jamais été fermée.

— Avant de continuer, puis-je poser une question au sujet de ces cris horribles dans mon oreille ? C'était presque plus effrayant que les Blouses.

Vlad lève un sourcil.

— Les blouses ?

— Je parie qu'elle parle des hommes en tenue d'hôpital, dit Felix nerveusement, essayant clairement de ne pas penser au massacre des dites blouses derrière nous.

— Je m'excuse pour tous ses cris, intervient Rose dans l'oreillette. Quand j'ai entendu les coups de feu et que j'ai vu…

— C'était un peu difficile de se concentrer, ma chérie, dit Vlad avec douceur. Penses-tu pouvoir te retenir la prochaine fois ?

— Je vais essayer de me contrôler. J'ai même fait peur à Luci.

Il me semblait bien avoir entendu un chat parmi les autres bruits.

— Il suffit de tapoter l'oreillette pour la mettre sur silencieux ou la rallumer, suggère Felix avec un peu trop d'insistance. Je mettrai également les micros de nos webcams sur silencieux, afin que tu n'entendes pas les coups de feu.

Felix envoie des arcs d'électricité vers nos caméras.

— Nos oreillettes sont déjà sur silencieux.

Il tapote la sienne et j'entends des bruits parasites.

— Vous voyez ?

Sa voix résonne dans la salle et dans mon oreille. Il appuie à nouveau sur son oreillette et les bruits de friture disparaissent.

— Je vois, dit Rose.

J'entends des parasites dans mon oreille, et après une pause, cela recommence.

— M'avez-vous entendu ? demande Rose.

— Non, répond Felix. On dirait que tu as compris.

La friture reprend et l'oreillette redevient agréablement silencieuse.

Vlad me jette un regard qui semble signifier : « Et dire que tu voulais prendre Rose avec nous. »

Je suis tentée de répondre : « C'est elle qui voulait venir. Je ne l'aurais jamais prise avec nous… encore moins maintenant. »

Nous entrons dans la nouvelle salle en silence et je me sens tout de suite mal à l'aise.

Il y a une lumière rouge de l'autre côté de la pièce.

— Encore une porte paresseuse ? marmonne Felix.

— Dommage que l'on ne puisse pas mettre les

bouches de certaines personnes en mode silencieux, chuchote Vlad.

Je les ignore, car mes prémonitions atteignent des sommets et l'adrénaline m'aide à rassembler les pièces du puzzle en un éclair de compréhension.

— À terre, maintenant !

CHAPITRE VINGT-HUIT

AGISSANT en accord avec mes paroles, je me laisse tomber en position de pompe au sol.

Vlad fait de même, bougeant si vite qu'on dirait un effet spécial dans les films.

Felix suit, grognant en frappant le sol. Son atterrissage n'a pas été aussi gracieux que le mien.

Au même instant, nous entendons des bruits de mitraillette, comme une batterie de *heavy metal* des enfers.

Heureusement que Rose est en silencieux maintenant. Si moi j'ai envie de crier, elle est sûrement en train de réveiller les morts avec ses hurlements de panique.

Felix lève son pistolet comme un périscope. L'écran montre la porte et le mur derrière nous couverts de trous.

Je ravale mon cœur dans ma poitrine et j'échange un regard sombre avec Felix.

Si nous ne nous étions pas baissés à temps, nous serions morts… et même Vlad aurait été dérangé.

Mais alors, aurais-je pu mourir ici, et non pas à cause du couteau de l'amiral dans ma gorge comme prévu par ma vision ?

C'est possible.

En parlant à tout le monde de ma vision, je peux avoir créé un de ces effets papillon et changer l'avenir que j'ai vu.

— Je les aurais quand ils rechargeront, crie Vlad dans mon oreille par-dessus le bruit. Couvrez-moi !

Les mitraillettes continuent à tirer, alors je dois crier dans l'oreille de Felix :

— Prépare-toi à le couvrir en tirant dès que…

Les coups de feu cessent.

Vlad bouge dans un mouvement flou.

Je tire dans l'obscurité… visant principalement là où Vlad ne devrait pas se trouver.

Felix suit mon exemple, tirant dans la direction vague de nos ennemis.

Avant que je puisse tirer à nouveau, j'entends les bruits de moelles épinières arrachées, suivies par des flots de sang comme des jets de pistolet à eau d'un enfant un peu trop enthousiaste.

L'horrible odeur de cuivre revient, alors je regarde Felix à la recherche de traces d'évanouissement.

Il semble au contraire très déterminé.

— La voie est libre, dit Vlad en sortant de nulle part.

Nous nous levons, nous courons vers la lueur rouge et nous examinons le carnage.

Toutes ces balles provenaient encore d'autres blouses. D'après les morceaux de corps disséminés, il devait y en avoir sept... sauf si une des têtes a roulé dans l'obscurité.

Ce que j'ai pris pour des mitraillettes s'avère être des fusils d'assaut AK-47... non pas que cela aurait été moins mortel si nous ne nous étions pas couchés sur le sol.

— C'est pour ça que Darian a appelé, dis-je d'une voix hésitante en expliquant ce que j'ai compris plus tôt. C'est la lumière rouge dont nous devions nous méfier.

Je montre la lampe au-dessus de la porte d'entrée interdite que les types morts ont criblée de balles.

— Son imitation de Star Wars était un conseil pour *moi*. Darian voulait que je fasse confiance à mon intuition de voyante... qui m'a alertée dès que nous sommes entrés dans cette pièce.

— Ça correspond, dit Felix d'une voix à peine audible. Apparemment, nous n'aurions pas eu d'accident au feu rouge, comme l'a maintenu Vlad.

Nous entendons un bruit de parasites.

— Darian aurait pu simplement dire : « attention aux AK-47 en entrant dans telle pièce », grogne Rose dans mon oreille. C'est Fluffster qui se plaint, et je suis d'accord avec lui.

— Les voyants, dit Vlad d'un ton exaspéré. Ils sont pénibles.

Je choisis de ne pas être offensée et à la place, je me

demande si je dois échanger mon pistolet pour un fusil d'assaut.

— Ils n'ont plus de munitions, répond Vlad lorsque je partage mon idée avec lui.

— Merde.

J'examine le fusil à mes pieds avec déception.

— Je n'ai qu'un seul chargeur.

Vlad hausse les épaules lorsqu'un sifflement nous informe que Rose est de nouveau en silencieux.

Je fais un calcul mental rapide. Il me reste treize balles sur quinze, ce qui n'est pas si terrible.

— Dois-tu vraiment mettre autant de bazar ? dis-je à Vlad, essentiellement pour détendre l'atmosphère. Felix essaie de ne pas s'évanouir.

Avant que Vlad puisse répondre, des lampes halogènes s'illuminent dans la pièce à côté.

Quelqu'un a décidé que l'obscurité n'est pas un avantage contre nous, finalement.

Nous échangeons des regards sombres et nous entrons prudemment dans la pièce illuminée de la taille d'un stade.

— Quoi ? demande Felix, articulant exactement ce que je pense.

La salle est remplie de lits d'hôpital. Des centaines. Sur chaque lit se trouve une Blouse branchée sur intraveineuse, avec une sonde d'alimentation dans le nez et des lunettes de soleil sur les yeux.

— Que des hommes, dis-je à voix basse. Ce n'est pas un employeur appliquant l'égalité des chances. Enfin, en supposant que les Blouses sont employées pour rester sur un lit d'hôpital.

J'entends soudain un bruit de friture dans mon oreillette.

— C'est peut-être ici que Baba Yaga garde ses sbires blessés ? suggère Rose. Cependant, ça n'explique pas comment ceux qui vous ont tiré dessus se promènent.

Les bruits parasites se font encore entendre.

— Quelle taille fait leur organisation s'ils ont autant de blessés dans leurs opérations quotidiennes ? répond Felix. Sauf s'ils sont en guerre avec plusieurs autres gangs ?

Les bruits parasites reprennent.

— Fluffster pense que cette pièce ressemble à un hôpital abritant les conséquences d'une guerre entre plusieurs gangs, dit Rose, et je suis d'accord avec lui.

Encore des bruits de friture et l'oreillette de Rose devient silencieuse.

Ces bruits pourraient devenir aussi irritants que ses cris.

Vlad arrête de marcher et fixe le coin opposé de la pièce, dans une posture soudain tendue.

Un homme mince et dangereusement beau avance à toute vitesse vers nous. Ses cheveux noirs à hauteur des épaules volent derrière lui pendant qu'il glisse dans notre direction, et ses yeux verts comme le marbre scintillent de malice.

Je m'arrête brusquement.

— C'est Koschei. Le lieutenant de Baba Yaga.

Des bruits de friture.

— Es-tu certaine qu'il travaille pour elle, et pas l'inverse ? demande Rose. Fluffster prétend que Koschei apparaît dans autant de contes de fées russes que Baba Yaga.

— Je sais qui il est et ce qu'il est, dit Vlad d'un air grave en se plaçant devant nous. Vous devez courir. Tout de suite.

— Où ?

Je regarde autour de moi. L'espace géant possède de nombreuses portes.

— Utilise ton pouvoir pour le découvrir.

Vlad avance de façon floue dans la direction de Koschei.

J'hésite, ne souhaitant pas laisser notre allié se battre seul. Étant donné son aura du Mandat, Koschei fait clairement partie des Conscients, et Vlad a promis de ne pas tuer les nôtres, ce qui donnera un énorme avantage à Koschei dans ce combat.

Comme je n'ai pas fait de telle promesse, je pointe mon pistolet vers Koschei et du coin de l'œil, je vois Felix faire de même. Comme moi, Felix a dû se rendre compte que nous pouvons tirer sur Koschei avant que Vlad ait besoin de s'occuper de lui. J'espère seulement que Felix sait également que nous aurons des problèmes avec le Conseil si nous réussissons.

Je tire.

Rose pousse un cri de cochon poignardé. Elle a manifestement oublié de mettre son engin en mode muet.

Ma balle frappe Koschei dans la poitrine.

L'homme mince ne ralentit même pas.

Felix tire ensuite.

Sur l'écran de son pistolet, le tir touche la tête de Koschei, mais cela ne le ralentit pas non plus.

En un clin d'œil, Vlad et Koschei se font face comme deux coqs prêts au combat.

Je baisse mon arme, car je risque de tirer sur Vlad.

Koschei donne un coup de poing dans le torse de Vlad, et le vampire glisse en arrière de plusieurs mètres à cause de l'impact, mais il reste debout.

Je vise Koschei, mais Vlad bondit vers lui avant que je puisse tirer.

En bougeant comme dans une vidéo sur avance rapide, Vlad parcourt la distance et frappe son adversaire au visage.

La tête de Koschei part en arrière comme si elle avait rencontré les poings de Mike Tyson et de Muhammad Ali en même temps... ce qui n'est pas surprenant quand je pense à ce qui est arrivé aux portes que Vlad a simplement tapotées.

En bougeant encore plus vite, Vlad fonce derrière Koschei étourdi et lui fait une cravate.

Avec un craquement, la tête de Koschei se tourne dans une direction pas du tout naturelle : s'il pouvait regarder vers le bas, il verrait son dos.

Vlad lâche son adversaire maintenant immobile, et Koschei tombe sur le sol comme un sac de patates pourries.

— On repassera pour le fait de ne pas tuer d'autres

Conscients, maugréé-je tout en regardant l'aura de Koschei clignoter puis disparaître.

— Que faites-vous encore ici ? demande Vlad sans lever les yeux du corps de l'homme mort devant lui. Je vous ai dit de...

Un éclair d'énergie violette entoure Koschei, et lorsqu'elle se dissipe, son aura du Mandat est revenue.

CHAPITRE VINGT-NEUF

JE RÉSISTE à l'envie de me frotter les yeux.

La tête qui était tordue vers l'arrière une seconde auparavant se retourne avec un craquement dégoûtant. Une balle tombe ensuite du torse de Koschei et frappe le sol avec un claquement métallique.

— Était-ce ma balle ? m'enquis-je, incrédule. Et vient-il de revenir à la vie ?

— Ils ne l'appellent pas Koschei l'immortel pour rien, chuchote Rose dans mon oreille. Tu ferais mieux de partir. Vlad sera sûrement occupé pendant un moment, et il faut sauver Ariel.

Cette fois, j'entends les bruits parasites.

Bien. Elle n'a pas oublié de se remettre sur silencieux.

Avant que je puisse répondre, Koschei se relève, ses mouvements rappelant étrangement le Nosferatu des films anciens se levant de son cercueil.

N'est-ce pas plutôt le rôle de Vlad ?

Dès que Koschei est debout, il envoie un poing vers Vlad. Vlad évite le coup, attrape le poignet de son adversaire et casse son bras en deux.

Mon attention est attirée par quelque chose dans ma vision périphérique.

Un des sbires en blouse a dû sortir de son coma, car il est assis dans son lit. En bougeant avec des gestes brusques, il arrache l'intraveineuse de son bras. Puis, ignorant apparemment le sang qui s'écoule de son bras, il arrache la sonde d'alimentation de son nez et pose ses pieds nus sur le sol.

Même si ses yeux sont cachés par les lunettes de soleil, il semble regarder dans ma direction.

Dans un lit adjacent, un autre type vêtu d'une blouse fait la même chose, sauf que lorsqu'il est debout, il court dans la direction de Vlad.

— Vlad, attention ! Felix, allons-y.

J'attrape Felix par le bras et je l'entraîne avec moi lorsque je me mets à courir.

L'adrénaline dans mon corps semble améliorer mon intuition. J'obtiens la certitude de la porte qu'il faut prendre, sauf que malheureusement, il s'agit d'une des plus éloignées.

Des pieds nus frappent le sol derrière nous.

Je me tourne et je vois le premier larbin à s'être levé nous pourchasser. Je lui tire dans le torse.

Il tombe, mais deux autres sbires se lèvent de leur lit d'hôpital devant nous, leurs ongles de pieds raclant le sol en ciment.

Je tire sur l'un d'entre eux et Felix s'occupe de l'autre.

En jetant un coup d'œil à Vlad, je vois qu'il arrache une jambe de son attaquant en blouse d'hôpital et qu'il assomme Koschei avec.

Koschei chancelle et Vlad bondit sur lui avant de lui arracher le cœur.

Littéralement.

D'une façon ou d'une autre, le type qui a perdu sa jambe doit avoir une tolérance à la douleur assez élevée et être immunisé contre la perte de sang, car ça ne l'empêche pas d'essayer de griffer Vlad depuis le sol. Vlad lui jette le cœur de Koschei, puis il poursuit par quelques coups de pied dévastateurs qui transforment l'homme en un tas de chair.

Exactement au même moment, l'aura de Koschei s'estompe lorsque son corps s'affaisse sur le sol.

Une seconde plus tard, il est à nouveau entouré par le scintillement pourpre et cette fois, je sais qu'il ne restera pas à terre longtemps.

— Ne regarde pas là-bas, avertis-je Felix en détournant moi-même les yeux. Vlad fait son truc.

Felix ne regarde que la porte et nous accélérons.

Un couple de Blouses aux derrières nus nous barre la route, et nous leur tirons dessus presque en même temps.

La Blouse de Felix s'écroule.

Celui que j'ai visé perd une partie de son visage, mais continue à courir vers nous.

Je lui tire encore dessus, tout comme Felix.

L'homme s'effondre.

Que sont-ils ? Et s'ils sont humains, qu'y a-t-il dans ces intraveineuses ? De la méthamphétamine pure ?

En sautant au-dessus des deux corps, Felix atteint la porte le premier, tire sur la poignée et grogne de frustration.

— Elle est fermée à clé.

Dois-je tirer sur le verrou ?

Il me reste neuf balles, mais même sans mes pouvoirs, je pense avoir besoin de chacune. Il y a des centaines de lits d'hôpital dans cette seule pièce, et chaque corps sur un lit représente une menace potentielle.

— Couvre-moi, dis-je à Felix et sans attendre de voir s'il le fait, je sors les crochets de serrure de ma langue et je m'affaire sur le verrou.

La porte s'ouvre rapidement, mais Felix doit quand même abattre plusieurs assaillants le temps que je force la serrure.

Nous passons par la porte et nous nous trouvons dans un long couloir.

Un sbire en blouse entre dans le couloir derrière nous, prend un rayon mortel du pistolet de Felix dans la tête et tombe.

Un autre prend sa place, et Felix et moi nous le visons.

La porte de l'autre côté du couloir s'ouvre en crissant, alors je laisse Felix s'occuper de l'autre assaillant et je tourne les talons pour affronter cette nouvelle menace.

Comme je le craignais, une autre Blouse arrive par ce côté du couloir.

— Dos contre dos, dis-je en appuyant mon dos en sueur contre celui encore plus humide de Felix.

Les muscles du dos de Felix se contractent et le pistolet de Gomorrah émet un petit bip.

Je lève mon arme.

Le type devant moi accélère.

N'ayant pas le temps de viser, je pointe l'arme vers lui et je tire sur la gâchette.

La balle frappe mon attaquant dans l'œil. Ce qui reste de ses lunettes de soleil vole sur le côté, révélant quelque chose d'étrange.

L'œil sur lequel j'ai tiré a disparu, ce qui est dérangeant, mais compréhensible. Cependant, je ne sais pas pourquoi l'autre œil semble être rempli d'énergie noire. Il n'y a pas du tout de blanc dans son œil.

Il continue à courir.

Comment ce type peut-il voir où je me trouve avec des yeux pareils ?

D'ailleurs, comment fait-il pour continuer à courir ?

N'attendant pas une réponse de l'univers, je tire encore une fois.

La balle touche sa jambe.

Du sang gicle de sa blessure, mais mon attaquant continue à avancer… en boitant maintenant.

Je tire encore une fois frénétiquement sur la gâchette.

Cette balle le frappe à l'estomac et traverse ses

intestins. Certains sortent de son ventre, mais il continue à venir vers moi, laissant un chemin sanglant derrière lui.

En poussant un soupir, je tire.

Pas de nouvelle blessure.

L'adrénaline concentre toute mon attention sur ma visée. Le couloir semble se transformer en tunnel lorsque je fais appel à tous mes entraînements au tir récents, pointant le pistolet vers l'endroit où j'espère que se trouve son cœur.

Je tire encore.

CHAPITRE TRENTE

JE M'ATTENDS PRESQUE à ce que les cris au son coupé de Rose portent de Manhattan jusqu'à Brooklyn. Mais je projette peut-être mes propres sentiments sur elle. J'aimerais beaucoup hurler à pleins poumons, mais je me retiens.

La Blouse tombe avec une nouvelle tache rouge au milieu de sa tenue.

J'attends un instant pour voir s'il va se lever, comme Koschei.

Il reste mort.

Le pistolet de Felix émet un autre bip : il a dû tirer sur une autre cible.

— Allons-y ! lui crié-je en me précipitant vers le bout du couloir.

Son dos collé au mien, Felix me suit, ne s'arrêtant que trois fois pour tirer.

Depuis le couloir, nous entrons dans une petite pièce.

Felix frappe la porte derrière nous pour la fermer, tourne les talons et tire sur une Blouse qui court vers nous depuis le coin sud de la pièce.

Sans hésitation, je prépare mes crochets de serrure et je travaille sur la porte en espérant que la verrouiller est simplement l'inverse de la crocheter pour l'ouvrir.

J'entends le bruit sourd d'un corps tombant sur le sol.

Je parviens à coincer le verrou.

J'entends immédiatement des ongles de Blouse griffer l'autre côté de la porte.

— Ça ne tiendra pas longtemps, dit Felix. Où allons-nous maintenant ?

En dehors de la porte que je viens de verrouiller, il y en a trois autres.

Mon intuition augmentée par l'adrénaline me conduit jusqu'à celle qui se trouve le plus sur la droite.

Felix me suit.

Juste au moment où j'atteins la porte, l'angoisse me prend comme un raz-de-marée. Et ce n'est pas l'angoisse habituelle des appels de Baba Yaga. C'est plus ciblé et clairement associé à la pièce derrière cette porte.

En mettant cette sensation sur le côté, je tourne la poignée, mais je découvre que la porte est fermée à clé.

La porte du couloir craque comme si elle allait se rompre à n'importe quel moment.

J'utilise mes crochets de serrure pour vaincre la serrure sans faire de bruit. En travaillant, la proximité de la foutue porte me glace les entrailles.

C'est ici qu'ils doivent détenir Ariel, et l'angoisse psychique doit être causée par ma vision.

Elle est sur le point de se réaliser.

— Si j'entre dans cette pièce, je suis morte, dis-je en marmonnant, en m'adressant surtout à moi-même.

— Alors, ne le fais pas, dit Felix. Nous entrerons ensemble. Tu étais seule dans ta vision : maintenant, nous sommes deux.

Dès que j'enregistre sa proposition, l'intensité de l'angoisse diminue.

Cela signifie-t-il qu'il a raison ?

Stratégiquement, il est plus logique de laisser Felix ici dans le couloir pour gérer les ennemis sur le point de franchir la porte, mais sa présence mettrait un grain de sable dans ma vision.

Pourtant, quelque chose dans sa proposition d'entrer ensemble me dérange. En fait, une intuition similaire à ce que j'ai vécu sur la route m'indique que c'est une très mauvaise idée.

Comme j'essaie de faire confiance à mes pouvoirs, je ne peux pas ignorer de telles sensations.

Mais si nous n'entrons pas ensemble, que faisons-nous ?

Felix doit-il entrer seul ?

Non, cela génère une angoisse encore pire.

Bon sang.

L'indécision me tue.

Ariel se trouve juste derrière cette stupide porte et Vlad se bat pour survivre là-bas.

Si seulement je pouvais avoir une vision de ce qui

arrivera si Felix et moi entrons ensemble… ce qui est apparemment notre meilleur plan d'action pour le moment. Mais une vision nécessiterait que je médite au milieu de toute cette folie. Il me serait sans doute plus facile de me faire pousser une queue.

D'un autre côté, le bannik a dit qu'il y avait d'autres façons de rassembler la concentration mentale requise…

C'est alors que je suis frappée par une idée comme par un coup de poing de Vlad.

Les périodes répétées de réflexion poussée dont j'ai profité pendant ce sauvetage, celles que j'ai attribuées à l'adrénaline… n'étaient pas du tout dues à l'adrénaline.

Du moins, pas à l'adrénaline seule. C'est le Focusall : le médicament conçu pour se sentir exactement ainsi. Si j'avais eu un peu de temps pour réfléchir, je l'aurais compris plus tôt. J'ai pris un médicament et il fait maintenant pleinement effet.

J'inspire profondément avant de souffler.

Le bannik avait-il raison ? Existe-t-il d'autres moyens d'obtenir la concentration nécessaire pour une vision ?

Et surtout, puis-je utiliser la concentration de ce médicament ?

— Donne-moi une minute, dis-je à Felix en fermant les yeux.

Écartant tous les bruits et les pensées concernant ma fin imminente, je stabilise ma respiration.

Il y a tant de choses qui peuvent m'empêcher de réussir : comme le fait que j'ai déjà eu une vision aujourd'hui, même si elle était courte. Je n'ai encore jamais réussi à atteindre l'espace mental deux fois dans la même journée, mais je n'en tiens pas compte et je ralentis encore ma respiration.

Maintenant que je sais qu'il est en moi, je peux sentir le médicament dans mon corps. La recherche de mon « centre » qui prend en général plusieurs minutes de méditation se trouve juste hors de ma portée.

Mes paumes deviennent très chaudes.

— Ça va ? demande Felix en perturbant tout.

Je résiste à l'envie de l'étrangler.

— Mon vieux, il me faut quelques secondes de silence. Je veux évoquer une vision afin de savoir ce que nous devons faire ensuite, mais je ne peux le faire que si je me concentre… et encore.

— Je suis désolé. Je pensais simplement que c'était évident que nous allions entrer ensemble.

— C'est ce que nous ferons, dis-je. Une fois que j'aurais terminé. Plus vite tu me laisses me concentrer, plus tôt nous pourrons continuer.

— Très bien.

Il regarde son téléphone.

— Tu as deux minutes.

Je l'ignore et je referme les yeux en essayant de me concentrer.

Ma respiration se stabilise à nouveau et mon esprit se vide encore plus vite, mais je n'obtiens aucun résultat en cherchant la concentration spéciale nécessaire pendant quelques secondes.

Je détends encore ma respiration et je laisse partir mes inquiétudes au sujet de l'échec.

Mes paumes se réchauffent et avant que je puisse perdre ma concentration, des éclairs explosent dans mes yeux.

CHAPITRE TRENTE-ET-UN

JE FLOTTE dans l'espace mental pendant un moment, comme si j'essayais de reprendre un souffle inexistant. Puis je porte mon attention sur les formes qui m'entourent.

Ce sont les octaèdres arrondis chauds, violets et au goût de pop-corn qui m'ont précédemment apporté la vision de ma mort.

Comme c'est gentil de leur part de se trouver exactement là où j'en ai besoin !

Felix avait sans doute raison en pensant que les visions dont j'ai besoin correspondent aux toutes premières formes que je rencontre en arrivant. Si c'est bien le cas, comment cela fonctionne-t-il ? Comment savent-elles que j'ai besoin d'elles ?

Mettant pour l'instant de côté mon analyse métaphysique de l'espace mental, je remarque que ces formes sont subtilement différentes des précédentes.

En fait, même leur musique est légèrement moins menaçante que la dernière fois.

— Je ne quitterai pas l'espace mental avant d'avoir vu ça, dis-je mentalement, comme je l'ai fait la fois précédente, au cas où un ultimatum m'aiderait.

En me souvenant de cette excursion, je décide qu'il me faut déterminer la durée de ma vision.

Si je dois avoir une deuxième vision en un jour, il faut qu'elle soit courte. Pourtant, si elle est trop courte, elle pourrait être aussi inutile que la vision dans laquelle j'ai vu mon nom écrit en russe... et rien d'autre.

Non.

La vision doit être au moins aussi longue que celle dans laquelle je suis morte.

Ainsi décidée, je zoome sur les formes.

En remontant des manches imaginaires, je tends mon appendice nébuleux en souhaitant qu'il touche la forme la plus proche.

Cela ne fonctionne pas, mais ça m'est déjà arrivé, alors je recommence.

Et encore.

Et cinquante fois de plus.

Ai-je atteint ma limite quotidienne finalement ?

Je m'étire.

Une fois.

Deux fois.

Au troisième essai, une espèce de glace métaphorique se brise et je tombe dans la forme, comme Alice dans le pays des merveilles.

Felix place la main sur la poignée et ouvre la porte d'un air décidé.

Je pose ma main sur son épaule pour l'empêcher d'entrer sans moi. En me souvenant de la dernière vision, je vérifie l'heure sur mon téléphone. Il est 15h27. Il était 15h24 la dernière fois, ce qui est bon signe. Plus il y a de différences entre la vision et la réalité, mieux c'est.

En hochant la tête vers Felix, je lâche son épaule.

Nous entendons le craquement d'une porte qui cède derrière nous. En nous retournant, nous voyons une horde de Blouses qui se déverse dans la pièce.

Nous les ignorons et nous entrons en trombe dans la salle que je viens de déverrouiller.

Felix ferme la porte à clé derrière nous et je vérifie que la salle géante sans fenêtre entièrement vide est bien celle que j'ai vue dans ma vision.

C'est le cas, et Ariel est assise au milieu, en train de manger sa soupe.

Nous ne faisons pas attention à elle cependant, et nous pointons nos armes vers la gauche : c'est l'endroit où se trouvait l'amiral dans ma vision.

Les muscles gonflés sous son marcel, l'amiral se trouve exactement à l'endroit prévu.

Malheureusement, c'est également le cas de son couteau.

Je pointe mon pistolet vers le front de l'amiral et je tire sur la gâchette.

Une lueur de l'écran holographique m'informe que Felix a également pointé son pistolet de Gomorrah vers l'amiral. Notre adversaire jette son couteau juste au moment où je tire sur la gâchette.

Le pistolet de Felix émet le petit bruit qui indique un tir.

L'épaule de l'amiral se couvre de sang, prouvant encore une fois que le futur aime suivre certains schémas.

Il m'a fait rater mon tir exactement de la même façon.

Cependant, cette fois l'amiral ne crie rien d'incohérent en russe.

À la place, il tombe raide mort.

Gagné. Le pistolet de Felix a encore frappé.

Mais qu'en est-il du couteau ?

Je suis en vie, alors il ne doit pas se trouver dans ma gorge.

Non, une seconde…

J'entends un gargouillis horrible à côté de moi.

Abattue, je regarde Felix.

Il a posé les mains sur la fontaine de sang qui gicle de son cou en tombant à genoux.

— Non.

Je me penche au-dessus de lui.

— Ce n'est pas possible…

CHAPITRE TRENTE-DEUX

JE SUIS de retour dans mon corps.

J'ai le cou raide et je regrette finalement de ne pas avoir pris la pose pour la méditation.

Le Focusall dans mon sang fait défiler mes pensées en vitesse supersonique pendant que j'analyse ce que je viens de voir.

Il était évident que j'étais dans une vision.

Felix est en vie... c'est également évident.

Ce que je ne comprends pas, c'est pourquoi cette fois-ci, l'amiral a jeté son couteau avec plus de rapidité. Est-ce parce que nous avons perdu du temps en fermant la porte à clé ? Ou parce qu'il se sentait plus menacé en face de deux adversaires au lieu d'un ? Peut-être était-il moins méfiant dans ma vision d'origine parce que je suis une fille ?

En ouvrant les yeux, je fixe le visage inquiet de Felix.

J'ai envie de le serrer dans mes bras et de crier que je suis contente qu'il soit en vie, mais je résiste. Il pourrait se moquer complètement de ma vision et insister pour m'accompagner dans cette pièce.

C'est ce que je ferais à sa place.

En fait, c'est ce que je vais faire, d'une certaine façon.

Je vais aller affronter une mort certaine dans cette pièce toute seule, au lieu de voir Felix mourir à ma place.

— As-tu eu ta vision ? demande-t-il en fronçant de plus en plus son monosourcil.

— Oui, dis-je. C'était un peu psychédélique : j'étais au courant de la vision précédente pendant que j'étais dans cette vision, mais je ne savais pas que j'avais une vision, donc tout semblait plus réel.

Cette dernière partie était un mensonge.

Sa mort est ce qui a conféré bien trop de réalité à l'ensemble, mais je ne vais pas lui dire ça.

— Waouh, ça doit faire bizarre. Maintenant, si tu parvenais à le refaire, tu saurais que tu as eu une vision dans laquelle tu avais une vision. En général, comment sais-tu que tu n'es pas dans une vision en ce moment même ?

— C'est vrai, dis-je avec un émerveillement non feint. Comment savoir si toute ma vie adulte n'est pas une vision très longue venant de moi adolescente, allongée sur son canapé ?

Felix écarquille les yeux.

— Il nous faudra en parler la prochaine fois que je prendrai de la psilocybine. Là, ce n'est pas le meilleur moment.

Les coups de poing et de griffes sur la porte du couloir s'intensifient, comme en réponse aux paroles de Felix.

— Très bien, dis-je en continuant à agir de façon décontractée. Reste ici et occupe-toi des Blouses quand ils franchiront la porte.

Je hoche la tête en direction de la source du bruit.

— Je vais…

— Attends, nous devions y aller ensemble.

— Pas possible. Premièrement, comme je l'ai dit, la porte est sur le point de se rompre : je l'ai vu dans ma vision. Deuxièmement, comme je savais que j'avais eu une vision précédente dans cette vision, j'ai pu vaincre l'amiral sans problème.

Felix fronce les sourcils.

Ne croit-il pas mon mensonge ?

Mentir est un talent nécessaire pour les illusionnistes, et je suis très douée dans le domaine, mais Felix a toujours été un spectateur difficile…

La porte du couloir se casse, comme dans ma vision.

— Ne les laisse pas entrer dans cette pièce ! crié-je à Felix. Sinon ma dernière vision est inutile.

La détermination remplace le doute sur le visage de Felix pendant qu'il pointe son pistolet sur les nouveaux arrivants.

Cette fois, je ne regarde pas l'heure sur mon téléphone.

Je me contente de poser la main sur la poignée et j'ouvre la porte fatidique.

CHAPITRE TRENTE-TROIS

J'ENTRE ENCORE UNE fois en trombe dans la même pièce.

Je suppose qu'il était inutile d'espérer que la salle soit différente de mes visions.

En levant mon pistolet, je pivote vers la gauche.

Le couteau se trouve dans la main de l'amiral. Encore une fois.

Au lieu de tirer vers sa tête, ou même de viser, je pointe le pistolet vers son torse et je tire immédiatement sur la gâchette.

Mon seul espoir est d'agir autrement que dans mes visions, même si ce n'est qu'un mince espoir.

Dans ce but, je pratique un mouvement que je n'ai vu que dans les films : ceux dans lesquels un type du genre G.I. Joe se jette sur le côté et roule pour éviter les coups de feu de l'ennemi.

Le couteau de l'amiral transperce mon oreille, la coupant presque en deux.

J'atterris sur le sol, tout l'air s'échappant de mes poumons et ma vue devenant trouble à cause de taches blanches et noires.

La seule chose qui roule, c'est mon pistolet… et il s'éloigne de moi.

Je fais de mon mieux pour aspirer un peu d'oxygène.

L'amiral crie encore une fois quelque chose d'incohérent en russe.

J'ai dû le toucher, comme dans mes visions, mais sans le tuer. Si j'étais du genre à parier, j'aurais misé sur le fait que la balle a encore frappé son épaule… le futur étant entêté.

Ignorant la brûlure terrible de mon oreille coupée, je me force à inspirer malgré ma cage thoracique douloureuse.

Le fait de respirer fait encore plus mal que mon oreille. Mes côtes doivent être fêlées ou cassées.

En serrant les dents, j'inspire encore une fois.

Lorsque les tâches ralentissent leur danse devant mes yeux, je jette un coup d'œil à l'amiral et je grogne. L'enfoiré blessé marche dans ma direction, un couteau serré dans sa main gauche intacte.

J'avais raison au sujet de sa blessure à l'épaule.

D'abord, je me demande s'il s'agit d'un deuxième couteau, mais je vois ensuite une traînée sanglante sur le sol. Il est allé ramasser son couteau, ce qui semble encore plus sinistre. D'un autre côté, il n'a pas ramassé mon pistolet.

Je me souviens alors de ce que Maya a dit qu'il

aimait faire aux femmes avec ce même couteau, et je déglutis en avalant une autre respiration douloureuse.

Non.

Je ne viens pas de battre mon avenir merdique original juste pour mourir un peu plus tard et bien plus douloureusement à cause de ce stupide couteau.

Si je dois mourir, je préfère qu'il m'étrangle ou qu'il me tire dessus.

Un plan insensé se forme dans mon esprit et je fais semblant de m'éloigner faiblement de lui. En réalité, j'utilise le grand mouvement de mon déplacement pour cacher deux mouvements plus petits lorsque je mets les mains dans mes poches.

Mon oreille qui saigne encore et mes côtes douloureuses me facilitent le rôle de la victime pathétique.

Ma performance doit impressionner l'amiral. Ricanant d'un air menaçant, il me surplombe avec le couteau tendu vers moi et une bosse dans le pantalon pour des raisons que je préfère ne pas considérer.

Je rampe encore de quelques centimètres et je gémis proportionnellement à ma douleur.

Son sourire s'élargit pendant qu'il se penche. Je sens une odeur d'ail lorsqu'il me fait rouler sur le dos.

J'arrache mes mains de mes poches et je fais sauter les cartes contre son visage.

Ma tactique fonctionne. Pendant que les cartes volent vers lui comme des papillons affamés cherchant du nectar, il essaie de les chasser avec les mains.

C'est pourquoi il ne le voit pas quand j'entaille son bras armé avec le couteau M9 d'Ariel.

Mon dégoût se mêle à la satisfaction lorsque le couteau lacère la chair molle et le tendon craquant.

Le cri de douleur bestial de l'amiral est une musique à mes oreilles.

J'entaille sa jambe, puis je lève le couteau et je poignarde son pied.

Il commence à tomber sur moi.

Non, il ne tombe pas.

Malgré ses blessures, il essaie de faire une prise de lutte.

Mes côtes se rebellent lorsque je me jette sur le côté.

Son coude atterrit à deux centimètres de mon menton.

Il grogne, mais il se remet étonnamment vite, cherchant à saisir mon cou avec ses mains blessées.

S'il est volontairement descendu sur le sol et pas parce que sa jambe blessée ne pouvait pas le soutenir, c'était une erreur stratégique.

Maintenant que je peux l'atteindre, je frappe son torse avec mon couteau, évitant ses mains.

La lame pénètre quelque chose de mou et cette fois, ma satisfaction est dépassée par mon dégoût lorsqu'il crie de douleur.

En serrant les dents, je me souviens de ce qui m'est arrivé dans ma première vision et je frappe encore l'amiral.

Ses cris cessent, mais ses mains s'agitent encore, comme pour m'attraper.

Je me souviens de ce qu'il a fait à Felix dans ma deuxième vision et je le poignarde encore une fois, enfonçant le couteau plus profondément.

Il s'affaisse.

Ignorant la douleur aiguë de mes côtes, je le poignarde une dernière fois, au cas où.

Au loin, un bol de soupe heurte le sol.

En tout cas, je suppose que c'est le bruit que j'entends, puisqu'Ariel mangeait de la soupe dans la vision.

Tout le sang et les coups de couteau ont-ils finalement gâché son appétit ?

Laissant le couteau enfoncé dans le torse de l'amiral, je me relève péniblement et je me tourne vers mon amie.

Mes côtes me font si mal que j'en ai le tournis et la nausée... mais c'est peut-être à cause de la perte de sang de mon oreille coupée.

Ariel marche rapidement vers moi, le visage indéchiffrable sous ses lunettes de soleil.

— Pourquoi portes-tu des lunettes de soleil ? dis-je d'une voix forte, alors même qu'une intuition terrible grandit en moi.

Elle ne répond pas.

À la place, elle accélère et se précipite vers moi, avec des mouvements irréguliers et exagérés, tout comme dans ma vision précédente.

— Ariel, arrête-toi.

Je recule.

Elle avance encore plus vite, franchissant rapidement la distance entre nous.

Lorsqu'elle parvient jusqu'à moi, elle frappe mon torse avec ses mains de toute sa super force.

Quand je vole en arrière, ma perception améliorée par le Focusall m'informe que ça y est.

Une fois que je frapperai le sol à cette vitesse, je serai morte.

CHAPITRE TRENTE-QUATRE

POUR LA PREMIÈRE fois de la journée, j'ai de la chance.

Au lieu du sol en ciment, le corps sanglant de l'amiral amortit ma chute.

Cependant, le supplice de mes côtes me fait regretter d'avoir eu cette « chance ».

L'instant d'après, Ariel me surplombe.

Mon instinct de survie se déclenche et je lui arrache ses lunettes de soleil.

Les yeux d'Ariel sont emplis de la même énergie noire que j'ai vue dans l'œil intact de la Blouse dans le couloir.

Je me souviens maintenant où j'ai vu ce type d'énergie, et toutes les pièces de cette mosaïque tordue se mettent en place.

— Vous avez besoin de moi en vie, dis-je en agissant d'après mon intuition.

Même si ma théorie est correcte, je ne sais pas du tout si parler à Ariel fonctionnera.

— Ce n'est pas personnel, Sasha, répond Ariel et son intonation habituellement sexy paraît androgyne et ancienne, les mots étant prononcés avec un épais accent russe. C'est le business, c'est tout.

Afin de souligner ce message, les mains d'Ariel se resserrent autour de ma gorge.

Encore une personne qui cherche à m'étrangler ?

Ai-je influencé le destin en me disant que je préférais être étranglée plutôt que poignardée ?

J'essaie d'écarter les mains qui m'étouffent, mais c'est aussi inutile que d'essayer de tordre des tuyaux en acier.

— Est-ce une autre de vos citations du *Parrain* ?

Si je l'oblige à parler, elle ne serrera peut-être pas.

— Si cela concerne les œufs que j'ai envoyés par messager, je suis vraiment désolée.

Ce que je n'ajoute pas, c'est que s'il s'agit bien des œufs, alors c'est très personnel.

— Je ne peux pas être perçue comme étant faible, dit mon ennemie à travers la bouche d'Ariel. Cela peut être mortel dans mon monde.

— Me laisser vivre ne vous donnera pas l'air faible.

C'est peut-être vrai, je n'en sais rien.

— Tu m'as ridiculisée, et de façon répétée.

Elle serre les doigts autour de ma gorge avec plus de force. En jetant un coup d'œil à l'amiral, elle marmonne :

— Il était le représentant humain de mon opération.

— Tu pourrais m'assommer et me garder en état comateux pendant la durée de la grossesse, comme les gangsters que tu as utilisés, parviens-je à articuler tout en tirant inutilement sur les doigts qui m'étranglent. Ne crois-tu pas que ce serait un sort pire que la mort ?

— Tu es une embobineuse.

Elle serre plus fort pendant que je donne des coups de pied, luttant malgré la futilité de mes efforts... et ma réticence naturelle à frapper mon amie.

Elle coince mes jambes en souriant.

— Dommage qu'il ne me reste plus de patience pour toi.

Je veux lui dire que le Conseil n'aimera pas que je me fasse tuer, et que Nero pourrait être légèrement irrité également, mais je ne peux pas répondre, car mon souffle est maintenant complètement coupé.

Il vaut certainement mieux que je ne prononce pas cette objection : elle pourrait alors décider de faire un grand nettoyage après ma mort, en tuant Vlad, Rose, Fluffster, Ariel et Felix, car ce sont des témoins potentiels.

Et si elle le faisait, cela fonctionnerait peut-être. Nero et le Conseil pourraient ne jamais découvrir ce qui est arrivé.

Les doigts me serrent plus fort, mais clairement pas avec la super force, car cela écraserait mon cou.

Essaie-t-elle de ralentir ma mort ?

Rien de personnel, mon œil.

Mon corps convulse pendant que ma vue se perd dans du blanc et que mes poumons donnent l'impression d'être sur le point d'exploser.

Mes spasmes deviennent plus violents alors que mon corps s'affaiblit.

Il y a un bruit derrière nous... mais il peut s'agir d'une hallucination auditive à cause de mon cerveau privé d'oxygène.

— Que fais-tu ? dit ou crie une voix qui pourrait être celle de Felix dans un pays lointain.

Ariel pince les lèvres et la pression s'intensifie autour de ma gorge.

— Tu vas la tuer ! crie Felix. Arrête, maintenant !

Elle n'en fait rien.

Ma conscience commence à partir.

J'entends un bip lointain et les doigts s'écartent de mon cou.

J'avale une respiration douloureuse lorsqu'Ariel s'affaisse sur le sol à côté de moi, dévoilant Felix qui serre son pistolet de Gomorrah avec des mains tremblantes.

— Non, ai-je envie de crier, mais je n'ai pas assez d'air pour le faire. Tu as tué Ariel !

CHAPITRE TRENTE-CINQ

MON INSPIRATION frénétique suivante me fait si mal qu'elle me rappelle la fois où j'ai respiré l'eau de la baie de New York. J'ignore cependant la douleur physique.

La douleur émotionnelle est tellement pire.

Felix accourt et s'accroupit à côté de moi, m'examinant avec inquiétude.

« Pourvu que ce soit encore une vision », ai-je envie de dire, mais rien ne sort de ma gorge gonflée.

Ariel ne peut pas être morte.

Je ne le supporterais pas.

En souhaitant pouvoir me frotter les yeux, j'avale une autre respiration insoutenable et j'essaie de rouler sur le côté.

Une telle douleur ne devrait-elle pas court-circuiter une vision ?

Peu importe, le cauchemar continue.

J'ai envie de crier, mais je ne le peux toujours pas.

Comment Felix a-t-il pu faire cela ? D'accord, Ariel

devait lui donner l'impression qu'elle essayait de me tuer, ce qui était le cas, alors il a dû faire un choix terrible.

Une partie de moi a envie de compatir avec lui, alors que l'autre partie veut le frapper au visage.

— Pourquoi t'étranglait-elle ? demande Felix en faisant écho à mon train de pensée précédent.

Il parle d'une voix blanche, mais il ne semble pas assez secoué par la gravité de la situation.

J'inspire encore une respiration atroce.

Une partie de ma nausée et de mon tournis s'estompe, alors je continue à engranger de l'oxygène, malgré la douleur.

— Comment as-tu pu ? parviens-je enfin à articuler. Tu aurais dû la laisser me tuer. Tout vaut mieux que…

— De quoi parles-tu ?

Il me regarde dans les yeux.

— Elle n'est pas morte.

Je le fixe sans comprendre.

— Ce pistolet possède un mode non mortel.

Felix me tend la main et je l'attrape, serrant sa paume comme une femme en train d'accoucher, luttant pour m'asseoir.

— Elle est en vie ?

— Elle sera HS pendant quelques heures, mais ensuite elle reprendra ses esprits et avec un peu de chance, elle nous expliquera pourquoi elle t'étranglait. Souffre-t-elle à ce point du manque de sang ?

— Non.

Les respirations semblent soudain moins

douloureuses. La bonne nouvelle doit répandre les endorphines dont j'ai bien besoin dans mon corps.

— C'est Baba Yaga qui faisait ça, dis-je d'une voix rauque. Tu te souviens qu'elle avait essayé d'utiliser une forme d'énergie noire pour prendre le contrôle de mon esprit quand je suis allée la voir avec Fluffster ?

Felix hoche la tête.

— Eh bien, j'étais protégée à ce moment-là. Ariel ne l'était pas, alors Baba Yaga a utilisé ce sort sur elle.

— Ça paraît tellement logique.

En me tenant toujours la main, Felix se lève et essaie de me tirer sur mes pieds.

— Les gangsters en vêtements d'hôpital doivent être dans le même bateau.

— Je le pense.

Je me lève en tremblant et en étouffant un cri de douleur. Quand j'ai repris mon souffle, je développe :

— Ils ont sans doute commencé en tant qu'ennemis de la mafia russe, mais ensuite Baba Yaga a pris le relais et elle a transformé les ennemis en sbires en violant leurs esprits.

Pendant que je parle, je chancelle légèrement. Il m'est possible de rester debout, mais tout juste.

— Je comprends tout maintenant, poursuis-je d'une voix rauque. Les lunettes cachaient l'énergie noire dans leurs yeux. Je parie que c'est afin que les larbins humains de Baba Yaga ne comprennent pas que les sbires dont elle avait pris le contrôle lui obéissaient par des moyens surnaturels. Sinon, elle aurait brisé le Mandat.

Je lâche la main de Felix pour voir si je peux rester debout sans aide.

Cela fonctionne, mais c'est un supplice.

Je fais un petit pas.

Non.

Ça, c'est le supplice.

Mes côtes semblent stimuler le centre de la douleur dans mon cerveau avec un fer et ma gorge donne l'impression d'avoir avalé un porc-épic obèse.

— Tout ça, c'est très bien, mais nous ferions mieux de sortir d'ici.

Felix jette un coup d'œil paranoïaque à la porte par laquelle il vient d'apparaître.

Je fais un autre pas prudent.

— Très bien. Comment fait-on ?

— Tu prends ses jambes, je prends les bras, dit Felix en saisissant les poignets d'Ariel.

Dois-je lui dire que je parviens à peine à rester debout ?

Je dois au moins essayer son plan.

Je me penche et je ne peux m'empêcher de pousser un cri de douleur.

Je change encore d'avis. *Ceci* devrait figurer sur la liste des choses interdites par la Convention de Genève.

— Ça va ? demande Felix. Je peux…

— Tu ne peux pas la porter tout seul.

En serrant les dents, je me prépare à une douleur insupportable et je saisis les chevilles d'Ariel.

— Allons-y.

Dès que je soulève mon côté, je dois me mordre la langue pour garder le silence.

— Quel est le plan ? dis-je lorsque le pire de la douleur et du tournis sont passés. S'il te plaît, dis-moi que tu en as un.

— Nous la portons jusqu'à la voiture ? suggère-t-il d'un ton incertain. Nous verrons peut-être ensuite quoi faire ?

— Et Vlad ?

En me mordant la joue, je fais descendre Ariel jusqu'au sol et je tapote mon oreillette.

— Vlad, nous avons Ariel. Comment ça se passe de ton côté ?

J'entends des bruits parasites dans mon oreille, suivis par un bruit qui évoque le cinquième cercle des enfers de Dante : celui qui est dédié au péché de la colère. Des choses craquent et se déchirent, des liquides giclent de l'autre côté de la ligne avant que Vlad dise :

— Je suis occupé. Sortez-la d'ici. C'est pour cela que nous sommes venus.

— Tu veux que nous partions sans toi ? demande Felix, que les bruits infernaux ont fait pâlir.

— Nous ne laissons personne derrière nous, dis-je fermement.

— Partez, déclare Vlad. C'est un ordre. Tu étais censée me demander seulement à quelle hauteur sauter, tu t'en souviens ?

Un autre sifflement émane de l'oreillette.

— Vlad, dit Rose d'une voix étranglée. Tu *dois* revenir.

— C'est ce que je vais faire, mon amour.

La douceur du ton de Vlad contraste avec les bruits des décapitations qui continuent en arrière-plan.

— Je dois garder l'armée de Baba Yaga dans cette pièce pendant que Sasha et Felix s'échappent. Une fois qu'ils seront partis, j'aurais davantage de possibilités.

— Dans ce cas, nous partons.

Ignorant mon besoin croissant de m'évanouir, je soulève à nouveau les jambes d'Ariel.

— Vlad, pardon pour ce délai. Je vais garder cette ligne ouverte afin de pouvoir te prévenir dès que nous aurons quitté ce fichu entrepôt.

— Bien, dit Vlad, et le bruit parasite indique qu'il a mis son micro sur silencieux.

Rose fait de même, non pas qu'elle puisse dire grand-chose, car elle a endommagé ses cordes vocales en criant.

En reculant par petits pas douloureux, je me dirige vers la porte et je sors en la poussant avec le dos.

La pièce est jonchée de Blouses immobiles.

— As-tu utilisé le mode non létal sur *eux* ? m'enquis-je en enjambant un corps au derrière découvert.

— Non, répond Felix sans me regarder dans les yeux. Ce mode utilise dix fois plus de batterie, et je voulais être certain de ne pas manquer de jus en plein milieu.

— Quel sang-froid, dis-je d'un ton admiratif avant

de poser Ariel pour reprendre mon souffle. Où allons-nous maintenant ?

Felix pose son côté d'Ariel sur le sol et sort son téléphone. Il tapote l'écran pendant quelques secondes, puis il le vise avec son pouvoir et il me le montre.

Je vois un schéma de l'entrepôt à l'écran.

— Je crois que nous devons prendre cette direction, dit Felix, et une ligne rouge apparaît sur le plan.

— Allons-y, alors.

Je me penche pour soulever à nouveau les jambes d'Ariel.

Mon oreillette siffle et la voix à peine audible de Rose dit :

— Dépêchez-vous.

— Bien sûr.

Je prends les chevilles d'Ariel.

— Felix, que fais-tu ? marmonne Rose.

Mon pouls accélère et je regarde Felix.

Les yeux écarquillés, Felix pointe son pistolet sur moi.

CHAPITRE TRENTE-SIX

EN RÉALITÉ, il vise quelque chose au-dessus de moi. Je m'en rends compte lorsqu'il tire sur la gâchette et que je ne perds pas connaissance.

Je me retourne et je vois une autre Blouse tombée sur un tas déjà énorme de corps vêtus de blouses d'hôpital.

Nous soulevons notre fardeau et nous continuons à fuir, Felix partant devant.

La porte par laquelle il veut passer est verrouillée, alors nous reposons Ariel et j'utilise mes crochets de serrure pour l'ouvrir.

Il y a un bruit derrière nous.

Nous nous retournons et nous voyons un autre larbin entrer dans la pièce.

Il trébuche sur les corps de ses collègues et s'étale de tout son long.

Felix l'achève, puis il reprend les jambes d'Ariel, comme s'il avait pris l'habitude d'abattre ses assaillants.

— Si nous survivons, rappelle-moi de dire à Ariel qu'elle doit perdre du poids, marmonne-t-il.

— Tu n'oserais jamais lui dire une telle chose, dis-je avec une horreur feinte. D'ailleurs, elle est en parfaite forme.

— Je plaisantais.

Felix s'arrête à côté d'une nouvelle porte.

— Peux-tu ouvrir ?

— Le poids d'une dame n'est pas un sujet de plaisanterie.

J'utilise mes crochets pour vaincre une autre serrure.

— Ni son âge.

— Compris.

Felix saisit Ariel et nous traversons un couloir jusqu'à faire face à une autre porte verrouillée.

Je parviens à l'ouvrir et je regarde derrière nous.

Mon oreille qui saigne a laissé une traînée macabre derrière nous.

— Les Blouses – ou Baba Yaga – peuvent-ils en profiter ?

J'arrache une manche et je l'enveloppe autour de ma tête afin d'essayer de stopper le saignement.

Il y a intérêt à ce que la douleur en vaille la peine.

Felix entre le premier dans la pièce et supprime quelques Blouses.

Nous continuons à porter Ariel jusqu'à la porte que j'ouvre comme je l'ai fait pour les autres.

Deux autres pièces, trois couloirs, cinq serrures et sept Blouses mortes plus tard, nous nous trouvons face à une porte sur laquelle il est écrit «SORTIE» en grandes lettres vert fluo.

— La voiture est là.

Felix me montre le schéma sur son écran, avec une ligne en pointillés menant du parking jusqu'à la porte que nous devons passer.

— Tu n'avais pas besoin de faire une carte. Il ne s'agit que de quelques mètres.

Mais il ne m'écoute pas.

— Tu entends ça? demande-t-il en fronçant les sourcils.

J'écoute avec mon oreille blessée et mon oreille intacte.

J'entends un bruit qui ressemble aux pas de pieds nus qui courent.

Il doit s'agir de plusieurs Blouses qui s'approchent. Vlad a-t-il des difficultés à les garder tous dans la pièce? En supposant que Vlad est toujours en vie. C'est une pensée terrible que je mets de côté pour le moment.

— Courons, dis-je en ouvrant la porte.

Le grand soleil de l'après-midi me fait momentanément mal aux yeux. Les bruits de pas de la horde de Blouses qui approche sont désormais plus faciles à distinguer.

Nous attrapons Ariel et nous nous pressons.

Pendant que je souffle sur la courte distance jusqu'au parking, ma douleur atteint des niveaux équivalents à la cérémonie du Mandat… et cette fois, je ne peux pas me permettre de m'évanouir.

— Devons-nous prendre la Tesla de Vlad ou bien voler une de celles-ci ? dis-je en haletant avant d'indiquer quelques voitures beaucoup plus ordinaires disséminées ici et là sur le parking.

— Tu te moques qu'elles appartiennent à la mafia russe ? répond Felix en haletant également. Certaines pourraient être volées, et ce n'est pas le moment de nous faire arrêter par les flics.

— C'est donc la Tesla.

— Oui.

Felix inspire.

— Ce sera aussi plus facile pour moi de...

Il arrête de parler lorsque la cavalcade de Blouses sort de l'entrepôt comme une invasion de sauterelles attaquant de l'herbe non tondue. Leurs blouses d'hôpital sont couvertes de sang, confirmant mon idée qu'ils viennent de l'horrible salle dans laquelle Vlad se bat contre Koschei et les autres Blouses.

Au moins, leurs lunettes de soleil sont maintenant adaptées à leur environnement : j'aimerais en avoir une paire, moi aussi.

Un arc d'énergie magenta de Felix frappe la Tesla de Vlad.

À la façon de Frankenstein, la voiture s'anime violemment, laissant des traces de pneus sur le trottoir en accélérant vers les Blouses.

Felix a un regard de concentration intense.

Les Blouses s'éparpillent comme des cailles effrayées, mais la voiture en écrase quelques-unes. Au lieu de rester à terre, ils rampent vers nous avec leurs membres cassées.

La Tesla fait demi-tour en détruisant deux autres Blouses et fonce vers nous.

Résistant à l'envie de laisser tomber Ariel pour partir en courant, je reste immobile pendant que la voiture accélère puis s'arrête à quelques centimètres de nous.

— Mettons-la à l'intérieur, dit Felix alors que les portières arrière de la Tesla s'élèvent « automagiquement ».

Faire monter une amie inconsciente à l'arrière d'une voiture est plus dur qu'il n'y paraît et nous perdons quelques précieuses secondes à nous assurer de ne pas être sur le point de tuer Ariel après avoir fait tous ces efforts pour la sauver.

Je jette un coup d'œil aux Blouses qui restent : ils se sont regroupés et ils sont presque arrivés à notre hauteur.

Felix saute sur le siège du côté passager, alors je m'assois au volant.

Avant que je puisse attacher ma ceinture ou poser les mains sur le volant, la voiture bondit en avant toute seule, ou plutôt sous le contrôle de Felix.

La voiture électrique est étrangement silencieuse si l'on considère la vitesse avec laquelle nous fonçons hors du parking.

Des vrombissements de moteurs derrière nous brisent le silence.

Puisque je ne suis pas vraiment en train de conduire, je regarde derrière moi.

Toutes les voitures auparavant garées dans le parking nous suivent, avec au moins une Blouse par voiture.

Ignorant pour l'instant les marionnettes de Baba Yaga, je tapote mon oreillette et je dis :

— Vlad, nous avons quitté le bâtiment.

Pas de réponse.

— Vlad ? dis-je. Rose ?

J'entends un bruit parasite et Rose qui essaie de dire quelque chose, mais sa voix rauque est inintelligible à cause du bruit de notre course-poursuite et de mon pouls qui bat dans mes oreilles.

— Conduis la voiture, ordonne Felix en lançant son énergie magenta vers le gros écran du tableau de bord.

— Attends ! crié-je lorsque notre voiture fait une embardée et fonce tout droit vers un lampadaire.

CHAPITRE TRENTE-SEPT

JE SERRE le volant avec tant de force que mes côtes sont à l'agonie. J'appuie sur le frein en tournant le volant vers la gauche.

Nous dérapons et évitons tout juste l'obstacle.

À l'arrière, Ariel roule de son siège sur le sol avec un gros bruit.

Une voiture conduite par une Blouse fonce vers le lampadaire que j'ai évité et se transforme en crêpe.

Je parviens à reprendre le contrôle de notre véhicule et lorsque mon pouls et la voiture se stabilisent, je vois pourquoi Felix a failli nous tuer.

Il a affiché la vue de la webcam de Vlad sur l'écran de son pistolet et cela ressemble effectivement au cinquième cercle des enfers.

Koschei n'a plus de bras, mais il essaie de mordre Vlad avec les dents... alors Vlad le frappe si fort que les dents volent dans toutes les directions. Koschei essaie ensuite de mettre un coup de tête, alors Vlad la lui arrache. Mais, bien sûr, on ne peut pas espérer que Koschei reste longtemps immobile. Avec une brutalité entraînée, Vlad tue une horde de Blouses attaquantes pendant que Koschei ressuscite.

Vlad a dû faire cela de façon répétée. Des morceaux de blouses d'hôpital et une variété de parties du corps de Koschei et des Blouses recouvrent le sol. Cela donne l'impression que le champ de bataille est la salle de jeux de chirurgiens tueurs en série avec un penchant pour l'art contemporain.

Même le plafond est couvert de sang.

Ce que je peux voir des bras de Vlad n'est pas non plus encourageant.

Ses vêtements sont déchirés et sa peau pâle est couverte de plusieurs couches de viscères… qui ne lui appartiennent pas, je l'espère.

Une Blouse musclée essaie de prendre le dessus et s'agrippe à la chemise de Vlad, qui plonge ses dents dans sa gorge.

— Est-il en train de boire du sang au milieu de tout cela ? marmonne Felix dont le visage devient aussi pâle que lorsqu'il va s'évanouir.

— Il peut avoir besoin de calories supplémentaires ou de ce que les vampires retirent du sang. Éteins ça, sinon tu vas t'évanouir.

Felix fait disparaître la vidéo dégoûtante, mais semble tout de même sur le point de tomber dans les pommes.

— Où allons-nous ? demande-t-il, sans doute pour penser à autre chose.

— Vlad a clairement menti au sujet de sa façon de sortir de cette salle afin de nous pousser à partir.

Je respire profondément.

— Alors, même si je déteste devoir faire ça, je ne vois pas d'autre choix.

Je ralentis et je tourne brusquement.

— Je vais demander de l'aide à Nero.

Felix pousse un soupir de soulagement et j'hésite à le traiter de traître...

Une Blouse profite de notre décélération et nous heurte par-derrière, ajoutant un traumatisme cervical à mon cou déjà dans un état minable.

— Mets les gaz, dit Felix en envoyant son énergie vers un fourgon rouge devant nous.

J'obéis et le feu passe au vert.

— Cela ne devrait pas plutôt être « mets l'électricité » puisqu'il s'agit d'une voiture électrique ?

Je fais la remarque pour ne pas m'évanouir moi-même à cause de la douleur de mes côtes.

— Le terme officiel est « l'accélérateur », répond Felix en forçant le feu derrière nous à redevenir rouge.

La Blouse — ou Baba Yaga qui la contrôle — ne tient pas compte du feu rouge et se fait immédiatement emporter par un énorme camion qui se dirigeait sans doute vers un des entrepôts à proximité.

Je jette un coup d'œil inquiet en direction de Felix.

— Ne blesse pas de passants innocents.

Mon ami sort son téléphone, fait un peu de technomagie et dit :

— Le conducteur va bien. Il a une bonne assurance.

Nous pouvons aussi lui envoyer un gros chèque plus tard.

— Très bien.

Ensuite, je donne à contrecœur l'ordre vocal à mon téléphone de passer un appel vidéo à Nero.

Felix est si pressé que je parle à Nero, qu'il fait passer mon appel depuis le téléphone sur l'écran du tableau de bord.

Le téléphone sonne et sonne.

Oh, non.

La dernière fois que je suis entrée en trombe dans le bureau de Nero, Venessa a dit qu'il était en Europe pour quelques jours. Y est-il encore ?

En me creusant les méninges pour un plan B, ou même C, je ne trouve rien.

Le bruit de moteur est de retour.

Alertée, j'aperçois deux Blouses dans deux voitures puissantes différentes, une dans chaque rétroviseur.

— Utilise ton pistolet, dis-je à Felix. Il est silencieux.

— Mais mortel, dit-il en sortant son arme de Gomorrah.

J'appuie sur la pédale de l'accélérateur.

Felix baisse sa vitre.

Un larbin essaie de nous heurter sur la droite.

Le pistolet de Felix émet un bip.

Le rayon mortel a frappé la Blouse de droite : sa Jaguar s'écrase dans une rangée de vélos de location.

— Baisse-toi ! crie Felix.

« Comment puis-je me baisser et conduire en même temps ? » ai-je envie de dire, mais à la place, j'obéis.

La Blouse de gauche frappe le côté de notre voiture.

Si nous survivons à tout cela, Vlad va-t-il me tuer parce que j'ai endommagé sa belle voiture ?

Le pistolet de Felix émet un autre bip.

Je lève la tête et je jette un coup d'œil au type sur la gauche. Il est affalé sur son volant, ses lunettes de soleil ayant disparu.

La voiture sans conducteur devient folle, tournant vers nous.

J'accélère.

J'entends un crissement de métal et de plastique lorsqu'elle racle l'arrière de la Tesla.

Oui. Vlad ne sera pas content.

En appuyant de nouveau sur l'accélérateur, nous volons sur la rampe de l'autoroute et nous évitons une Toyota Camry quand je passe sur la voie du milieu.

— Je vais conduire pour l'instant, dit Felix sombrement. Tu peux parler à ton mentor.

Je suis ravie que Felix prenne le relais, car ce que je vois sur le tableau de bord me fait lâcher le volant.

C'est Nero, et son visage est rouge de colère.

— Tu saignes, dit-il d'une voix qui évoque un tyrannosaure affamé et colérique.

— C'est pire que juste un saignement. J'ai besoin d'aide.

— Commence par l'important.

Est-ce de l'inquiétude sur le visage de Nero ? Je dois avoir pris un coup sur la tête.

— Fais le détail de tes blessures.

— J'ai mal aux côtes, dis-je dans un souffle. Mon oreille est coupée et ma…

— Ça suffit, dit Nero. Où es-tu ?

— Nous roulons sur la I-278 Est.

— Laisse-moi reformuler, dit Nero avec impatience. Où allez-vous et quand serez-vous là-bas ?

— Notre appartement, nous sommes à quinze minutes s'il n'y a pas d'embouteillage, dit Felix. Mais nous pourrions venir chez…

— Rentrez chez vous. Je vous rejoins là-bas, dit sévèrement Nero. Et fais ça en dix minutes, ajoute-t-il en regardant Felix dans les yeux.

— Oui, monsieur, répond immédiatement Felix.

Il se concentre pendant un moment et la voiture bondit en avant.

— Je dois m'occuper de certaines choses, dit Nero. Je vous rappelle dès que c'est fait.

— Attends…

L'appel est déjà coupé.

— Ne nous tue pas, dis-je en chuchotant à Felix lorsque je vois passer les autres voitures et les arbres à toute vitesse.

Ne tenant pas compte de la sensation de mes côtes, j'attache ma ceinture.

Felix ne ralentit pas. La menace qu'il a vue dans les yeux de Nero doit l'effrayer davantage que l'idée d'un simple accident de voiture.

Au moins, la route est dégagée : sinon, c'était l'accident certain. Nous avons déjà 95 % de chances de nous écraser quelque part, à plus ou moins quelques pour cent. Plutôt plus.

Lorsque nous filons vers le péage avant le tunnel, je m'attends à ce que nous nous écrasions contre une des cabines, mais Felix parvient d'une façon ou d'une autre à passer entre elles.

Dans le rétroviseur, j'aperçois une voiture de sport avec trois Blouses qui passe le péage sans payer.

Malheureusement, personne ne les arrête... bien que le propriétaire de la voiture recevra un beau PV dans sa boîte aux lettres.

— Je peux les perdre dans le tunnel, dit Felix en tirant avec son pistolet de Gomorrah sur les poursuivants, mais sans les toucher.

Mon téléphone sonne. C'est un appel vidéo de Nero, que j'accepte.

Felix remet l'appel sur l'écran.

— Allô ? dit Nero. Sasha ?

— Nous sommes dans le tunnel, dis-je. Nous pouvons être coupés à n'importe quel moment.

— Sasha ? répète Nero d'une voix plus forte. Raconte comment tu as été blessée. Qui dois-je...

Sa voix est coupée alors je ne sais pas s'il allait dire « tuer » ou « appeler » ou « remercier ».

— Baba Yaga, réponds-je au cas où il pourrait encore m'entendre. Allô ?

Nero ne répond pas. Son image vidéo est déformée et figée à l'écran.

D'après cette image, Nero se trouve dans une limousine avec deux personnes : un homme et une femme. L'homme ne m'est pas familier : il est pâle et il porte les vêtements noirs ainsi que les lunettes de soleil que j'ai appris à associer avec les Exécuteurs de Vlad.

Nero est-il accompagné de vampires pour nettoyer mon bazar ?

En revanche, la femme me semble familière, mais toute l'adrénaline m'empêche de me souvenir où j'ai vu cette beauté exotique et ensorcelante.

Je me souviens alors brusquement d'elle. C'est le médecin, ou peut-être l'infirmière qui vient toujours au travail pendant les tests de cholestérol gratuits et d'autres initiatives de santé préventive que les RH de Nero organisent régulièrement. Je l'ai toujours vue en blouse blanche au lieu de la robe de soirée qu'elle porte, c'est pour cela que je ne la remettais pas.

La dernière fois que je l'ai vue, c'était pour une collecte de sang quelques mois auparavant.

Je me demande si elle récoltait du sang pour les vampires.

— Reprends le volant une minute, dit Felix en me ramenant à la réalité de notre course-poursuite à toute vitesse. Je veux me débarrasser d'eux.

Même lorsque je tiens le volant, cela fait mal à mes côtes stupides. Essayant de ne pas tenir compte de la douleur, je fixe la route devant moi.

Felix pointe le pistolet derrière nous et pousse un juron.

Dans le rétroviseur arrière, je vois la voiture avec trois Blouses derrière un minivan.

Nous ralentissons, alors que je n'ai pas touché au frein.

Je suppose que Felix m'a seulement laissé contrôler le volant.

Les Blouses/Baba Yaga doivent savoir ce que prévoit Felix, car ils ralentissent et laissent passer une berline entre nous.

Felix pointe son pistolet vers eux, nous fait accélérer et attend.

Les Blouses ralentissent encore, laissant passer une autre voiture entre nous.

— Très bien, dit Felix. Alors, nous nous contenterons de les perdre.

Le compteur menace de faire un tour complet lorsque nous filons à une vitesse de course NASCAR.

Mon intuition de la route abandonne et je réajuste ma probabilité d'un accident à 99,999 999 %.

CHAPITRE TRENTE-HUIT

FELIX DÉPASSE MIRACULEUSEMENT toutes les voitures devant nous sans accident.

Je vois la lumière au bout du tunnel… sauf bien sûr, si nous avons déjà eu un accident et qu'il s'agit de cette *autre* sorte de lumière au bout du tunnel.

Nous filons hors du tunnel en un clin d'œil.

Felix indique qu'il va tourner à gauche et ralentit à seulement cinq fois la limite de vitesse.

Nous prenons le virage en volant et nous filons dans une rue à la même vitesse folle.

Avec un vrombissement de moteur, la voiture avec trois Blouses apparaît sur notre droite.

Mon téléphone se remet à sonner.

Felix vise nos adversaires avec son pistolet et l'un des trois tombe dans la voiture… sauf qu'il ne s'agit pas du conducteur.

Sans regarder, j'ordonne à l'IA de mon téléphone d'accepter l'appel.

— Sasha, dit la voix de Nero depuis l'écran. Que…

Je rate ce que Nero dit ensuite, car les Blouses nous frappent depuis le côté droit.

La force de l'impact me fait sauter sur mon siège et mes côtes se fissurent dans quelques nouveaux endroits.

Les épisodes préférés de ma vie traversent mon cerveau baigné d'adrénaline.

Felix et moi devons partager le contrôle du volant : c'est la seule façon que j'ai d'expliquer pourquoi nous ne quittons pas la route.

Les Blouses nous tamponnent encore une fois.

Les vitres du côté passager se fracassent en petits morceaux.

Nero crie des jurons et des menaces effroyables dans les haut-parleurs, ce qui ne nous aide pas beaucoup.

Nous nous engageons dans notre rue avec le caoutchouc qui brûle et des morceaux de Tesla qui tombent.

Les Blouses nous suivent.

Felix accélère.

Si Vlad a envie de tuer quelqu'un à cause de l'état de sa pauvre voiture, il n'aura peut-être personne pour passer ses nerfs.

Le vrombissement de la voiture des Blouses devient plus bruyant.

Nous nous trouvons à un demi-pâté de maisons de l'entrée de notre immeuble lorsque la Blouse qui ne conduit pas se met à grimper hors de la vitre arrière de leur voiture, celle qui se trouve la plus près de nous.

La résistance du vent fait voler ses lunettes de soleil, mais Baba Yaga s'en moque, alors son corps continue à sortir de la voiture.

Ensuite, le conducteur tire sur le volant et mon intuition de la route — ou le bon sens — prédit ce qu'il va se passer.

Il est sur le point de…

Le larbin conducteur nous tamponne encore, ce qui, comme je le craignais, fait voler l'autre cascadeur depuis sa vitre dans ce qu'il reste de la nôtre.

Il atterrit sur le siège arrière de notre voiture et Felix se retourne pour tirer sur le nouveau venu.

Le larbin attrape un morceau de métal froissé qui sépare les vitres fracassées, ne montrant aucun signe de douleur alors qu'il lacère sa main jusqu'à l'os.

— Felix, baisse-toi !

Mais c'est trop tard.

Avec le morceau de débris coupant, la Blouse tranche la main de Felix qui tient le pistolet.

Felix laisse tomber le pistolet et la Blouse entaille son visage.

Felix hurle de douleur en cramponnant la blessure sanglante.

La lame improvisée du sbire de Baba Yaga s'abat en direction de mon cou, me ratant d'un cheveu.

Je me rends compte que j'ai déjà commencé à crier il y a quelques secondes, alors je hurle.

— Qui que vous soyez, ici c'est Nero Gorin.

La voix de mon ancien patron résonne par-dessus nos hurlements. L'adrénaline doit me faire halluciner, car le ton de Nero me semble plus effrayant que notre situation.

— Vous allez *tout de suite* cesser votre agression contre moi et les miens.

Le larbin se fige.

Ses yeux remplis de noir fixent intensément l'image de Nero à l'écran, puis Baba Yaga crie quelque chose en russe à travers les lèvres de l'homme.

Nero lui aboie autre chose en retour... en russe également.

Le discours de Baba Yaga accélère : elle semble conciliante, mais ferme.

Les réponses dans un russe apparemment courant de Nero sont aussi effrayantes que l'idée de l'accident.

Baba Yaga lui parle d'un ton de défi.

La réponse suivante de Nero est plus courte et cette fois, il diminue légèrement la violence de sa voix.

— Très bien, dit Baba Yaga en même temps que la Blouse me fait face. On dirait que tu as réussi à m'être utile, finalement.

Avant que je puisse répondre, elle force la Blouse à se couper la gorge avec son arme improvisée.

Les freins de la voiture de ses collègues crissent et en même temps, mon oreillette se met à siffler.

— Ils ont tous arrêté de se battre, dit Vlad d'un ton perplexe. Même Koschei. Je ne sais pas ce que vous avez fait...

Je n'entends pas le reste de la bonne nouvelle de

Vlad, car je vois un petit garçon de dix ans traverser la route hors du passage piéton juste devant nous, à la façon typique des New-Yorkais.

J'essaie de freiner, mais je découvre que c'est impossible.

— Felix, freine !

Il ne le fait pas.

Je lui jette un coup d'œil. Il s'est évanoui, soit à cause de la perte de sang, soit parce qu'il a vu le sang.

Je tire le volant sur la gauche autant que me le permettent mes côtes... ce qui nous met sur une trajectoire directe vers les portes de notre immeuble.

Je pompe sur le frein.

Rien.

Je crie pour réveiller Felix.

Rien.

Nero émet des menaces glaçantes en direction de Felix s'il ne freine pas tout de suite... même cela ne fonctionne pas.

L'entrée de mon immeuble s'agrandit jusqu'à prendre toute la place.

Dans un fracas de métal, de plastique et de verre brisé, nous enfonçons les portes.

Ma tête vole en avant à cause de l'impact pendant que l'airbag me frappe au visage et que la ceinture de sécurité écrase mes côtes douloureuses.

Cependant, la porte essentiellement en verre ne nous ralentit pas, et notre voiture file à travers le vestibule, jusqu'au mur avec la porte de l'ascenseur.

Le bruit du métal et du plastique comprimés évoque l'apocalypse.

En ce dernier instant, si je pouvais encore parler, j'aurais dit : On ne peut pas survivre à cela.

À la place, je m'évanouis.

CHAPITRE TRENTE-NEUF

UNE ARMÉE d'ongles griffe un tableau noir de la taille d'une planète.

Suis-je en train de rêver, ou bien s'agit-il des bruits que l'on entend dans la vie après la mort ?

Des doigts masculins me caressent doucement le visage.

Ça ne ressemble pas vraiment à la vie après la mort, mais qui sait ?

Une énergie agréable me traverse et je sens mes os brisés commencer à se réparer.

Ensuite, mes coupures et mes hématomes sont effacés par une sensation familière.

J'ai ressenti ce genre d'énergie après m'être battue avec Béatrice… lorsqu'un soigneur anonyme m'avait rendue présentable pour le Conseil.

Mon oreille redevient entière, les hématomes de mon cou et mes côtes brisées ne sont plus qu'un souvenir lointain.

La relaxation agréable s'étale dans tous mes muscles réparés et je pousse un soupir soulagé.

— C'est ça, chantonne Nero près de là. Isis va s'occuper de toi.

ISIS comme les terroristes ?

Nero prétend-il que ma longue abstinence m'a transformée en vierge et que je suis au paradis pour être la récompense d'un membre de l'organisation terroriste ? Ce paradis n'est-il donc pas un enfer pour moi ? Et pourquoi quelqu'un voudrait-il des vierges au paradis ? Si ma version du paradis devait inclure quarante objets de sexe, il s'agirait de types canon avec beaucoup d'expérience, mais sans MST et avec…

Mon esprit commotionné s'éclaircit. C'est comme si j'avais reçu un massage, utilisé un banya — pas celui de Baba Yaga — puis dormi cinquante heures, tout cela en l'espace de quelques secondes.

Les doigts sur mon visage s'ajoutent à toutes les sensations agréables, faisant fuser des étincelles de conscience purement féminine vers le bas de mon corps.

Je soupire de plaisir.

Quelqu'un se racle la gorge.

J'ouvre les yeux lorsque Nero, qui est accroupi à côté de moi, retire sa main.

Était-ce lui qui caressait mon visage ?

Je retire ce que j'ai pensé. Ce n'était pas si agréable que ça.

Ça ne m'a pas plu du tout. Non.

Je tourne légèrement la tête et je vois

l'infirmière/médecin de la limousine de Nero. Elle a l'aura du Mandat et elle tire un arc d'énergie dorée vers moi.

Ce doit être une soigneuse Consciente, d'après l'effet que me fait son énergie.

L'Exécuteur de la limousine est également présent. Sa réaction est difficile à déchiffrer à cause des lunettes de soleil et du visage taillé au burin.

Baignant dans la chaleur de l'énergie soignante, je regarde autour de moi.

Je me trouve encore sur le siège du côté conducteur, avec la ceinture, mais il n'y a pas de voiture autour de moi. À la place, ce qu'il reste de la Tesla ressemble à un papier passé plusieurs fois dans une déchiqueteuse par un espion voulant s'assurer que les informations secrètes ne voient jamais la lumière du jour.

En fait, j'ai déjà vu ce genre de morceaux de matière découpés : sauf qu'il s'agissait de chair d'orque au lieu des restes d'une Tesla.

Nero a-t-il découpé les choses avec ses griffes pour m'atteindre ? Étaient-ce les bruits qui m'ont réveillée ?

Avant que je puisse lui demander, mon regard tombe sur Felix et la relaxation agréable s'évapore, remplacée par le froid arctique dans mon ventre.

Toujours sur son propre siège, attaché par la ceinture comme moi, Felix est couvert de sang et ses membres sont tordus de façon étrange.

S'il se voyait maintenant, il tomberait certainement dans les pommes.

Oubliant Nero et l'énergie dorée que l'on tire

encore sur moi, je défais ma ceinture et je me déplace pour aller voir Felix.

Sa respiration ralentit à chaque faible inspiration.

Mon regard paniqué tombe sur Ariel, qui est allongée dans les décombres derrière les sièges.

Sans la ceinture pour la maintenir en place, elle est dans un état pire que celui de Felix : et le fait qu'elle reste intacte est sans doute la prouesse la plus impressionnante de sa super force.

— Puis-je m'arrêter ? demande la femme à Nero.

— Oui, répond-il. Elle a l'air beaucoup plus en forme.

L'énergie de soin arrête de couler vers moi, et malgré le stress, je ressens sa perte.

Je me tourne précipitamment vers la femme.

— S'il vous plaît, faites le même soin à mes amis.

Au lieu d'obtempérer, elle jette un regard à Nero.

— Une minute, Isis, dit-il d'un ton impassible. Sasha et moi devons d'abord trouver un accord.

La soigneuse, Isis, hoche la tête et passe la main dans ses cheveux noirs brillants en ayant l'air de s'ennuyer légèrement.

— Soignez-les ! lui crié-je, stupéfaite par son indifférence. Ils sont en train de mourir.

Isis regarde à nouveau Nero, alors je me tourne vers lui.

Son regard est indéchiffrable, mais les anneaux cornéo-limbiques de ses yeux sont particulièrement sombres et épais.

— Leur sort est entre tes mains.

Il parle d'une voix grave en marchant vers moi.

Je retiens un torrent de désirs de violence, me permettant seulement le fantasme de gifler son regard manipulateur.

Ce qu'il veut est évident : il souhaite encore régner sur sa poule aux œufs d'or en forme de Sasha. Et je n'ai d'autre choix que de céder. Je ferais n'importe quoi pour que mes amis se fassent soigner. Même un marché avec le diable en personne.

D'un autre côté, personne n'a dit que je ne pouvais pas imposer mes propres conditions.

Inclinant mon corps de telle façon qu'Isis et l'Exécuteur vamp ne puissent pas voir ce que je suis sur le point de faire, je marche vers Nero en le fixant dans les yeux.

Il soutient mon regard, ce qui est bien, car ainsi il ne voit pas ma main se faufiler dans ma poche et sortir avec l'engin FELLATIO.

— Je reviendrai au travail, lui dis-je. Et tu pourras redevenir mon mentor... même si ça signifie qu'il faut envoyer d'autres orques pour me casser la figure.

Il pince les lèvres et fronce dangereusement les sourcils.

Bien. J'ai toute son attention.

— Faut-il que je fasse une promesse solennelle ?

Je m'arrête à quelques centimètres de son visage et j'ajoute doucement :

— Ou bien voulais-tu autre chose... *patron* ?

Sans attendre une réponse, je tends les deux mains vers son entrejambe.

Son corps se raidit comme un prédateur sur le point de bondir sur sa proie.

En espérant qu'il est suffisamment distrait, je dépose avec précaution le petit engin dans la poche de son pantalon et je continue le mouvement, frôlant doucement son entrejambe avec les doigts.

Ouille. J'ai le souffle coupé et mes joues se mettent à chauffer.

Il y a une bosse que je ne me souviens pas avoir vue auparavant.

Je retire mes mains, comme pour éviter un serpent venimeux.

Un très *gros* serpent.

Un python, peut-être ? Ah non, ils ne sont pas venimeux.

Il attrape mes poignets avant que je puisse les retirer. Ses doigts sont chauds et terriblement forts, un étau dont je ne peux m'échapper.

Il se penche vers moi, sa respiration chaude caressant mon cou lorsqu'il grogne :

— Le statu quo est tout ce qui est requis de ta part.

Je m'attends à ce qu'il ajoute « pour l'instant », mais il lâche mes poignets et se place hors de ma portée.

Je recule, le fixant en essayant de reprendre mon souffle. Je sens encore la trace de son contact sur mes poignets, et mon pouls est bien trop rapide.

Je faisais semblant, alors pourquoi une part de moi est-elle déçue qu'il se soit écarté ?

Heureusement, j'ai aussi une part qui veut frapper l'autre sur la tête avant de vérifier si elle n'est pas folle, de la mettre au coin et de lui faire prendre une douche froide.

— Allez-y, dit Nero à Isis et au vampire.

Isis pointe la main vers Felix pendant que le vampire s'ouvre le poignet avec les dents.

— Attendez, dis-je. Pas de sang de vampire pour Ariel.

Les deux regardent Nero et celui-ci hoche la tête.

Isis pointe son énergie vers Ariel et le vampire marche vers Felix.

— Je ne sais pas non plus si je veux que Felix boive ce poison, dis-je.

— Je suis presque à sec, dit Isis à Nero. Cela coûtera neuf cents pour faire les deux.

Nero lève un sourcil.

— Tu vas me faire payer un supplément ? Ça n'est pas un peu exagéré ? Tu seras plus ou moins à sec de toute façon.

— Mais avec deux, je me sentirai très mal après, dit Isis. C'est *ça* qui coûte plus cher.

— Très bien, répond Nero. Dépêche-toi avant que l'un d'entre eux ne meure.

Pendant qu'ils parlent, le poignet du vampire se referme.

Isis soupire avant de pointer sa main droite vers Ariel et la gauche vers Felix.

L'énergie dorée s'écoule vers mes deux amis.

Presque instantanément, leurs terribles blessures se referment et leurs membres brisés se réalignent.

La peau olive d'Isis pâlit et quelques cheveux gris sortent de nulle part sur ses tempes.

La gorge de Felix produit un gémissement perturbant et Isis arrête son traitement avec un sourire entendu.

Felix se redresse brusquement et regarde autour de lui en écarquillant les yeux.

— Ça va ? lui dis-je.

Il répond d'un ton incertain :

— Oui. Et toi ?

— La pêche, réponds-je avec autant de sarcasme que je peux insérer dans le nom d'un fruit.

Il hoche la tête et nous regardons tous les deux Ariel.

Elle semble à nouveau entière, mais elle ne bouge pas et ne fait pas de bruit.

Isis arrête l'énergie de soin, secoue sa main droite plusieurs fois comme pour améliorer la circulation du sang, puis tire à nouveau sur Ariel.

Ariel ne revient pas à elle.

— Elle a été assommée par ça, dit Felix en ramassant son pistolet de Gomorrah abîmé parmi les décombres. Je ne suis pas certain que vous puissiez la sortir de cet état.

— Posons-la dans son appartement et nous verrons bien ensuite.

Nero regarde ce qui était autrefois l'entrée de notre immeuble.

En suivant son regard, je vois des véhicules d'urgence se rassembler.

Quelqu'un a-t-il appelé le 911 ?

C'est probable. Après tout...

Des bras puissants me soulèvent sans avertissement.

— Hé ! crié-je contre Nero, qui me tient comme si nous venions de nous marier, comme lors de ma présentation à la conférence. Je peux marcher.

— Tu es encore faible après le traitement, dit-il en ignorant ma lutte inefficace tout en continuant à marcher vers les escaliers.

Felix et Isis nous suivent et le vampire porte Ariel à la façon dont Nero me porte.

Très bien. Tant pis. L'ascenseur est sans doute cassé à cause de la collision et je n'ai pas particulièrement envie de monter toutes ces marches. Malgré tout, ceci n'est pas un scénario idéal.

Je n'aime pas la sensation agréable d'être tenue par ses bras forts. Je n'apprécie pas l'odeur délicieuse et inappropriée de Nero, ni...

Non, je dois penser à autre chose.

N'importe quoi d'autre.

Combien tout cela va-t-il coûter à Nero ?

Oui. Voilà un sujet de conversation pas du tout sexy.

Étant donné la réaction de Nero face au prix de « neuf cents » d'Isis, je suppose qu'elle ne parlait pas en dollars. Nero a ce genre de monnaie dans sa poche en cas de besoin. Sauf s'il s'agit d'une monnaie Consciente, elle devait parler de « neuf cent mille », c'est-à-dire presque un million de dollars. Bien plus coûteux que n'importe quel hôpital.

En outre, Nero possède cet immeuble, ce qui veut dire que la facture insensée des rénovations à venir sera aussi son problème.

Bon. Au point où il en est…

— Peux-tu acheter une Tesla de remplacement pour Vlad ? m'enquis-je effrontément lorsque Nero parvient au quatrième étage à la vitesse d'un coureur olympique. La voiture que j'ai cassée était à lui, et il…

— Autre chose ?

Ses yeux noirs me regardent avec amusement.

— Bien sûr, dis-je. Tu pourrais demander à Isis de guérir la voix de Rose et appeler Vlad pour voir s'il va bien.

— J'ai déjà parlé à Vlad. Il est en route… mais sa voiture devra être payée par ta prime à venir.

Je le remercie presque d'avoir mal à nouveau. Cela m'aide à ignorer la chaleur qui titille mon corps… une chaleur qui n'a aucun rapport avec le traitement récent d'Isis et tout à voir avec la proximité inappropriée du corps puissant de mon patron.

Je dois peut-être compter les moutons, comme lorsque j'essaie de m'endormir.

Non. Cela me fait penser au fait de dormir avec Nero et je n'ai pas *du tout* besoin de ça.

Je suis soulagée lorsque nous atteignons notre étage.

La porte de l'appartement est ouverte et Rose se tient là, éventant son visage avec la main.

Elle essaie de parler, mais un sifflement maladif s'échappe de sa gorge.

Avec quelle force a-t-elle crié ?

— Isis, dit Nero par-dessus son épaule. Rose aurait besoin de tes services.

— On dirait que ma facture sera un compte rond, dit-elle d'un ton grognon en jetant un petit éclair de son pouvoir vers Rose.

— Elle va te faire payer cent mille pour régler le problème de voix de Rose ? dis-je en chuchotant.

Nero hausse les épaules, enjambe Fluffster et me porte à l'intérieur.

— Tu es de retour, crie Fluffster dans ma tête. J'étais si inquiet.

— Je vais bien. J'ai été guérie.

Ce que je veux savoir, mais que je ne peux pas demander à voix haute, c'est pourquoi Nero n'a pas peur de Fluffster. Gaius, Pada, et Vlad se sont tous méfiés lorsqu'ils ont vu le domovoi pour la première fois, mais Nero agit comme si Fluffster était réellement le petit rongeur poilu qu'il prétend être.

De son côté, Fluffster semble avoir oublié sa bravoure, tout à coup. Je me souviens pourtant de sa suggestion d'inviter Nero pour qu'il puisse lui « apprendre les bonnes manières ».

En se penchant, Nero me dépose avec précaution sur un fauteuil inclinable.

Ensuite, il sort et revient en portant Ariel... et je ne suis pas jalouse du tout de la douceur avec laquelle il la tient.

Non. Pas du tout.

— Je suis tellement contente que tu ailles bien, dit

Rose en accourant dans la pièce, sa voix apparemment réparée. Mais pourquoi Ariel n'a-t-elle pas repris connaissance ?

Isis entre, suivie par Felix qui traîne des pieds et halète comme un chien déshydraté.

Sur le fauteuil à côté de moi, il se plaint :

— Moi, personne ne m'a porté. Mais même si Maya était ici...

— Ne finis pas cette phrase, dis-je. Je n'ai pas de quoi payer Isis pour te remettre en état de marche si...

Isis se racle la gorge et lorsque nous arrêtons de parler, elle s'avance vers Ariel et elle l'examine attentivement.

— Ses signes vitaux sont corrects, dit-elle. Laissez-la simplement se reposer ainsi et elle reviendra bientôt à elle.

— Sasha doit aussi se reposer, dit Nero à Isis avant de regarder Felix. Lui aussi.

La soigneuse pousse un soupir exagéré avant de pointer à nouveau ses mains vers nous.

— Une min...

L'énergie de soins me noie dans une somnolence agréable et je m'endors.

CHAPITRE QUARANTE

JE M'ÉVEILLE dans une odeur de bergamote et j'ouvre les yeux.

Rose tend une tasse de ce qui doit être du thé Earl Grey à Felix, déjà réveillé.

— Bonjour.

Je m'étire en remarquant comme je me sens bien.

— Comment va tout le monde ?

— Felix semble être en parfaite forme, dit Rose.

— Et Vlad ?

Comme pour répondre à ma question, Vlad entre dans la pièce.

La seule chose qui ne va pas avec lui, ce sont ses habits. Je ne l'ai jamais imaginé être un fan de *Matrix*, ni porter des tee-shirts de films, d'ailleurs.

— J'espère que ce n'est pas gênant, dit Rose à Felix. J'ai pris quelques-uns de tes vêtements pour remplacer ses haillons ensanglantés.

Elle pâlit à ce souvenir.

— Aucun problème. J'en ai dix pareils, alors tu peux garder celui-là, la rassure Felix en observant Vlad avec une pointe de jalousie.

Si Felix pense que ces vêtements n'ont jamais été si seyants sur lui que sur Vlad, il a raison. La tenue empruntée semble avoir été faite sur mesure pour les épaules plus larges de Vlad.

Je regarde le canapé.

Ariel n'est pas revenue à elle.

— Veux-tu une tasse de thé ? me demande Rose.

— Avec plaisir.

Rose attrape Vlad par l'épaule et le traîne à l'écart.

La porte d'entrée claque. Elle a dû préparer le thé dans son appartement, où il y a plus de choix.

C'est ça, ou alors Vlad et elle ne pouvaient pas attendre plus longtemps et ils sont allés faire des cochonneries chez elle.

Fluffster entre dans la pièce et il nous examine.

— C'était extrêmement stressant, dit-il. Ne recommencez jamais ça.

— D'accord, répond Felix. C'est pour *cette* raison que nous ne nous battrons plus jamais contre les hordes des enfers… afin que tu ne stresses pas trop.

— Très bien, dit Fluffster en ignorant ou en ne tenant pas compte du sarcasme. Maintenant, je crois que je vais moi aussi faire une sieste. Réveillez-moi quand Ariel sera revenue à elle.

— D'accord.

Le chinchilla s'en va et je regarde Felix.

— Où est Nero ?

— Il n'était pas là quand je me suis réveillé. Pourquoi ? Il te manque déjà ?

Il me fait un clin d'œil.

— Si tu ne venais pas d'en voir de toutes les couleurs, j'aurais donné un coup de poing à ton visage satisfait, fais-je remarquer en ne plaisantant qu'à moitié.

— Rose a dit que lui et les autres sont partis dès que nous nous sommes endormis.

Felix souffle sur son thé.

J'essaie à nouveau de me tenir sur mes pieds.

Tout va bien.

Même mieux que bien. Je crois pouvoir faire un marathon ou deux.

— Savais-tu que Nero parlait le russe ? dis-je en me rasseyant.

Il boit son thé avec avidité.

— Non. Mais comme je te l'ai dit avant, avec un nom de famille tel que Gorin, ce n'est pas très étonnant.

— Qu'est-ce que Baba Yaga et lui se sont dit ?

Je regarde autour de moi, ayant l'impression que Nero pourrait se cacher dans un coin.

— Je n'étais pas dans le meilleur état pour écouter.

Felix grimace en se souvenant de cela.

— Cependant, j'ai capté l'essentiel de l'échange.

— Alors ? Raconte-moi.

— Au début, Nero parlait comme Liam Neeson dans *Taken*, dit-il d'un ton animé. Il a rappelé à Baba Yaga, et je paraphrase, qu'il a des talents particuliers qui font faire des cauchemars aux gens comme elle... et à tous les autres, d'ailleurs.

Il glousse sèchement.

— Baba Yaga est vraiment folle, car elle n'a pas tout de suite accepté. C'est alors que Nero a commencé les menaces.

L'enthousiasme de Felix s'estompe à ce souvenir.

— C'était terrible. Il a dit qu'il allait jouer à Keyser Söze contre elle... mais pas avec ces mots-là. Il a dit qu'il la poursuivrait ainsi que le reste de sa mafia, les tuant lentement. Qu'il — encore une fois, ce n'est pas mot pour mot — tuerait les enfants de ses employés, leurs femmes, leurs parents et les amis de leurs parents. Il brûlerait le restaurant Izbushka...

— Mon vieux, j'ai vu *Usual Suspects*. Qu'a répondu Baba Yaga ?

— C'est une dure, dit Felix. Elle a prétendu que si elle devait mourir, elle préférait mourir glorieusement en campant sur ses positions. Oh, et qu'elle se moque complètement de ce qui arrive à tous les autres une fois qu'elle est morte.

— Et qu'a répondu Nero ?

— Il lui a demandé ce qu'elle veut. Mais la façon dont il l'a dit donnait l'impression que si Baba Yaga répondait mal, la réaction à la Keyser Söze restait possible.

Pour une raison que j'ignore, je sens mon torse se gonfler de fierté. Je suppose que j'aime imaginer Nero remettre la vieille femme à sa place – d'autant plus qu'il l'a fait pour moi, un simple rouage de sa machine financière.

— Baba Yaga a dit qu'elle voulait que Nero la laisse tranquille pendant un an. Qu'il ne poursuive pas ses employés ni elle pour une quelconque raison que ce soit, peu importe ce qu'elle fait, tant qu'elle te laisse tranquille.

— Et ? dis-je lorsque Felix s'arrête pour reprendre son souffle.

— Il a dit que si elle tient parole et qu'elle ne se mêle pas de ses affaires, le marché est conclu. Ensuite, il a ajouté qu'il est au courant de ses ambitions pour le Conseil de New York et qu'il s'en moque complètement, ce qui a semblé la rendre heureuse.

— Je suis donc en sécurité par rapport à elle ? J'avais peur de devoir me méfier ou rester chez moi pendant le restant de mes jours.

— Tu es en sécurité, confirme Felix. Tant que tu restes loin d'elle et de Brighton Beach en général, elle restera à l'écart de toi. Il y a même eu mention d'un contrat écrit et personne n'enfreint cela.

— Très bien, dis-je en ricanant.

Puis mon humeur s'assombrit lorsque je me rappelle le coût de cet arrangement : je dois redevenir l'esclave de Nero.

Ou son larbin.

Oui. Cela possède moins de connotations sexuelles.

Arg. Je dois rompre ma stupide abstinence. Sinon, comment expliquer qu'une part de moi trouve l'expression « esclave de Nero » émoustillante ?

— La Terre à Sasha, dit Felix.

Je remercie les cieux que son super pouvoir ne soit pas la télépathie. S'il avait surpris cette dernière pensée, j'aurais été obligée d'assassiner un bon ami.

— Pardon. Revenons aux choses sérieuses : as-tu enfin réussi à pénétrer Nero ?

Felix s'étrangle avec son thé.

— À faire quoi ?

— Oh, j'ai peut-être oublié de te le dire. J'ai mis l'appareil FELLATIO dans sa poche.

— Tu as fait *quoi* ? s'écrie-t-il. Quand ? Comment ?

— Avant que tu te fasses soigner, dis-je en ignorant à la fois la question du comment et les flashbacks concernant le « serpent ».

— Eh bien, dit Felix d'un ton bien plus calme. Même si tu me l'avais dit, quand aurais-je pu le faire ? M'as-tu vu toucher un ordinateur ? Nero est-il retourné à son bureau ? J'ai besoin qu'il soit près de…

— Pas besoin de t'énerver. Tu peux t'en occuper maintenant. Comme nous avons appris que Nero parle le russe, mon nom en cyrillique que j'ai lu dans ma vision pourrait être son mot de passe, finalement.

— Tu as raison.

Felix bondit sur ses pieds en renversant la moitié du thé. Laisse-moi aller chercher mon ordinateur portable et…

Ariel gémit sur le canapé avant de se mettre à bouger de façon saccadée.

CHAPITRE QUARANTE-ET-UN

JE ME LÈVE et nous courons vers le canapé.

Ariel ouvre les yeux en agitant les bras et elle regarde autour d'elle, les pupilles dilatées et le regard perdu.

— Comment te sens-tu ? lui dis-je d'un ton apaisant.

— Gaius ? dit-elle et bien qu'elle me regarde, j'ai l'impression qu'elle ne me reconnaît pas.

— Gaius n'est pas là. Détends-toi.

— Gaius, répète-t-elle et je vois la transpiration perler sur son front. J'ai besoin de lui.

— Il est en Russie, dis-je.

— Il vaut mieux pour toi qu'il ne soit pas là, de toute façon, marmonne Felix en disant ce que je pense aussi.

— Non.

Elle se met à trembler.

— Appelez-le. Ramenez-le ici.

— Si ce vampire osait venir ici, Fluffster lui réglerait son compte.

Le ton de Felix est inhabituellement menaçant. Son regard s'adoucit lorsqu'il voit la souffrance sur le visage d'Ariel.

— Je suis désolé, mais quoi qu'il en soit, je pense qu'il ne s'intéresse pas assez à toi pour venir te sauver, particulièrement depuis la Russie.

Ariel s'agite dans tous les sens et Felix et moi échangeons des regards inquiets.

— Ariel.

Je lui touche doucement l'épaule.

— S'il te plaît, res…

Dans un spasme, Ariel chasse ma main en me déboîtant presque l'épaule.

— J'en ai besoin, souffle-t-elle en jetant sa tête d'un côté à l'autre. Ne m'empêchez pas d'en avoir.

Je me souviens de ce que Baba Yaga a dit au téléphone. J'avais eu l'impression que c'était une hyperbole à l'époque : « Ton amie a des symptômes de manque très importants. Elle sera un danger pour elle-même et pour toi, mais je peux la garder sobre pendant les quelques semaines qu'il lui faudra pour dépasser cela. »

Ariel se penche à côté du canapé et vomit de la soupe sur les chaussures de Felix.

Lui et moi échangeons à nouveau des regards, notre inquiétude venant de passer à la panique.

Ariel continue à se désintégrer en gémissant et en s'agitant sur le canapé.

Je tends la main vers le téléphone pour appeler Nero, afin de voir s'il peut nous aider. En tout cas, il devrait demander un remboursement partiel de la part d'Isis. Clairement, ses capacités de soin sont incomplètes.

Un craquement dans le couloir annonce l'ouverture de la porte de notre appartement.

Soudain, Ariel semble pleine d'espoir. Pense-t-elle vraiment que Gaius vient d'arriver ?

— Vlad et Rose, devine Felix juste avant qu'ils entrent dans la pièce.

Ariel renifle l'air comme un chien et fixe les nouveaux venus avec des yeux larmoyants.

— J'ai apporté ton t… commence à dire Rose, mais ensuite elle pose le regard sur Ariel et elle pâlit.

— S'il te plaît, dit Ariel en tendant les bras tremblants vers Vlad. S'il te plaît…

Vlad fronce les sourcils.

Ariel s'assoit et pose les pieds sur le sol.

— Ariel, dit Felix. Que fais…

En bougeant avec une vitesse insensée, elle pousse Felix sur le côté et elle se précipite vers Vlad.

Avec sa tasse dans la main, Felix vole de quelques dizaines de centimètres et heurte un autre fauteuil, le thé brûlant coulant sur lui pendant que la tasse tombe et se fracasse en petits morceaux.

En grognant, il roule sur le sol et je grimace en voyant sa main atterrir sur un des éclats. Il pousse un cri en levant la main vers son visage et je crains qu'il s'évanouisse à la vue de la goutte de sang.

Ariel se fige soudain, la vue du sang de Felix la tirant du brouillard de son addiction.

— Est-ce… est-ce moi qui ai fait ça ?

Un semblant de raison revient dans ses yeux et elle commence à s'avancer vers Felix, la main tendue comme pour l'aider à se lever.

Puis son épaule tressaille et elle s'arrête.

Son regard redevient vide et elle tourne la tête vers Vlad avec une détermination de zombie.

— Que fais-tu ? crie Rose, mais Ariel bondit déjà sur Vlad.

Cependant, ce n'est pas la seule avec de bons réflexes. Le vampire la saisit en l'air et la rejette sans douceur sur le canapé.

Quelque chose se brise dans le canapé avec un craquement, mais Ariel n'a pas l'air d'avoir senti quoi que ce soit.

Elle glisse depuis les coussins sur le sol et elle commence à ramper à quatre pattes en direction de Vlad.

— S'il te plaît, gémit-elle en fixant le regard sur lui. Juste une gorgée.

— Tu dois partir en cure de désintoxication, dit Vlad. Tu es dans une des pires phases du manque et…

— Juste un petit peu.

Ariel accélère.

— Je ferai tout ce que tu veux.

Une énergie rose danse sur la main de Rose, et elle pointe avec colère sa main vers Ariel.

— Ne prends pas sa force, ma chérie, dit Vlad à Rose. Elle en aura besoin.

Rose baisse la main à contrecœur, l'énergie se dissipant.

Ariel se trouve maintenant à côté de Vlad, sa tête dangereusement proche de son entrejambe.

— Tout ce que tu veux, dit-elle – et même si je pense qu'elle voulait dire la phrase de façon à le séduire, c'est plutôt effrayant. J'en ai besoin.

Elle tend la main vers la braguette de Vlad en marmonnant des promesses sexuelles.

Vlad attrape son poignet et la relève avec force.

Elle semble temporairement optimiste, mais il la saisit alors par les cheveux et d'une main de fer, il la force à regarder Felix qui est toujours sur le sol. Il tient sa main qui saigne contre lui, les yeux écarquillés à cause de la performance abominable d'Ariel.

— Tu vas blesser tous ceux que tu aimes, dit Vlad. Est-ce ce que tu veux ?

Un semblant de compréhension apparaît sur le visage d'Ariel.

Elle essaie de détourner la tête, mais Vlad l'en empêche.

— Je suis désolée, dit-elle en marmonnant et en sanglotant. S'il te plaît. S'il te plaît. J'en ai besoin. J'en ai tellement besoin.

Elle essuie son nez qui coule.

— J'ai besoin… j'ai besoin d'aide.

Cette dernière phrase est si faible qu'elle est à peine audible.

Les yeux de Vlad redeviennent des bains de mercure et il tire la tête d'Ariel en arrière pour la regarder en face.

— Je vais t'aider, dit-il de sa voix hypnotisante. Tu vas rester à l'institut Tranquility de Gomorrah, jusqu'à ce que tu puisses faire tes propres choix.

— Je vais rester à l'institut Tranquility de Gomorrah, répète Ariel d'une voix blanche.

Vlad la lâche, et elle se tient droite comme un piquet, attendant d'autres instructions. Felix s'assoit douloureusement.

— Tu l'as ensorcelée ? Je ne pensais pas que cela fonctionnait si bien sur notre espèce.

— Les accros au sang y sont encore plus susceptibles que les humains normaux, explique Vlad en pinçant les lèvres. Maintenant, nous ferions mieux de la conduire à Gomorrah.

— Combien de temps sera-t-elle sous ton pouvoir ? dis-je en tendant la main afin d'aider Felix, clairement secoué, à se relever.

— Quelques heures, sauf si je recommence. Mais ils ont de meilleures méthodes pour qu'elle soit confortable à Tranquility. C'est là que nous allons nous rendre tout de suite.

— Je vous accompagne, dit Felix en chancelant lorsque je lâche sa main.

Je repose ma main sur son bras.

— Ça va ?

— Très bien. C'était plus effrayant que douloureux.

Il essuie sa paume sanglante sur son tee-shirt lorsque je le lâche.

— Va te laver pendant que j'appelle un taxi pour l'aéroport.

Felix disparaît et je sors mon téléphone pour faire venir une voiture.

— La voiture sera là dans cinq minutes, dis-je un instant plus tard, en faisant de mon mieux pour ne pas croiser le regard de Vlad.

Je me sens coupable qu'il doive rouler dans une Ford Fusion au lieu de sa belle Tesla.

— Je vais rester ici avec Fluffster, dit Rose en se baissant pour ramasser les morceaux de la tasse de Felix. Pars aider Ariel.

Vlad guide Ariel jusqu'à la porte d'entrée, où nous rejoignons Felix, qui porte maintenant un tee-shirt identique à celui qu'a emprunté Vlad, ainsi qu'un pansement sur la paume de sa main.

— L'ascenseur ne fonctionne probablement pas encore, dis-je en conduisant le groupe jusqu'à la cage d'escalier.

— Quand Baba Yaga t'a-t-elle enlevée ? dis-je à Ariel avant de regarder Vlad. Peut-elle parler dans cet état ?

Il croise le regard d'Ariel et ordonne :

— Répond.

— J'étais en route pour la maison ce samedi, dit-elle d'un ton monocorde. Je venais de terminer d'escorter Gaius à JFK pour son voyage en Russie lorsque Koschei m'a attaquée. Au départ, j'ai pensé l'avoir tué, mais…

— Est-ce qu'ils t'ont fait mal ? demande Felix, et il est évident que la réponse lui fait peur.

— Je ne sais pas. Je n'ai aucun souvenir après que Baba Yaga ait utilisé son énergie sur moi.

Le reste de notre trajet à pied se fait en silence et tout le monde sauf Ariel semble particulièrement sombre en passant les décombres de ce qui était le vestibule de cet immeuble.

Au moins, quelqu'un a retiré les morceaux cassés de la Tesla. Vlad a déjà l'air suffisamment énervé comme ça.

Lorsque nous montons dans le taxi, j'ai l'impression que la culpabilité pourrait m'engloutir.

J'avais soupçonné que Gaius n'était pas bien pour Ariel, mais je n'ai rien fait.

J'aurais également dû me rendre compte qu'Ariel avait été enlevée plusieurs jours auparavant. Je n'ai même pas compris quand Baba Yaga a failli admettre qu'elle avait Ariel sous son contrôle.

Bon sang, si on va plus loin, j'aurais dû ignorer les souhaits d'Ariel et j'aurais dû l'interroger au sujet du stress post-traumatique qu'elle prétend ne pas avoir. Cela fait maintenant un moment qu'elle pratique l'automédication avec les médicaments que je savais être mauvais pour elle, mais je n'ai jamais agi de façon assez déterminée, me contentant de lui donner des conseils prudents. Maintenant, je me demande si ses expériences traumatisantes dans l'armée sont la raison pour laquelle elle a été particulièrement vulnérable à l'addiction au vampire.

Oh, et n'oublions pas que sa première gorgée du sang de Gaius a été prise après qu'elle ait été blessée en m'aidant.

À mi-chemin du trajet vers JFK, j'arrête de m'en vouloir et j'imagine oblitérer Gaius pour ce qu'il a fait à mon amie. Il est possible que je le déteste encore plus que Baba Yaga en ce moment.

Mon humeur sinistre ne s'arrête pas lorsque nous sortons du taxi et que nous parcourons les couloirs secrets jusqu'à la plateforme de portails.

Felix doit remarquer mon humeur, car il me laisse seule, choisissant de chuchoter en russe avec Vlad.

Je suis légèrement requinquée lorsque je vois le portail qui mène à Gomorrah... puis je me sens coupable.

Mon amie se rend en cure de désintoxication, pas en vacances.

Cependant, lorsque nous sortons du portail du côté de Gomorrah, la vue du ciel me tire de mon cafard coupable.

Comme lors de ma dernière visite, le temps ici ne correspond pas à celui de la maison. Nous sommes arrivés à JFK aux alentours du repas du soir, mais ici, il fait déjà nuit. Le côté positif est que le ciel nocturne est aussi spectaculaire que dans mes souvenirs, avec une nébuleuse majestueuse de feu et de flamme au lieu d'une lune.

Comme la dernière fois, la taille de la ville me coupe le souffle. On dirait l'idéal platonicien d'une mégalopole que chaque grande ville essaie inutilement d'atteindre.

Nous prenons les ascenseurs très rapides pour redescendre et même si je l'ai déjà vu avant, j'observe le vestibule du bâtiment avec la bouche grande ouverte.

Cela continue lorsque nous longeons la rue. La dernière fois, nous l'avons simplement traversée pour nous rendre à l'Earth Club de Nero, alors cette promenade plus longue s'annonce intéressante.

— C'est comme tous les films de science-fiction et de fantaisie mélangés en un seul, dis-je en chuchotant.

J'observe les vêtements futuristes exotiques de tous les différents types de Conscients dans la rue.

Nous croisons un orque vert vêtu d'une tenue brillante et moulante, puis un être à la peau bleue de sexe indéterminé qui possède à la fois un beau décolleté et une bosse dans son pantalon en cuir rose. Lorsque je dévisage une naine barbue d'un mètre vingt, elle fronce les sourcils et me fait un doigt.

Me sentant comme une touriste idiote, je porte mon attention sur mon environnement inanimé.

Les vitrines inhabituelles des magasins tout autour de nous diffusent des publicités holographiques de mannequins à taille réelle sur le trottoir, me donnant un petit aperçu de la culture locale. Clairement, l'industrie de la mode de Gomorrah exige qu'une orque fasse environ la taille d'un joueur de seconde ligne de foot américain, alors qu'à côté des mannequins elfes, leurs collègues humaines les plus anorexiques paraissent obèses.

Nous passons le coin de la rue et j'observe la structure en verre qui doit être un parking.

Waouh. La voiture la plus ordinaire ici donne l'impression que la luxueuse Tesla morte de Vlad est une de ces vieilles voitures vintage qu'ils utilisent à Cuba.

Avant d'entrer dans le parking, le vent se lève et l'odeur la plus délicieuse que j'ai jamais sentie me parvient depuis un petit véhicule brillant qui ressemble à une soucoupe volante ayant atterri. Il doit s'agir de leur version du food truck.

— Je vais vous acheter à manger, dit Vlad en remarquant mon regard.

— Merci, répond Felix.

Vlad marche vers l'engin et il fait quelque chose que je ne peux pas voir.

Il revient ensuite avec trois paquets enveloppés dans une matière évoquant le papier.

— Mangez dans la voiture, dit-il lorsque Felix lui prend le paquet des mains. Allons-y.

Nous entrons dans la structure en verre et Vlad s'avance rapidement vers une des voitures garées, apparemment au hasard. Je n'entends pas ce qu'il dit à la voiture, mais elle doit aimer ça, car elle ouvre automatiquement ses portes arrondies.

Nous montons tous à l'arrière, donc elle doit être autonome. Vlad ordonne : « le Centre Tranquility » et la voiture ferme ses portes et sort du garage.

Les rues que nous parcourons sont remplies d'autres types de Conscients vêtus de tenues étranges et mon sentiment d'être dans un film de fantaisie futuriste s'intensifie.

Et c'est la nuit. Comme à New York, cette ville ne doit jamais dormir. Même Times Square n'est pas aussi bondée à cette heure de la nuit. Pendant la journée, les gens doivent se marcher les uns sur les autres.

— Goûte la nourriture, dit Felix en ouvrant son paquet.

Vlad tend les deux autres paquets à Ariel et moi et je goûte le mien pendant qu'Ariel mange comme un robot.

Miam. Bien que la nourriture ressemble visuellement à quelque chose comme du knish ou du pierogi, la saveur concentrée évoque mes plats umami japonais préférés... combinés en un seul.

En fait, la nourriture est si bonne que j'oublie momentanément notre environnement... mais seulement momentanément, car nous entrons bientôt dans une zone si magnifique que ma bouche s'ouvre à nouveau d'étonnement.

La plus proche comparaison avec la Terre serait peut-être les Gardens by the Bay à Singapour, sauf qu'ici c'est bien plus grand, avec toute une bande de gratte-ciels couverts de plantes qui disparaissent dans le ciel nocturne.

Je note mentalement de revenir ici pendant la journée : cela doit être encore plus majestueux.

Nous nous glissons dans un parking près du bâtiment le plus vert, et nous sortons de la voiture.

Lorsque Vlad nous conduit à l'intérieur, je suis

tellement distraite par tout ce qui nous entoure que Felix doit me prendre par la main.

— Quelque chose va voler dans ta bouche, me dit-il.

Je ferme ma bouche grande ouverte, mais je la rouvre juste après.

Si ceci est l'endroit en question, j'aimerais peut-être moi aussi développer une addiction.

Si un spa faisait un enfant avec un hôtel de luxe et qu'il grandissait jusqu'à avoir la taille d'un parc à thème, le résultat ressemblerait à ce centre de désintoxication.

Malgré l'heure avancée, l'endroit est rempli de monde. Je ne sais pas distinguer les patients des employés : toutes sortes de Conscients se mêlent ici, créant la sensation d'être au Comic Con.

— Attendez ici, dit Vlad avant de partir avec Ariel.

— Nous aurions dû lui dire au revoir, dis-je à Felix lorsque ma culpabilité reprend le dessus.

— Ce n'est pas grave. Elle n'est pas elle-même, répond Felix en regardant autour de lui d'un air distrait.

— C'est vrai. Au fait, comment allons-nous payer le séjour d'Ariel ici ? Cet endroit à l'air très coûteux.

— Ici à Gomorrah, il y a un système de soins universels, dit Felix en cherchant toujours quelque chose. Tout ce qui est en lien avec la santé est gratuit, même pour les Conscients en visite comme nous.

— C'est cool. Ont-ils également des soigneurs ici, comme Isis ? Je croyais que l'on perdait ses pouvoirs en restant.

— Je pense qu'ils en encouragent certains à venir, dit-il en tournant la tête d'un côté et de l'autre. Les Conscients avec des pouvoirs pratiques, particulièrement les soigneurs, sont très recherchés ici, car ils peuvent aider les cas les plus difficiles que même la technologie la plus avancée ne peut pas encore soigner.

— Cherches-tu quelqu'un ? dis-je lorsque je ne supporte plus son agitation.

Il me jette un regard d'excuse et soupire.

— J'ai une amie qui travaille ici. J'espérais la croiser et lui demander de garder un œil sur Ariel.

— N'y a-t-il pas une secrétaire ici quelque part ? Ou une autre façon de localiser ton amie ?

— Il me faudrait te laisser seule.

— Je peux m'en sortir.

— Si tu en es sûre…

— Certaine.

— Alors je reviens tout de suite.

Il marche d'un pas rapide dans la même direction que Vlad et Ariel.

Je recommence à regarder bêtement autour de moi et je le fais pendant quelques minutes, jusqu'à ce qu'une femme s'approche de moi avec un énorme sourire sur le visage.

Je suis surprise de me rendre compte que je la connais.

Il s'agit de la Conseillère Kit, la changeforme sournoise qui s'est transformée en Nero lors de mon Jubilé et qui a essayé de me séduire.

— Sasha, dit-elle de sa voix typique de personnage de dessin animé japonais. C'est très excitant. Je ne savais pas que tu étais ici, toi aussi.

Elle colle ses petites paumes de main ensemble ou bien elle les frotte comme une méchante dans les films, je ne sais pas trop.

— Quel est *ton* poison ?

— Je suis seulement ici pour accompagner une amie, dis-je lorsque je retrouve ma langue. Et toi ?

À mon avis, elle est accro aux hot-dogs de chiots de teckel, mais je ne le dis pas à haute voix.

— Crois-le ou non, je suis accro au sexe, répond Kit d'un air sombre...

C'est un regard qui semble étranger à son minuscule visage animé.

— Je ne l'aurais jamais deviné. Toi, une accro au sexe ? Sans rire.

Sans compter sa tentative de séduction sur moi, je l'ai également surprise à jouer le tour à Darian, et cette fois là, elle s'était transformée en moi pour obtenir ce qu'elle voulait. Alors non seulement, je veux bien croire qu'elle est accro au sexe, je pense aussi qu'elle a quelques perversions majeures en plus... Enfin, chacun peut vivre sa vie comme il l'entend.

— Et pourtant, me voici, dit-elle et je me félicite encore pour mes capacités à mentir. Je m'inscris dans cet endroit quand mon problème devient impossible à contrôler.

Waouh, d'accord. Si les deux scènes dont j'ai été

témoin font partie de sa normalité, je n'aimerais pas du tout la voir quand elle ne sait pas se contrôler.

— Alors, qui est l'ami que tu accompagnes ? demande Kit. Est-ce Felix ?

Elle se transforme en lui.

— Ou est-ce la délicieuse…

— Sasha, dit Vlad derrière moi en me faisant sursauter. Où est Felix ?

— Il a une amie qui travaille ici, dis-je en me tournant vers lui.

Que se passe-t-il ?

Vlad regarde Kit comme s'il était prêt à lui arracher la tête… chose que j'imagine bien trop facilement maintenant.

Je me retourne et je comprends pourquoi. Kit s'est donné l'apparence de Rose, mais à l'âge de vingt-cinq ans, du moins c'est ainsi que je l'ai toujours imaginée à cet âge-là.

— Conseiller, dit Kit avec sa propre voix.

Vlad desserre les poings.

— Kit. Incorrigible, comme toujours.

— Bonjour, dit Felix en regardant le déguisement de Rose jeune de Kit sans comprendre. Nous sommes-nous déjà rencontrés ?

— Nous nous sommes rencontrés au Jubilé.

Kit reprend son apparence et se lèche les lèvres d'un air lascif.

— C'est Felix, n'est-ce pas ?

Elle regarde les tee-shirts *Matrix* identiques de Vlad et Felix.

— Vous jouez aux jumeaux ? Car c'est un jeu que je…

— Je suis désolé, Conseillère, dit Vlad pendant qu'elle transforme son buste en une troisième copie de la tenue préférée de Felix. Nous sommes pressés.

Sans nous laisser dire quoi que ce soit d'autre à Kit, Vlad nous conduit hors du bâtiment et il ne ralentit pas le pas jusqu'à atteindre une autre voiture futuriste.

— Avons-nous le temps d'explorer Gomorrah ? dis-je dès que nous démarrons. Cet endroit est incroyable.

Felix se racle la gorge.

— As-tu oublié ce projet informatique que j'ai promis de faire pour toi à la maison ? Je croyais que tu en avais besoin au plus vite.

Il a raison.

Nero risque de découvrir l'appareil dans sa poche et non seulement nous ne pourrons pas le pirater, mais en plus il pourrait y avoir des conséquences pour Felix.

— Laisse tomber le tourisme, dis-je vite. As-tu pu parler à ton amie ?

— Oui, répond Felix avec soulagement. Elle a promis de veiller sur Ariel. C'est une

arpenteuse de rêves, alors ça devrait vraiment l'aider.

Comme Vlad semble impressionné par cela, je demande :

— Qu'est une arpenteuse de rêves et comment garde-t-elle son pouvoir si elle travaille ici ?

— Les arpenteurs de rêves peuvent entrer dans les rêves des gens et même contrôler ce qu'il s'y passe… un peu comme dans *Inception*, mais en plus cool, explique Felix. C'est un pouvoir rare très pratique et je pense qu'elle le maintient en faisant des voyages fréquents dans notre monde.

Je hoche la tête d'un air pensif.

— Tu sais, cela pourrait bien aider Ariel avec les cauchemars qu'elle nie toujours avoir.

Felix et moi avons tous les deux entendu Ariel crier dans son sommeil, mais elle prétend toujours qu'elle ne se souvient de rien le lendemain… et c'est peut-être le cas, mais j'en doute.

— Pas seulement les cauchemars, dit Felix. Mon amie a développé plusieurs thérapies. Elle est très recherchée. J'ai de la chance de la connaître depuis longtemps.

— Super. Il n'y a plus qu'une seule chose qui m'inquiète maintenant : les vampires au centre de désintoxication.

— Je m'en suis occupé, dit Vlad, et nous le regardons en attendant qu'il développe.

Il ne le fait pas.

— Espérons simplement qu'Ariel restera loin de Kit, dis-je après un silence gênant.

Personne ne répond, alors je recommence à observer les environs avec la bouche ouverte jusqu'au bâtiment du portail.

Pendant le trajet de retour depuis JFK, Vlad et Felix parlent à nouveau en russe et je fais la sieste.

De retour à la maison, Rose saisit Vlad par la main et ils retournent dans son appartement avec l'enthousiasme de jeunes amants ayant passé un an sans se voir.

— Vous êtes partis sans me parler. Rose m'a raconté une partie de ce qui est arrivé, grommelle Fluffster lorsque nous entrons dans le salon maintenant immaculé… sans doute grâce à Rose. Vous auriez dû me réveiller.

— Installe-toi à l'ordinateur et pirate Nero, dis-je à Felix.

Ensuite, je m'adresse à Fluffster :

— Je vais tout te raconter maintenant.

Le chinchilla semble apaisé, alors je me lance dans mon histoire pendant que Felix part puis revient avec son ordinateur portable. Il se laisse tomber sur le canapé et il commence à taper au clavier.

— Le mot de passe est bien ton nom, s'exclame-t-il juste au moment où je termine mon histoire.

Fluffster et moi le regardons. Pendant qu'il fixe quelque chose à l'écran, il écarquille les yeux et son monosourcil ondule comme une chenille ivre.

— Qu'est-ce que c'est ?

Je m'assois à côté de lui.

— Qu'as-tu appris ?

— Il s'agit d'une de ces choses qu'il faut voir pour les croire, dit-il avant de me tendre l'ordinateur portable d'un air solennel.

Je fixe l'écran.

Je vois un tas de documents qui semblent avoir été scannés depuis une version papier. Il doit encore s'agir de l'obsession de Nero pour l'administration sans papier.

Cependant, lorsque je zoome sur le tout premier de ces documents, ma mâchoire tombe d'incrédulité.

Qu'est-ce ?

L'ordinateur en viande de mon cerveau est sur le point de planter.

CHAPITRE QUARANTE-DEUX

C'EST mon relevé de notes du CP.

J'avais des notes parfaites hormis un unique S à « participation et comportement ». Le S signifie « Satisfaisant » ou bien « mon institutrice de CP est " Sérieusement " méchante d'avoir baissé cette note à cause de quelques farces inoffensives ».

Comment Nero a-t-il obtenu cela et pourquoi ?

Même ma mère, qui est du genre à accumuler du bazar à valeur sentimentale, ne possède pas mes relevés de notes avant le collège.

Perplexe, je ferme le fichier et j'en sélectionne un autre au hasard.

Là, ma mère le possède aussi. C'est une photo de ma remise de diplôme du collège où je faisais semblant d'être l'ange innocent que je n'étais pas.

Encore une fois : pourquoi Nero la possède-t-il ? Cette photo est peut-être disponible au public dans les archives de l'école, donc ce n'est pas aussi bizarre que pour le relevé de notes, mais quand même très étrange.

Ensuite, c'est une rédaction écrite pour mon cours d'anglais de seconde. Je devais choisir quelqu'un que j'admirais et j'avais eu du mal à choisir entre Houdini et Criss Angel. Je m'étais décidée pour le premier parce que c'était le plus célèbre des deux et parce que je ne voulais pas écrire des choses du genre « je bave quand je le vois à la télévision » dans ma rédaction.

Où Nero a-t-il obtenu une telle copie et dans quel but ? Je sais que les fonds d'investissement vérifient les antécédents des employés potentiels, mais il s'agit ici d'un niveau de détail qui franchit la limite de l'effrayant et la laisse loin derrière.

Lorsque je regarde l'objet suivant sur mon écran, je me rends compte que l'effroi ne fait que commencer.

Il s'agit d'une lettre de l'Université de Columbia adressée à l'appartement de Nero dans l'Upper East.

La lettre remercie Nero Gorin pour son don généreux, vérifie qu'il ne veut pas que le bâtiment porte son nom et l'informe que Sasha Urban a été acceptée comme il l'a demandé.

Qu'est-ce que… ?

Je lève les yeux et je croise le regard de Felix.

Il semble aussi perturbé que moi.

C'est Nero qui m'a fait entrer à Columbia ?

Pourquoi ?

Comment me connaissait-il à l'époque ?

Et… je ne suis donc pas entrée grâce à mon mérite ?

Mes notes étaient merveilleuses. J'étais si fière quand ils m'ont acceptée. Suis-je dans l'erreur depuis le début au sujet de mes capacités ?

Je cligne plusieurs fois des yeux en essayant de comprendre pourquoi Nero a pu faire une telle chose, mais rien ne me vient, mis à part qu'il s'agit évidemment de bien plus qu'une vérification de mes antécédents de sa part.

Cela ressemble davantage au fait de préparer quelqu'un à un rôle spécifique très en avance.

Mais c'est fou.

Oui, Nero aime contrôler les événements de façon maladive, mais de là à superviser l'éducation d'un futur larbin... je n'ai encore jamais entendu ça, particulièrement sans qu'il y ait de comptes à rendre.

Terrifiée par ce que je pourrais découvrir ensuite, je réduis la lettre de don et j'affiche une autre photo.

Celle-ci ne ressemble pas aux précédentes.

C'est une photo d'un homme embrassant une fille. Une très jeune fille, de treize ou quatorze ans.

Nero pense-t-il que cette fille est moi ?

Car ce n'est pas le cas.

En dehors de Criss Angel, à cet âge-là, je n'avais jamais pensé à embrasser un homme plus âgé et je n'avais certainement jamais agi de la sorte.

Je reconnais alors l'homme en question.

C'est le flic qui m'a arrêté à une fête à laquelle j'ai participé en première année de fac.

Il m'avait prise sur le fait alors que je tenais le seul

joint que j'ai fumé au cours de mes études. Il m'avait conduite au poste, me terrifiant en promettant de m'arrêter et de ternir mon casier judiciaire vierge.

Une seconde.

Cet épisode ne m'avait jamais paru très logique, car après que le flic ait pris la peine de me conduire au poste et de m'y laisser pendant des heures, il m'avait mystérieusement relâchée avec un avertissement.

Il n'avait pas essayé de flirter avec moi ou quoi que ce soit d'autre, il a simplement marmonné quelque chose au sujet de ne pas gaspiller l'argent du gouvernement inutilement. Je m'étais donc demandé pourquoi il avait pris la peine de me traîner jusque-là pour commencer.

Devais-je mon coup de chance à cette photo ?

Nero était-il intervenu par l'intermédiaire d'une forme de chantage ?

Il avait payé cher pour me faire entrer à Columbia — chose à laquelle j'essaie encore de m'habituer — alors je peux imaginer qu'il a veillé sur son investissement.

Mais comment ?

Il lui aurait fallu avoir la photo avant mes problèmes, ou bien l'acquérir extrêmement vite.

Il lui aurait également fallu savoir que j'avais eu des problèmes pour commencer, ce qui signifie qu'il me surveillait à ce moment-là... c'est une idée qui colle avec toutes ces nouvelles révélations, mais elle est extrêmement dérangeante.

Est-il possible que Nero conserve de quoi faire chanter tous les flics de la ville ? Ou bien connaît-il simplement une personne louche qui le fait à sa place ?

En y repensant, conserve-t-il également de quoi faire chanter tous les départements des relations humaines dans tous les États-Unis ? Est-ce ainsi qu'il m'a empêchée d'obtenir un nouvel emploi ?

Mais pourquoi ne pas ensorceler le flic ? Nero n'avait-il pas de vampire sous la main cette nuit-là ? Le sort aurait fonctionné tout aussi bien, sauf si le type fait partie des Conscients.

Enfin, quoi qu'il en soit, j'espère que Nero a aussi dit au type de garder à l'avenir ses mains baladeuses très loin des personnes de moins de dix-huit ans.

Je réduis la photo du policier et je parcours quelques documents supplémentaires.

Voilà mon bail – bon. Il est le propriétaire du bâtiment dans lequel je vis.

Il y a également une copie de mon dossier de carte grise – ce qui est déjà plus louche.

Je vois ensuite un autre fichier rempli de texte, alors je le lis en diagonale.

C'est ma conversation privée avec Ariel que quelqu'un a transcrite.

Ah oui. J'avais presque oublié. Nero m'espionnait en utilisant le téléphone de l'entreprise. Il doit s'agir d'un des millions de fichiers qui en résultent.

Comme j'ai maintenant moins de documents à l'écran, je peux voir le dossier au-dessous.

Il s'appelle «Sasha», mais il est écrit en cyrillique comme le mot de passe.

Je clique sur un fichier au hasard dans le dossier.

Il s'agit d'une copie des notes de la psy de ma mère. Ce jour-là, ma mère avait parlé de ce qu'elle ressentait à l'idée de se remettre à fréquenter des hommes, peu de temps après son divorce récent.

Mon cœur se serre. Espionnait-il mes *parents* ?

Bien que je sois tentée de lire les notes, je ferme le fichier. Ma mère mérite sa vie privée, un concept qui est clairement étranger à Nero.

Pourquoi veut-il posséder de telles informations ?

Qu'est-ce qui ne va pas chez lui ?

Je scrute frénétiquement le fichier en cherchant quelque chose de pire que ça.

Je trouve un fichier vidéo.

Je le lance.

C'est moi, en train de faire léviter un dollar devant le nez de Darian le soir où nous nous sommes rencontrés au restaurant dans lequel je travaillais.

On dirait que Nero a également espionné mon travail de magicienne.

La vidéo suivante est toute floue au début, puis la caméra zoome et je me vois embrassant Nero au milieu d'un brouillard épais.

Mon visage se met à brûler.

Il s'agit de l'enregistrement où j'ai embrassé Kit lors du Jubilé – ce qui signifie que Nero sait que je l'ai embrassé.

Enfin, pas *lui*, mais une accro au sexe qui lui ressemblait à ce moment-là.

Étant donné tout le reste, je ne devrais pas me sentir outrée par cette vidéo en particulier. Nous étions à son travail quand ceci a été enregistré. Cependant, je me sens plus violée dans mon intimité par cette vidéo que par la plupart des autres preuves de son espionnage.

Comment pouvait-il être au courant de ce baiser tout en agissant comme s'il ne l'était pas ?

D'un autre côté, peut-être a-t-il agi comme s'il le savait ? Engage-t-il toujours des orques pour agresser les femmes qui veulent l'embrasser ?

En fulminant, je regarde à nouveau Felix.

A-t-il vu ceci ?

Il me fixe à son tour, le visage neutre de façon exaspérante.

— Parle. Dis-moi que tu y comprends quelque chose.

— On dirait qu'il veille sur toi depuis ton enfance, dit Felix en jetant un coup d'œil à Fluffster, comme pour lui demander de l'aide.

Lorsqu'il n'en obtient pas, il poursuit :

— De plus... il parle le russe.

— C'est vrai.

Je pose l'ordinateur portable et je me masse les tempes.

— Et il t'a aidée, dit Felix comme si cela devait m'évoquer quelque chose.

Ce n'est pas le cas.

— Il a veillé sur toi, continue-t-il. Il t'a protégée.

— Tu es très doué pour répéter les évidences, aboyé-je. Dis-moi quelque chose que je ne sais pas déjà.

— Nous savons qu'au moins un de tes parents est russe.

Son ton est extrêmement patient, même lorsque le côté droit de son monosourcil se lève plus haut que jamais.

— Non.

J'arrête de masser mes tempes et je regarde Felix avec la bouche ouverte à tel point que j'ai mal à la mâchoire.

— Tu ne peux pas vouloir dire ce que je pense.

— C'est possible, dit Felix en cherchant le soutien de Fluffster – en vain, encore une fois.

— Non. Ce n'est *pas* possible.

— De quoi parlez-vous tous les deux ? demande mentalement Fluffster. Je ne comprends pas.

— Nero peut-il être le père de Sasha ? énonce Felix.

Je me lève brusquement sans savoir pourquoi.

— Mon père ? *Nero* ?

Mes jambes me conduisent jusqu'à la porte lorsque mon cœur bondit de façon irrégulière dans ma poitrine.

Des pieds d'humain et de chinchilla me suivent en courant, mais je n'en tiens pas compte.

— Où vas-tu ? demande Felix d'un ton inquiet.

— À son bureau.

J'enfonce mes pieds dans mes bottes.

— Nero quitte son bureau, dit Felix. J'ai vérifié les caméras avant de détruire le FELLATIO dans sa poche.

— Dans ce cas-là, je me rends chez lui, dis-je en grognant et je sors avant que qui que ce soit puisse répondre.

Je me précipite en bas des escaliers comme si un autre zombie me pourchassait, je traverse les débris du hall d'entrée et je saute dans le premier taxi que je trouve.

Pendant que nous roulons jusqu'à l'Upper East Side, il me faut faire appel à toute mon expérience de la respiration méditative pour me calmer suffisamment et avoir des pensées presque cohérentes.

Felix pourrait-il avoir raison ?

Nero peut-il être mon père ?

Une énorme part de moi hurle en déni.

Ne le saurais-je pas ? Ne le sentirais-je pas si c'était le cas ?

N'aurais-je pas perçu quelque chose quand nous nous sommes rencontrés la première fois ?

Enfin, pour être honnête, j'ai bien ressenti quelque chose la première fois que j'ai rencontré Nero – mais le désir est à l'opposé de ce qu'une fille devrait ressentir pour son père.

N'est-ce pas ?

J'ai l'impression que ma tête va exploser, alors je la serre entre mes mains.

Si cela s'avère exact, est-ce que cela signifie que je dois m'aveugler comme Œdipe dans le mythe grec ? Ou bien...

Le chauffeur de taxi se racle la gorge et je me rends compte que nous nous trouvons déjà à côté de l'immeuble élégant de Nero.

— Je suis attendue, mens-je au garde de sécurité en me précipitant à l'intérieur. Je m'appelle Sasha et je suis ici pour parler avec Nero Gorin.

L'homme en surpoids consulte un cahier sur son bureau et dit :

— Sasha Urban ?

Stupéfaite, je cligne des paupières.

— Oui.

— Vous êtes sur la liste VIP. Puis-je voir vos papiers d'identité ?

Toujours perplexe, je lui montre mon permis de conduire et il m'indique quel ascenseur me conduira jusqu'à son appartement.

Mon cœur bat bien trop vite et je ne pense à rien jusqu'à la porte d'entrée de Nero.

En canalisant mes émotions tumultueuses, je frappe si fort à la porte que j'en ai mal à la main.

Aucune réponse.

Je frappe la sonnette avec mon doigt.

Rien.

N'est-il pas encore rentré ?

Ou bien m'observe-t-il à travers une caméra cachée et refuse-t-il de se confronter à moi ?

— Je ne partirai pas d'ici sans explication, crié-je à la caméra hypothétique avant de retirer les crochets de serrure de ma langue.

Il me faut quelques secondes de plus que d'habitude

pour vaincre la serrure coûteuse de Nero, mais j'y parviens.

— On dirait que l'entrée par effraction peut figurer dans ton beau dossier sur moi, dis-je aux micros hypothétiques de Nero. Que tu sois prêt ou pas, j'arrive !

CHAPITRE QUARANTE-TROIS

PERSONNE NE M'ACCUEILLE à l'intérieur, alors j'observe les environs.

L'imposant hall d'entrée de Nero possède une forme d'opulence spartiate. Malgré l'art moderne sur les murs, les plafonds de plus de cinq mètres de haut donnent un air de cathédrale à l'endroit.

Je commence à marcher au hasard.

Chaque meuble devant lequel je passe donne l'impression de coûter plus que dix ans de mon salaire et d'avoir été choisi par les meilleurs décorateurs d'intérieur.

En suivant une intuition, je m'engage dans un couloir sur la gauche et je me trouve dans un atelier d'artiste.

— Ainsi, tu peins effectivement, dis-je en chuchotant aux micros cachés tout en contemplant les différents paysages à couper le souffle peints à l'huile sur toile.

C'est alors que je la vois.

Moi.

Ou plutôt, une peinture de moi : sauf que je ne parais pas si radieuse dans la vraie vie.

Je me trouve sur une plage de sable blanc dans un petit bikini que je n'ai plus utilisé depuis mes études.

— Cela vient de mon voyage au Grand Cayman, dis-je. Le voyage que j'ai fait *avant* que nous nous rencontrions.

Aucune réponse ne parvient des haut-parleurs ou des microphones secrets.

J'examine la peinture.

L'attention que le peintre a accordée à mon physique ne serait pas appropriée si cet artiste était mon père. Je fais au moins un bonnet de plus sur la peinture et le rapport taille-hanches est plus proche de l'idéal que de mes véritables mensurations.

C'est moi, vue à travers les yeux d'un homme en chair et en os qui me désire, pas à travers le regard d'un père.

Secouant la tête dans le but de m'éclaircir les idées, je laisse mon intuition me guider plus loin dans les profondeurs de l'appartement, jusqu'à atteindre un petit bureau abritant un coffre solide.

Même sans mes pouvoirs de voyante, il est évident que quelque chose d'important se trouve dans ce coffre, alors je l'examine attentivement.

Je ne vois aucune serrure que je peux crocheter et malheureusement, je ne me suis jamais renseignée sur l'ouverture des coffres dans le cadre de mes illusions.

Je n'ai rien lu non plus au sujet de coffres high-tech tels que celui-ci.

Je touche l'écran LCD sur la porte du coffre.

Il s'illumine et un étrange alphabet apparaît.

Lorsque j'aperçois un R et un N inversés, je comprends que c'est encore du cyrillique.

Intéressant.

Le mot de passe principal de Nero était mon nom en russe. Aurait-il utilisé le même ici ?

En me creusant la cervelle pour me souvenir de l'écriture, je localise une lettre ressemblant à un « c » puis un « a », puis une lettre étrange qui m'évoque un « w » aplati, et enfin un autre « a ».

Le coffre ne s'ouvre pas, mais il y a un bouton espace à l'écran, alors le mot de passe pourrait être mon nom complet.

Je tape un espace et je me concentre sur le deuxième mot. Une lettre ressemblant à un Y, suivie par un « p », puis ce qui ressemble à un « 6' et enfin un H majuscule écrit en petit.

Le coffre sonne.

Je retiens ma respiration et je tire sur la poignée.

La porte s'ouvre.

Il y a plusieurs dossiers à l'intérieur, mais je me jette sur celle où il est écrit « Саша Урбан », car c'est mon nom en russe.

Les mains tremblantes, j'ouvre le dossier.

Je trouve un morceau de papier jauni couvert d'écriture russe.

Je regarde le suivant.

Un autre vieux document russe.

Je tourne la page et je trouve encore un document russe ancien.

Quoi ?

Quel est le rapport avec moi ?

Je sors mon téléphone, je prends des photos des trois papiers que j'envoie par mail à Felix, et je compose son numéro.

— Sasha, où es-tu ? dit-il en décrochant. Fluffster et moi…

— Vérifie tes mails, dis-je urgemment.

Quelque chose doit l'alerter dans ma voix, car je l'entends bouger puis pousser un soupir de surprise.

— Felix ?

— Je n'arrive pas à en croire mes yeux.

Il me semble autant émerveillé qu'effrayé. C'est un mélange qui m'inquiète.

— C'est incroyable, poursuit-il en s'éclaircissant la gorge. Je ne sais même pas quoi dire.

Je serre mon téléphone avec plus de force.

— Tu as intérêt à retrouver la parole vite fait.

— Un des documents est l'acte de naissance russe d'une fille nommée Alexandra Rasputina. Le « a » à la fin du nom de famille est en fait la version féminine du nom Raspoutine. Et bien sûr, Alexandra est la version formelle de Sasha. La date de naissance est le mardi 31 octobre 1916. Seul le père est mentionné : Grigori Rasputin.

— Penses-tu que c'était ma grand-mère ? dis-je

d'une voix tremblante. Ou ma mère ? Ai-je été nommée d'après elle ?

— Non.

Felix semble soudain abattu.

— Tu ne comprends pas. Laisse-moi te parler des autres documents.

— Oui, et arrête de gagner du temps.

— D'accord, mais celui-ci n'a aucun sens, sauf s'il s'agit d'une farce. Il est écrit en vieux russe, alors j'interprète peut-être mal, mais on dirait une série de prophéties faites par Raspoutine.

— Ah bon ? dis-je en ne voyant pas le rapport avec moi, mais en faisant confiance à Felix pour revenir au sujet en cours.

— Oui. Cela date également de mille neuf cent seize et couvre les cent ans qui se sont écoulés depuis.

— Quoi ?

Je regarde mon téléphone en me demandant si je dois lancer un appel vidéo à Felix afin de voir s'il a l'air aussi fou que ce qu'il dit.

— Je sais. Ceci a tout prédit.

Il parle plus vite :

— La révolution russe un an plus tard. La Deuxième Guerre mondiale et les nazis. La date et l'heure exacte de Pearl Harbor. Spoutnik et le premier homme dans l'espace – ainsi que sur la lune.

Il inspire bruyamment.

— Cela parcourt toute l'histoire, chaque guerre, la croissance et la chute de grosses sociétés avec des dates spécifiques et le prix des actions, les bulles financières dot com et du logement, le 11 septembre et...

— Ce document doit être un faux, dis-je en sentant mon ventre se glacer. Quelqu'un a dû le créer récemment. Je connais plusieurs méthodes pour vieillir un...

— C'est possible. Mais les légendes affirment que Raspoutine était un voyant puissant, alors en théorie, il pourrait avoir eu une vision qui couvre cette longueur de temps — même si d'après tes expériences, il a dû être hors service en tant que voyant pendant longtemps après, peut-être pour toujours.

— Très bien, dis-je en luttant contre le tournis lorsque j'imagine vivre une vision de cent ans comme Raspoutine a dû le faire. Quel est le rapport avec moi ? Suis-je l'apogée d'une de ses prophéties ?

— C'est là qu'entre en jeu le troisième document. Celui-ci est encore plus difficile à interpréter, car non seulement il est écrit en vieux russe, mais il s'agit également de jargon juridique.

— Que dit-il ?

— Je vais essayer de le traduire le mieux possible. Il est encore plus difficile à croire que le précédent.

— Je vais te tuer si tu n'arrêtes pas de chercher à gagner du temps, dis-je en grinçant des dents. Sérieusement.

— Très bien. C'est parti.

CHAPITRE QUARANTE-QUATRE

JE SERRE avec force le téléphone contre mon oreille, ne souhaitant pas rater un seul mot.

— Ce qui suit est un contrat entre Grigori Raspoutine et un homme dorénavant connu sous le nom de Nero Gorin, commence Felix.

— Quoi ?

Je fixe les trois papiers jaunes, ne sachant pas lequel il traduit en ce moment. Mon esprit se raccroche à des détails au hasard.

— Nero avait-il un autre nom avant ?

— Tu as entendu Rose et Vlad. Même eux, ils considèrent qu'il est vieux. Il a dû avoir des tonnes d'identités au cours de sa vie, dit Felix. Maintenant, laisse-moi continuer.

— Pardon. Vas-y.

— La première partie est une clause de confidentialité. Le jargon légal est très dense, mais je crois qu'il affirme que les parties signant ce document n'ont pas le droit de révéler des détails du contrat à qui que ce soit. Il y a également une liste de sujets qu'ils promettent de ne pas aborder...

— On y reviendra plus tard, dis-je. Continue jusqu'au prochain paragraphe, ça a intérêt à être le cœur du document.

— Les deux parties échangent des services, dit Felix avec une intonation digne d'une cour de justice. Grigori Raspoutine fournira une prophétie de cent ans à Nero Gorin qui fera de Nero Gorin le Conscient le plus riche à avoir parcouru l'Autremonde nommé Terre.

Felix prend une inspiration avant de continuer.

— En échange, Nero Gorin doit veiller sur la fille de Grigori Raspoutine, Alexandra — dorénavant connue sous le nom de Sasha — Rasputina, lorsqu'elle apparaîtra sur l'Autremonde nommé Terre au début du nouveau millénaire d'après le temps local.

La pièce se met à tourner autour de moi.

Bien que Felix ait traduit les mots, leur sens ne veut pas émerger dans mon cerveau.

— Il y a plus, dit doucement Felix. Nero Gorin doit s'assurer que Sasha Rasputina soit adoptée par la famille humaine nommée Urban et qu'elle soit bien traitée. Il doit également veiller sur son éducation et aider sa transition dans la société terrienne...

Je secoue la tête.

— Non. Ça ne peut pas être vrai. Comment puis-je être née il y a plus d'un siècle ? Quand mes parents m'ont trouvée, je n'étais qu'une enfant.

— Raspoutine a pu te conduire dans un Autremonde où le temps passe très lentement, dit Felix. Ensuite, il a pu attendre et te ramener sur Terre après des décennies écoulées ici. Le danger qu'il a fui a pu disparaître, ou peut-être a-t-il eu une vision d'où et quand il devait t'amener.

Je suis irritée de constater que Felix semble rationnel.

— En fait, c'est plutôt logique. Tes parents adoptifs t'ont retrouvée à JFK, près de la plateforme. Quoi qui ait pu faire peur à Raspoutine sur Terre, il lui a suffi de passer quelques minutes seulement ici…

J'arrête d'écouter.

Comme une tempête violente, un nouveau paradigme réaligne tout ce que j'ai toujours su.

Tout concorde maintenant.

Le lien russe. Le dernier propriétaire de Fluffster. Mon abandon à l'aéroport de JFK. Nero qui me surveille toute ma vie.

La première fois que j'ai entendu parler de Raspoutine, je me suis dit qu'il pouvait être un de mes ancêtres, mais il est tellement plus.

C'est mon père.

Peut-il encore être en vie ? Entre les différences temporelles des Autremondes et l'espérance de vie plus longue des Conscients, c'est entièrement possible.

Mais si c'est le cas, où est-il ? Pourquoi m'a-t-il abandonnée ?

— Sasha ? dit Felix. Tu es là ?

— J'essaie de digérer la situation. On dirait que

Nero possède toutes les réponses. S'il connaissait mon père, il a pu connaître ma mère. Il pourrait me dire où...

— J'ai peur que ce ne soit pas si simple. Si tu m'avais laissé finir la clause de confidentialité, je te l'aurais dit. Nero ne peut pas du tout te parler de ta famille.

— *Quoi ?*

Je résiste tout juste à l'envie de jeter mon téléphone contre le mur.

— Respire, Sasha, dit Felix d'un ton apaisant. Tu as appris beaucoup de choses aujourd'hui. Pense...

— Parlons plus tard. Je veux prendre des photos des autres documents.

— Attends une seconde... où as-tu obtenu ces documents ?

— À la source. Qu'est-ce que tu croyais ?

— Tu es dans l'appartement de Nero, n'est-ce pas ? chuchote Felix.

— C'est pour ça que je dois te laisser. Le temps est peut-être compté.

— Monsieur Gorin, Monsieur, je n'ai rien à voir avec tout ça, dit Felix d'une voix forte. Quand Sasha m'a appelé, je ne le savais pas. S'il vous plaît, ne me tuez...

Je raccroche et je regarde le papier suivant.

On dirait un mélange étrange entre une carte et un diagramme de Venn. Il me faudra découvrir ce que c'est et quel est le rapport avec moi plus tard.

J'examine un autre document.

C'est une copie exacte de mon diplôme de lycée.

Je parcours les suivants et il s'agit de tous les diplômes et certificats que j'ai reçus dans ma vie. Quelqu'un a fait de son mieux pour prouver qu'il tient sa part du marché.

Je feuillette encore les papiers.

La collection de Nero est bien plus complète que celle de ma mère.

Le dernier papier du dossier est la lettre d'embauche que j'ai signée quand j'ai commencé à travailler pour Nero.

Je glousse sombrement.

Mon stupide travail est l'aboutissement d'événements qui se préparent depuis plus d'un siècle.

Et Nero a tout utilisé pour devenir indécemment riche.

Je comprends tout à coup quelque chose.

Il essaie encore de rester riche.

Quand son antisèche de cent ans a expiré en 2016, il a dû décider de m'utiliser moi, la fille d'un voyant puissant, afin que l'argent continue à couler.

Cela semble bien correspondre.

Je ferme le dossier et je fixe mon nom écrit en russe.

Ai-je parlé cette langue quand j'étais petite ? Étant donné que la plupart des bébés commencent à parler à un an, j'ai dû avoir un petit vocabulaire russe que j'ai maintenant oublié. Sauf si ma mère parlait anglais.

Je ne sais toujours rien d'elle.

Je suis alors frappée par un sentiment de déjà vu.

Bien sûr.

La vision très courte dans laquelle j'ai vu mon nom écrit en russe.

Il y avait eu un bruit derrière moi…

Le cœur battant dans ma gorge, je me retourne – juste au moment où j'entends ce même bruit.

C'était le bruit de la porte qui s'ouvre avec tant de force qu'elle aurait pu voler de ses gonds.

Le visage furieux, Nero entre à grands pas dans la pièce.

CHAPITRE QUARANTE-CINQ

NOUS NOUS REGARDONS dans les yeux.

Sa fureur se transforme en perplexité.

De mon côté, je me rends compte qu'il ne porte qu'une serviette, et mon sang traître monte à mes joues.

Cela explique pourquoi il n'a pas répondu à la porte.

Il était sous la douche.

Il se savonnait. Se frottait. Se rinçait.

Je déglutis.

Bruyamment.

Il n'y a pas un gramme de graisse sur ce corps large et viril. Chaque muscle semble sculpté dans un bloc de glace… et j'ai soudain envie de lécher.

De son côté, Nero semble tout aussi stupéfait de me voir, ses yeux bleu gris me dévisageant avec incrédulité et autre chose.

Quelque chose de brûlant qui me perturbe.

Jusqu'à ce que son regard tombe sur le dossier que je tiens encore entre les mains.

Il se met soudain en mouvement.

D'un geste flou, il retire le dossier de mes mains, le range dans le coffre et le verrouille.

Je recule au fond de son bureau, ma bouche devenant sèche comme le Sahara.

Dans sa hâte, il a perdu sa serviette.

Merde alors. Heureusement que nous ne sommes pas de la même famille. Mais je dois dire que même s'il avait été mon cousin au second degré…

Non, ça suffit. C'est insensé.

En cherchant à faire bouger mes membres tremblants, je fixe la sortie.

Il se place devant moi, me barrant la route.

— Qu'as-tu découvert ?

Il semble glorieusement ignorant de son absence de vêtements… contrairement à moi.

J'avale encore une fois ma salive.

— Tout. Je sais qui je suis et je sais tout au sujet de ton ingérence et de ton espionnage.

Il serre la mâchoire.

— Bon. Mais ça ne change rien.

Sa voix devient grave et hypnotisante, ses yeux me fixent comme s'il essayait de scanner mon âme.

— J'espère que tu en as conscience.

J'humidifie mes lèvres sèches.

— Ça change *tout*.

Son regard fixe ma bouche, suivant avidement le mouvement de ma langue.

— Nous avons conclu un marché.

Il parle d'une voix grave en s'approchant de moi.

— Tu vas travailler pour moi et je resterai ton mentor.

Je hoche la tête, le souffle coupé. Je n'arrive pas à débattre maintenant, car je suis trop distraite par sa réaction dans la région précédemment couverte par la serviette.

Une réaction très forte et très *grande*.

Une véritable tactique sous la ceinture.

D'une façon ou d'une autre, je parviens à rassembler un peu de ma raison.

— Je dois partir. Je… te verrai au travail.

J'essaie de le contourner, mais c'est impossible.

Il prend toute la place, absorbant tout l'oxygène de la pièce.

— Oui, tu ferais mieux, acquiesce-t-il doucement, mais il ne bouge pas.

Je sens mon pouls battre dans mes tempes et mon visage est sur le point de brûler jusqu'à me faire des cloques lorsque son regard tombe à nouveau sur ma bouche. Il semble attendre que je me lèche les lèvres une fois de plus.

Je lutte pour ne pas le faire.

À la place, je me surprends à dire :

— Tu as conclu un marché avec mon père. Tu es… censé veiller sur moi.

Ses narines frémissent. En baissant la tête, il grogne :

— Je sais.

Son visage se trouve maintenant directement au-dessus du mien, ses lèvres à quelques centimètres, et j'ai envie de partir en courant et en hurlant.

Ou de me rapprocher.

Peut-être les deux à la fois, même si c'est impossible.

J'ai l'impression d'être déchirée en deux, repoussée par toutes ses machinations et pourtant attirée par lui... pour aucune bonne raison.

Le pire, à en juger par le pouls que je vois battre dans son cou, c'est qu'il semble souffrir de la même folie.

Il baisse la tête de quelques millimètres de plus.

Mes talons se soulèvent du sol.

C'est comme si nous avions des aimants très forts dans nos bouches qui nous attirent.

Un muscle frémit dans sa mâchoire pendant que ses yeux s'assombrissent, ses pupilles s'élargissent jusqu'à se mêler à ses anneaux cornéo-limbiques.

Nos lèvres se touchent presque. Je sens son souffle chaud et l'odeur de menthe de son dentifrice.

Je ne peux pas.

Je ne dois pas.

Et puis mes lèvres se collent contre les siennes, mon corps se lève sur la pointe des pieds et je fais passer mes bras autour de son cou.

Sa réaction est aussi violente qu'instantanée. Ses

bras puissants se referment autour de moi, me collant contre son corps dur comme l'acier. Sa bouche devient dévorante, approfondissant le baiser, l'emmenant plus loin, et j'en fais autant, canalisant toute ma confusion, ma colère et ma frustration dans les mouvements de ma langue.

Quelque chose de dur appuie contre mon estomac et je tremble, prise d'un besoin grandissant de mettre fin à ma maudite abstinence. Les montagnes russes de mes sensations m'aveuglent et le désir de m'arracher les vêtements me submerge. Ces choses stupides se trouvent entre nous et je veux faire disparaître tous les obstacles.

Un grognement retentit au fond de sa gorge, ses mains parcourant mon corps avec une avidité qui s'intensifie, et une lueur de ma raison s'éveille quelque part au fond de mon esprit empreint de désir.

Que suis-je en train de faire ?

C'est Nero.

Avec un effort monumental, je m'écarte de lui… juste au moment où il me laisse partir.

Je trébuche en arrière en haletant, et je vois son torse se soulever avec un rythme aussi rapide que moi.

— Pars, grogne-t-il, ses grandes mains ressemblant soudain à des griffes.

Que se passe-t-il, encore ?

Ma respiration est rendue difficile pour une autre raison, quand j'ai de douloureux flashbacks des orques.

Il fait un pas sur le côté en tremblant visiblement à

cause de l'effort pour se retenir et je quitte ma paralysie de désir-panique.

Je tourne les talons et je fuis hors de la pièce, de l'appartement, de l'immeuble.

———

LE TRAJET en taxi jusqu'à la maison se passe dans le flou et je me souviens à peine comment je monte à l'étage. Felix et Fluffster m'attendent dans l'appartement, mais j'ignore leurs questions en me précipitant dans la salle de bains pour m'asperger le visage d'eau froide.

Nero m'a embrassée.

En réalité, c'est moi qui l'ai embrassé.

Ce qui confirme la chose.

Je suis complètement folle.

Je fais couler de l'eau froide et je me déshabille avant de me placer sous le jet glacé. Je tremblote dans l'eau jusqu'à ce que la chaleur inappropriée au fond de mon corps ne soit plus qu'un souvenir distant.

J'ai peut-être obtenu tout un tas de réponses, mais rien ne semble faire sens… particulièrement l'énigme que représente Nero.

Je suis peut-être trop fatiguée pour tout analyser ?

Oui, c'est ça. Le baiser fracassant n'a aucun rapport.

Si je passe une bonne nuit de sommeil, je pourrais certainement tout comprendre le matin.

Frigorifiée, je trébuche jusqu'à ma chambre et je verrouille la porte avant de me laisser tomber sur le lit et de m'envelopper dans une couverture.

Je vais dormir maintenant. Sans rêver, si j'ai de la chance. Et demain, je trouverai la force de faire face à Nero.

Entre son contrat avec mon père et mon propre marché avec lui, nous sommes liés l'un à l'autre.

Pour le meilleur et pour le pire.

FIN

AVANT-PROPOS

Merci d'avoir lu ce livre ! J'espère que vous aimez l'histoire de Sasha ! Ses aventures continuent dans *L'illusion fantastique (série Sasha Urban : Tome 4)*. Si vous souhaitez être averti de sa parution, inscrivez-vous à ma liste de diffusion sur www.dimazales.com.

Vous aimez les livres audio ? Cette série et tous mes autres livres sont disponibles en version audio.

Vous souhaitez lire mes autres livres ? Vous pouvez aller voir :

- *Les Dimensions de l'esprit* – les aventures d'urban fantasy trépidantes de Darren, qui peut arrêter le temps et lire dans les pensées
- *Upgrade* – l'histoire de science-fiction palpitante de Mike Cohen, dont la nouvelle

technologie transformera nos cerveaux *et* le monde

- *Les Derniers Humains* – l'histoire futuriste et dystopique de Theo, qui vit dans un monde où les apparences sont trompeuses
- *Le Code arcane* – les aventures de fantasy épiques du sorcier Blaise et de sa création, la magnifique et puissante Gala

Et maintenant, veuillez tourner la page pour un aperçu palpitant d'*Oasis.*

EXTRAIT D' OASIS

Je m'appelle Theo et je vis à Oasis, la dernière zone habitable sur Terre. C'est censé être le paradis, un endroit où nous sommes tous comblés. La vulgarité, la violence, la folie et tous les autres maux ne sont plus qu'un souvenir lointain. Même la mort ne nous tourmente plus.

J'étais comblé moi aussi, mais j'ai changé. Maintenant, j'entends une voix dans ma tête et elle me dit des choses qu'aucun ami imaginaire ne devrait savoir. Elle s'appelle Phoe et elle est mon hallucination.

À moins que…

———

Putain. Vagin. Merde.

Je fais exprès de penser ces mots interdits, mais mon scan neural ne montre rien qui sorte de l'ordinaire par rapport à des mots phonétiquement similaires, comme *pétrin*, *machin* ou *merle*. Je ne vois aucune preuve de dégâts à mon cerveau, même s'il pourrait être endommagé à l'extrême. J'ai peut-être besoin d'un autre sujet pour mes tests, un autre Jeune 'impressionnable' de vingt-trois ans comme moi.

Après tout, je pourrais être malade mental.

— Oh, Theo. Tu ne vas pas recommencer, dit une voix exagérément aimable et aiguë. Et puis, les mots ont bien un effet sur ton cerveau. Par exemple, la partie de ton cerveau responsable du dégoût s'illumine quand tu dis 'merde', mais pas pour 'merle'.

C'est Phoe qui parle. Cette fois, elle n'est pas une voix dans ma tête. C'est plutôt comme si elle était dans les buissons épais derrière moi, sauf que personne ne se trouve là.

Je suis la seule personne sur ce morceau de gazon.

Personne ne vient ici parce que le Bord ne se trouve qu'à quelques mètres. Peu d'habitants de l'Oasis aiment regarder la ligne triste qui divise la fin de notre monde habitable et le début du désert de gelée grise. Cependant, cela ne me gêne pas.

D'un autre côté, je suis peut-être fou — et Phoe serait la raison. Voyez-vous, je ne crois pas que Phoe soit réelle. Elle est, je crois, mon amie imaginaire. Et son nom, d'ailleurs, se prononce 'Fi', mais s'écrit 'P-h-o-e'.

Oui, mon hallucination est précise à ce point.

— Alors, tu passes d'un sujet rabâché directement à un autre, dit Phoe avec un petit rire de dédain. Ma soi-disant réalité.

— Exactement, dis-je, bien que quand nous sommes seuls, je réponde sans bouger les lèvres. Parce que je t'imagine.

Elle rit encore et je secoue la tête. Oui, je viens de secouer la tête pour mon hallucination. Je me sens également contraint de lui répondre.

— Pour info, je suis certain que le mot tabou 'merde' affecte les parties de mon cerveau qui gèrent le dégoût tout autant que ses cousins plus acceptables comme 'matière fécale'. Ce que j'ai essayé d'expliquer, c'est que le mot ne fait pas mal et n'abîme pas mon cerveau. Ces mots n'ont rien de spécial.

Cette fois, Phoe est dans ma tête et elle a un ton moqueur :

— Ouais, ouais. Tu me diras bientôt comment à l'époque, certains mots interdits faisaient simplement référence à des choses comme des chiens femelles et qu'il y a des mots dans les langues mortes qui étaient tout aussi tabous, et pourtant ils ne sont pas actuellement interdits parce qu'ils ont perdu leur pouvoir. Puis tu te plaindras sans doute que, même si les cerveaux des deux sexes sont presque identiques, seuls les mâles n'ont pas le droit de dire 'vagin', etc.

Je me rends compte que j'allais répliquer avec ces pensées exactes, ce qui signifie que Phoe et moi nous avons beaucoup parlé de ce sujet. C'est ce qui arrive entre amis proches : ils répètent leurs conversations. D'autant plus lorsqu'il s'agit d'amis imaginaires, je suppose. Même si, bien sûr, je suis sans doute la seule personne d'Oasis à en avoir une.

En y réfléchissant bien, toute conversation avec votre amie imaginaire n'est-elle pas redondante, puisqu'en gros vous vous parlez à vous-même ?

— C'est là que je te rappelle que je suis réelle, Theo.

Phoe affirme cela à haute voix.

Je ne peux pas m'empêcher de remarquer que sa voix vient d'un endroit légèrement sur ma droite, comme si elle était une amie assise dans l'herbe à côté de moi, une amie invisible.

— Ce n'est pas parce que je suis invisible que je ne suis pas réelle, répond Phoe à ma pensée. Moi au moins, je suis convaincue d'être réelle. C'est moi qui serais folle si je ne pensais pas être réelle. En outre, beaucoup d'indices pointent vers cette conclusion, et tu le sais.

— Mais une amie imaginaire ne devrait-elle pas insister sur le fait qu'elle est réelle ?

Je ne peux pas m'empêcher de dire ces mots à voix haute.

— Cela ne fait-il pas partie de l'hallucination ?

— Ne me parle pas à voix haute, me rappelle-t-elle d'un ton inquiet. Même quand tu subvocalises, tu bouges parfois imperceptiblement les muscles de ton cou et même tes lèvres. C'est trop risqué. Tu devrais simplement m'envoyer tes pensées. Sers-toi de ta voix intérieure. C'est plus sûr, en particulier quand nous sommes en compagnie d'autres Jeunes.

— D'accord, mais pour info, j'ai l'impression d'être encore plus fou, réponds-je en subvocalisant les mots et en faisant de mon mieux pour ne pas bouger les lèvres ou les muscles de mon cou.

Puis, pour faire une expérience, je pense :

— Te parler dans ma tête souligne l'impossibilité de ton existence et cela me donne encore plus l'impression d'être dingue.

— Eh bien, cela ne devrait pas être le cas.

Sa voix est dans ma tête maintenant, pourtant elle paraît toujours aiguë.

— Autrefois, quand ce n'était pas interdit d'avoir une maladie mentale, je suppose que tu mettais les gens autour de toi mal à l'aise si tu parlais à voix haute à tes amis imaginaires, dit-elle en gloussant, mais il y a plus d'inquiétude que d'humour dans sa voix. Je ne sais pas du tout ce qu'il se passerait si quelqu'un pensait que tu étais fou, mais j'ai un mauvais pressentiment, alors s'il te plaît, ne le fais pas, d'accord ?

Je lui envoie ma pensée en tirant sur le lobe de mon oreille gauche :

— Très bien. Mais cela me semble exagéré de le faire ici. Il n'y a personne.

— Oui, cependant les nanorobots dont je t'ai parlé, ceux qui imprègnent tout depuis ta tête jusqu'au brouillard utilitaire, peuvent être utilisés pour surveiller cet endroit, du moins en théorie.

— D'accord. Sauf si toute cette technologie invisible

— et c'est bien pratique — est le fruit de mon imagination tout autant que toi. De toute façon, puisque personne ne semble être au courant, comment peuvent-ils s'en servir pour m'espionner ?

— Correction : aucun Jeune ne le sait, mais les autres le pourraient, contre Phoe patiemment. Il y a encore trop de choses que nous ne savons pas au sujet des Adultes, et je ne parle même pas des Aïeuls.

— Mais s'ils peuvent accéder aux nanocytes dans mon esprit, n'ont-ils pas également accès à mes pensées ?

Je pense cela avec un frisson. Si c'est vrai, je suis complètement foutu.

— Le fait que tu n'aies pas encore fait face aux conséquences de tes pensées fréquemment indisciplinées prouve que personne ne les surveille en général, du moins qu'ils ne se préoccupent pas spécifiquement des tiennes, répond-elle en apaisant un peu mes craintes. C'est pour cela que je pense que surveiller les pensées est soit trop compliqué informatiquement, soit que cela brise un des milliards de tabous sur l'usage approprié de la technologie — des règles que j'ai du mal à garder en tête, d'ailleurs.

— Et si l'utilisation de la technologie pour m'écouter était aussi taboue ? dis-je même si elle commence à me convaincre.

— Peut-être, mais, j'ai vu des choses qui s'expliquent mieux par l'espionnage des Adultes.

Sa voix dans ma tête devient plus basse.

— Il te suffit de penser à la fois où toi et Liam vous aviez prévu de sauter votre Cours de Physique. Comment étaient-ils au courant ?

Je repensai à la session épique de Quiétude à laquelle nous avions été condamnés et comment nous avions tous les deux juré ne pas avoir trahi l'autre. Nous étions parvenus à la même conclusion : il est dangereux de parler. C'est pourquoi Liam, Mason et moi nous parlons souvent en code désormais.

J'envoie une pensée à Phoe :

— Il pourrait y avoir d'autres explications. Cette conversation a eu lieu pendant les Cours et quelqu'un aurait pu nous entendre. Mais même si ce n'est pas le cas, le fait qu'ils nous surveillent en classe ne signifie pas qu'ils prendraient la peine de surveiller cet endroit perdu.

— Même s'ils surveillent cet endroit où n'importe quel endroit à l'extérieur de l'institut, je veux que tu prennes de bonnes habitudes.

— Et si nous parlions en code ? Tu sais, celui que j'utilise avec mes amis qui ne sont pas imaginaires.

— Tu parles déjà trop lentement pour moi, pense-t-elle avec exaspération. Quand tu parles dans ce code, tu as l'air ridicule et tu augmentes considérablement le nombre de syllabes que tu prononces. Si tu voulais bien apprendre une des langues mortes, alors...

Je lui envoie ma pensée :

— Très bien. Je vais 'penser' quand il faudra que je te parle.

J'ajoute en subvocalisant : mais je subvocaliserai aussi.

Elle soupire à haute voix.

— Si tu le dois. Mais fais-le comme tu l'as fait il y a une seconde, sans bouger la musculature de ta voix.

Au lieu de répondre, je regarde encore le Bord, l'endroit où la verdure sereine sous le dôme rencontre l'océan répugnant de gelée grise — la technologie paralytique auto-répliquante qui transforme la matière organique en elle-même. La gelée grise est ce qu'il reste du monde en dehors de la barrière du dôme, et si un jour cette barrière tombait, la gelée nous détruirait rapidement. Naturellement, cette vue évoque toutes sortes de sentiments désagréables et le fait que je la regarde volontairement doit être un autre signe de mon état mental précaire.

— Cette chose est tout à fait dégoûtante, remarque Phoe en essayant de me remonter le moral, comme d'habitude. On dirait que quelqu'un a essayé de faire de la jelly avec du vomi et des excréments humains.

Puis, avec un ricanement mental, elle ajoute :

— Pardon, j'aurais dû dire 'vomi et merde'.

— Je ne sais pas du tout ce qu'est la jelly, mais, quoi que ce soit, tu as sans doute raison pour les ingrédients.

— La jelly était quelque chose que mangeaient les anciens à l'époque pré-nourriture, explique Phoe. Je te trouverai quelque chose à regarder ou à lire à ce sujet, ou si tu as de la chance, ils s'en serviront peut-être à la prochaine foire des jours de naissance.

— Je l'espère. Il est difficile de se renseigner sur la nourriture dans les livres ou les films, j'ai essayé.

— Dans ce cas précis, tu le pourrais, rétorque Phoe. La jelly était plus une histoire de texture que de goût. Cela avait la consistance des méduses.

— Les gens mangeaient ces choses gluantes à l'époque ? me dis-je avec dégoût.

Je ne me souviens pas avoir vu cela dans un des films. En désignant la gelée, je dis :

— Pas étonnant que le monde se soit transformé ainsi.

— Dans la plupart des régions du monde, ils ne le mangeaient pas, dit Phoe d'un ton pédant. Et la jelly était en réalité faite à partir de protéines partiellement décomposées extraites des peaux, des sabots, des os et des tissus conjonctifs de la vache et du cochon.

— Maintenant, tu essaies juste de me dégoûter.

— Alors, ça, c'est la meilleure, venant de toi M. Merde, glousse-t-elle. Quoi qu'il en soit, tu dois quitter cet endroit.

— Ah bon ?

— Tu as des cours dans une demi-heure, mais le plus important, c'est que Mason te cherche, dit-elle et sa voix me donne l'impression qu'elle est déjà debout.

Je me lève et je commence à marcher vers la haute haie qui cache la gelée de la vue des autres Jeunes d'Oasis.

— Au fait — la voix de Phoe vient de plus loin, elle simule le fait de marcher devant moi —, une fois que tu auras vérifié que Mason te cherche, essaie d'expliquer comment une amie imaginaire comme moi pourrait savoir une telle chose... savoir quelque chose que tu ne savais pas toi-même.

———

Oasis est déjà disponible. Allez visiter mon site www.dimazales.com/book-series/francais/ pour en apprendre plus et vous inscrire sur ma liste de diffusion.

AU SUJET DE L'AUTEUR

Dima Zales est un auteur de science-fiction et de
fantasy dont les romans sont classés parmi les best-
sellers du *New York Times* et de *USA Today*. Avant de
devenir écrivain, il a travaillé à New York dans
l'industrie du développement de logiciels en tant que
programmeur et en tant que cadre. Depuis les logiciels
de trading haute fréquence pour les grosses banques
jusqu'aux applications mobiles pour des magazines
populaires, Dima a tout fait. En 2013, il a quitté
l'industrie des logiciels pour se concentrer sur sa
carrière d'écrivain et il a déménagé à Palm Coast, en
Floride, où il vit actuellement.

Vous pouvez consulter le site www.dimazales.com/
book-series/francais/ pour en savoir plus.